Ernst Jünger

An der Zeitmauer

Mit Adnoten von Detlev Schöttker

Klett-Cotta

Der Text dieser Ausgabe folgt Ernst Jüngers Fassung letzter Hand in den Sämtlichen Werken in 22 Bänden, erschienen bei Klett-Cotta.

Klett-Cotta
www.klett-cotta.de

Printed in Germany
Reihengestaltung Ingo Offermanns, Hamburg, unter
Verwendung von Illustrationen von Niklas Sagebiel, Berlin
Gesetzt von pagina, Tübingen
Gedruckt und gebunden von Esser printSolutions GmbH, Bretten
ISBN 978-3-608-96069-3

Dritte Auflage, 2022

AN DER ZEITMAUER

ERSTAUSGABE 1959
REVIDIERTE FASSUNG 1960

FREMDE VÖGEL

1

Im Vorliegenden sind zwei nicht nur zeitlich einander folgende, sondern auch thematisch verschiedene Schriften verschmolzen, von denen die eine der anderen den Maßstab gibt. Ein Hinweis auf die Entstehung ist daher angebracht.

Der erste Teil wurde mit dem Neuen Jahr 1957 begonnen und in wenigen Tagen abgeschlossen; um diese Zeit steigt die Flut astrologischer Deutungen und Vorhersagen besonders hoch. Anlaß zu der Betrachtung gaben nicht die Inhalte dieser Weisungen, die sich in ihrer Fülle gegenseitig aufheben. Nachdenklich stimmte vielmehr die Massenhaftigkeit ihres Auftretens.

Wenn eine Tierart, die in unseren Breiten selten, ungewöhnlich oder gar unbekannt ist, plötzlich in Menge auftritt, so knüpfen sich daran sowohl im Volk wie bei den Gelehrten verschiedene Erwägungen. Zunächst läßt sich die Art als solche betrachten, beschreiben, in das System einordnen. Nehmen wir etwa den Seidenschwanz, einen bunten, auffälligen Vogel des hohen Nordens, der zuweilen in Schwärmen bei uns erscheint. Es lohnt sich gewiß, ihn zu beobachten, sei es für den Naturfreund, sei es für den Zoologen, sei es für den Künstler, der Motive sucht.

Außer dieser Aufmerksamkeit, die sich auf die Erscheinung des Tieres richtet, gibt es noch eine andere, die durch sein Erscheinen wachgerufen wird. Wenn etwas Fremdes auftaucht, und gar zahlreich, so kann das kein bloßer Zufall sein. Wir fragen mit Recht nach dem Zusammenhang.

In diesem Fall ist der Zusammenhang klimatisch: Wenn nämlich der arktische Winter streng wird, muß der Vogel auch weiter als sonst aus seiner Heimat weichen; sein ungewöhnliches Erscheinen geht also mit einer Ungewöhnlichkeit des Klimas einher. Das ist ein Datum, und es lassen sich Schlüsse davon ableiten, unter anderem eine Voraussage: Wenn wir wissen, daß der arktische Winter hart ist, so dürfen wir schließen, daß sich seine Herrschaft auch auf unsere Breiten ausdehnen wird. In diesem Sinne ist der Seidenschwanz ein Wetterprophet. Er ist ein Flüchtling, dem ein Eroberer folgt. Im Kombinationsschluß lassen sich an sein Erscheinen andere Daten weben, von Sonnenflecken und kosmischen Störungen bis zu den Kohlenpreisen, dem Schiwetter.

Würde der Seidenschwanz nun häufiger kommen, würde er seine Flüge tiefer in den Süden ausdehnen, würde er länger verweilen, bis in den Sommer hinein, würde er endlich gar hier Nester bauen, brüten und Junge aufziehen, so dürften wir annehmen, daß es sich nicht mehr um einen ungewöhnlichen Winter handelt, den er kündet, sondern um eine Wetterwende in großem Ausmaß, um einen Klimasturz. Hiervon wird alles, das Größte wie das Kleinste, berührt.

Auch das massierte Auftauchen von Horoskopen, das heißt: von neuen Uhrzeichen, in unserer Welt ist ungewöhnlich; es scheint sogar zu ihren Grundgesetzen in scharfem Widerspruch zu stehen. Daher wird es nicht nur von der Wissenschaft, sondern auch von ernsthaften Astrologen mit kritischen Blicken angesehen. Diese Kritik wird hier weder geteilt noch abgelehnt. Sie betrifft, wie beim Vogel, die Erscheinung – was jedoch hier betrachtet werden soll, ist das Erscheinen als Klima- und Zeitzeichen. Mit anderen Worten: Es soll nichts bemerkt werden zu den astrologischen Deutungen und Prophezeiungen. Dagegen wird das Erscheinen der Astrologie als ungewöhnliches und in hohem Maße prognostisches Zeichen aufgefaßt.

Kehren wir nochmals zum Seidenschwanz zurück. Er kommt vom Norden; ein anderer, fast tropisch gefärbter Vogel, der Bienenfresser, fällt manchmal von Süden ein. Darin, daß beide als Unglücksvögel gelten, deutet sich an, daß das Neue selbst dort, wo es schön ist, im Menschen Mißtrauen erweckt. Dieser konservative Zug ist nicht unbegründet, denn das Neue bringt selten Gutes, auch dort, wo es als Glück, als Großes Los erscheint. Die Märchen sind voll davon. Das Neue fordert zunächst Opfer, denn es will nicht nur bewohnten Raum besetzen, sondern auch verdient, erworben, bezwungen sein. Wo Neues kommt, und gar ein neues Klima, folgt ihm eine Akklimatisation, ein Unbehagen, folgen Fieber und Seuche, auch der Tod. Der Seidenschwanz hieß auch der Pestvogel.

Daß nun der Seidenschwanz, der Bienenfresser als Unglücksvögel gelten, schließt, ähnlich wie die Voraussicht eines strengen Winters, eine Prophezeiung ein. Was die Wettervoraussage betrifft, so kann der wissenschaftliche Geist, der ja an allen Schranken Wache hält, sie passieren lassen, wie man Bauernregeln oder in der Medizin die alten Volksmittel billigt, obwohl man über Besseres verfügt. Das Wort »Unglücksvogel« dagegen gehört einer versunkenen Schicht an; es ist ein Ausdruck mantischer Praxis, wie sie vordem geübt wurde. Die alten Annalen sind voll davon. Auch Mißgeburten gehörten zu den Vorzeichen.

Bei etwas schärferer Betrachtung lassen sich doch vielleicht Zusammenhänge zwischen dem im heutigen Sinne Belegbaren und der mantischen Praxis herstellen. Die Alten dachten zwar nicht abstrakt, sondern anschaulich, aber sie machten doch gute Beobachtungen. Der Seidenschwanz sollte also Kriege und Seuchen ankündigen. Es ist nun durchaus möglich, daß zwischen solchem Unheil und einem außerordentlichen Winter Folgerichtigkeit besteht. Der Winter könnte etwa so lange währen, daß er die Ernte in Frage stellt und damit auch fremde Völkerschaften zum Aufbruch nach Süden zwingt. Das könnte Kriege zur Folge haben und dieser Seuchen mitbringen. In diesem Falle wäre das Auftauchen des Seidenschwanzes wirklich ein prognostisches Zeichen gewesen, und zwar eines von denen, deren Verknüpfung wir kaum noch wahrnehmen.

Das Beispiel soll eine Methodik beleuchten, die im Folgenden *nicht* angewendet werden wird oder nur dann, wenn die morphologische Ähnlichkeit zwischen zwei Denkstilen anschaulich gemacht werden soll. Wissenschaftliches und astrologisches Denken können in der Tat sehr ähnlich werden, wie auch ein Horoskop und eine Uhr sich ähnlich sind. Das bleibt aber immer Analogie hinsichtlich eines Dritten, Herrschenden. Auch ein Wal und ein Fisch sind sich ähnlich, und zwar »täuschend« ähnlich; die Verwandtschaft liegt aber nicht in ihnen, sondern in einem Dritten – mögen wir es nun das Meer nennen oder neptunischen Geist und seine Influenz. Die Tatsache aber, daß es sich um zwei Modelle handelt, muß in der Betrachtung gewahrt bleiben. Der Geist kann Folgerichtigkeiten nur bis zu einem bestimmten Punkte durchführen, an dem der Beweis der Evidenz weichen muß. Dort heißt es springen oder sich abwenden.

Die Bruchstelle, um die es sich hier handelt, bezeichnet ein Mysterium der Zeit. Bruchstellen sind Fundstellen. Auch der Tod ist eine Bruchstelle, kein Ende; und das Wort »Ursprung« gehört hierher. Wenn der Geist lange einen Widerspruch umkreiste, gelingt es ihm plötzlich, ihn zu lösen; das Umkreisen fällt in die Zeit, doch nicht die Lösung: Sie gleicht dem Funken zwischen zwei Feldern, in denen sich differente Ladungen sammelten.

Ich versuchte den Vorgang bereits vor dreißig Jahren in einer kurzen Betrachtung zu schildern, im »Sizilischen Brief an den Mann im Mond«. Hier wurde ausgeführt, daß der Mond Gegenstand sowohl der astronomischen wie der mythischen Annäherung sein kann und daß seine Oberfläche sowohl einen meßbar realen als auch einen physiognomischen Charakter besitzt. Beide Qualitäten können synoptisch vereint werden, wenn die Kraft des Geistes es vermag. Dann ist der Sprung, der Rücksprung zum Ursprung, gelungen, und der perspektivischen Deckung der Gegensätze entspringt stereoskopisch eine neue Dimension, die sie nicht nur räumlich vereint, sondern auch qualitativ erhöht.

2

Anlaß zu diesem ersten Teil der Arbeit gab, wie gesagt, das gehäufte Auftreten von Horoskopen und die mit ihm verbundene Auseinandersetzung zwischen Gegnern und Freunden der Astrologie. Diese Polemik über eine Bruchstelle hinweg ist lehrreich, nicht etwa wegen ihrer Ergebnisse, sondern als Schauspiel an sich. Sie erinnert an Streitigkeiten zwischen zwei Parteien, von denen die eine das ganze Haus, die andere das oberste Stockwerk bewohnt. Unsere Wissenschaft läßt sich ohne weiteres und ohne Rangminderung im astrologischen System unterbringen, nicht aber umgekehrt. Schon diese Beobachtung ist wertvoll, denn wir brauchen Fangschnüre für unsere sich immer souveräner entfaltende technisch-abstrakte Welt, die aus sich heraus Grenzen und Hemmungen nicht zu entwickeln vermag.

Das waren die Voraussetzungen zu einer kurzen, für den eigenen Gebrauch bestimmten Untersuchung: »Meßbare und Schicksalszeit. Gedanken eines Nichtastrologen zur Astrologie.«

Nach Jahresfrist, am Neujahrstage 1958, sah ich das Manuskript wieder ein, um etliche Notizen nachzutragen, die Gespräche und Briefwechsel über astrologische Themen angeregt hatten. Es sollte an das Bestehende noch eine Kammer oder ein Erker angebaut werden zur Betrachtung von großen Zeitabschnitten, zu deren Beurteilung unsere historischen Erfahrungen zu ephemer, unsere Urkunden zu jungen Datums sind. Hier erwacht das Bedürfnis nach metahistorischen Maßstäben. Die Vorgeschichte, die Zoologie, die Geologie und Astronomie, die solche anbieten, werden von der Geschichtschreibung als Vestibüle behandelt, die mehr oder weniger flüchtig zu durchschreiten sind.

Daß sie auch zur Geschichte gehören, daß wir also jetzt und hier in mythischen, urmenschlichen, zoologischen, geologischen und astronomischen Prozessen begriffen sind, scheint schwer ersichtlich, obwohl es auf Einzelgebieten und selbst im Tagesgeschehen merkbar zu werden beginnt. Dafür zeugt unter anderem die wachsende Rolle der Meteorologie, nicht nur in den kleinen Zeitabschnitten und den in ihnen zu treffenden Entscheidungen, sondern auch hinsichtlich der Theorien der großen Zyklen, und endlich als einer Wissenschaft, die sich in zunehmendem Maße mit schicksalhaften Vorgängen verknüpft. Das ist ein Zeichen unter vielen dafür, daß das historische Gebäude rissig zu werden beginnt. Wir werden darauf näher eingehen.

Wenn nun gegenüber dem Versuch, neue, etwa kosmische, Elemente in die Menschengeschichte einzubeziehen, geäußert würde, daß damit die Geschichte als Wissenschaft zerstört wird, so ist das richtig – es wäre aber zu erwägen, ob denn das Bedürfnis nach einer solchen Einbeziehung nicht schon einer vollzogenen Zerstörung, und zwar der Zerstörung der geschichtlichen Welt in ihrem herkömmlichen Sinne, entspricht.

Das eben sollte in der zweiten Kammer, an der »Zeitmauer«, bedacht werden. Dabei ergab sich, daß der Durchbruch eher einem Fenster als einer Tür ähnelte – einem Fenster, das den Ausblick auf eine neue Landschaft eröffnete – oder sogar einer herausfallenden Wand.

Für einen ersten, kurzen Ausflug in diese Landschaft diente die Anfangsbetrachtung als Maß- und Wanderstab.

Die Astrologie verbindet nämlich drei große Vorzüge zur Betrachtung metahistorischer Zeiträume. Sie geht von der größten Spannweite, der Ausdehnung des Universums, aus. Sie hält sich an die größte und zugleich genaueste Uhr, auf deren Gang jedes Zeitmaß und jede Zeitmessung beruht: an den Zyklus der kosmischen Umläufe. Und endlich verfügt sie über ein in Qualitäten aufgeteiltes Zifferblatt, das die Zeit nicht gleichmäßig und monoton zerstückelt, sondern auf dem die Stunden sich folgen, jedoch nicht gleichen, und mächtige, tiefgegründete Bilder sich ablösen. Diese Verbindung von Weite, Präzision und Fülle gibt ein Vorbild der höheren Zeitbetrachtung überhaupt. Jede irdische Chronik hat hier nicht nur ihren Ursprung genommen, sondern auch ihr beständiges Maß.

Damit ist nicht die Verpflichtung verbunden, an der Astrologie das anzuerkennen, wodurch sie im allgemeinen anzieht, also ihre Aussagen und Voraussagen. Hier geht es nicht so sehr um den Gewinn als um die Kenntnis der Spielregeln. Schon in der Schicksalsvermutung liegt, unabhängig von Glück oder Unglück, ein mächtiger Trost. Über die Realität der astrologischen Maße läßt sich streiten, obwohl sie mit der des Dezimalsystems wetteifern kann. Doch stört es uns wenig, daß der Meter nicht das ist, als was die Gelehrten der Pariser Sternwarte ihn ausgaben, nämlich der vierzigmillionste Teil eines Erdmeridians. Das sind Fiktionen der Zahlenwelt.

3

In diesem Zusammenhang dürfte noch ein Hinweis am Platze sein: Wo im Folgenden Ziffern auftauchen oder Wörter, die an Lehrbücher erinnern, wie »Meridian«, »Steinzeit«, »Gene«, »Mutation«, handelt es sich um bloße Anklänge. Sie sollen in jedem Falle auf anderes hinweisen.

Das Peinliche solcher Wörter liegt darin, daß sie, ähnlich der obszönen Wendung, stark vom Willen geprägt sind; das allzu Überzeugende schmeckt durch. Daher wird der Geist ihrer bald überdrüssig; sie wechseln wie die Patentmedizinen mit jeder Generation. Erst in der Rückschau werden sie wieder annehmbar.

Das gilt natürlich nur für eine Sprache, der das Wort nicht als bloßes Verständigungsmittel dient und der die ziffernmäßige Exaktheit nicht genügt. Wir können daher auch Gottfried Benn nicht in der Meinung beistimmen, daß der terminus technicus sogar in das Gedicht gehört. Sie entspricht einer nicht zu haltenden Grenzlage, fast einer Kapitulation.

Zu allen Zeiten ist der Rang eines Geistes am Eifer zu erkennen, mit dem er sich auf solche Wörter einläßt oder nicht. Außerdem bringen sie die Spezialisten auf den Plan. Wenn jemand es unternimmt, einen Wald zu beschreiben, kann er sich nicht mit den Kennern der Pflanzengallen, der Maulwurfsnester und der Maikäferbekämpfung einlassen. Er tut gut daran, von vornherein einzuräumen, daß all diese Geister ihm gegenüber recht haben.

Das hat aber nichts mit dem Walde zu tun. Die Absicht, einen Wald zu beschreiben, verrät eine von den Fakultäten unabhängige Qualität. Es ist dabei sogar unwichtig, ob der Wald richtig beschrieben wird oder nicht. Eine Summe von Richtigkeiten ergibt noch keine Wahrheit; eine Summe von Blättern höchstens ein Buch, aber noch keinen Baum.

Wenn daher hin und wieder eine skeptische Wendung gegen die Naturwissenschaften nicht unterdrückt sein sollte, so ist das cum grano salis zu verstehen. Die enorme geistige Arbeit, die hier sowohl von den Einzelnen wie in den Kollektiven geleistet wird, zeugt für sich durch die Veränderung der Welt. Vielleicht kündet sich hier der neue Mönchsorden an, den Joachim von Fiore als wirkende Kraft für ein Zeitalter des Geistes verkündet hat.

Es ist ja auch kein Grund vorhanden, aus dem ein scharfer Kopf nicht von einem großen Menschen getragen werden könnte; das Menschliche ist dann sogar besonders geglückt. Ein Geist kann in der Fakultät wie auch in der Qualität hervorragen, ein großer Physiker auch ein guter Metaphysiker sein. Dafür gibt es Beispiele. Die Fakultät allein dagegen sichert weder Welt noch System.

Wenn also der kalkulierende Verstand als Erdverfeinerung, als zoologisches Kennzeichen begriffen wird, so richtet sich das nicht gegen den Träger dieser Fähigkeit. Aber es ist nicht zu bezweifeln, daß eben dieses Wissen auch den Pflanzen und Tieren innewohnt. Wenn wir ihre Listen, ihre Bauten, ihre Kunstfertigkeit betrachten, wie das im 19. Jahrhundert, der großen Zeit der Zoologie, so musterhaft geschehen ist, müssen wir zugeben, daß sich von ihrem Scharfsinn bis zu dem unseren Schritt für Schritt ein Übergang vollzieht. Was dort vor sich geht, erfahren wir erst im Fortschritt unserer Einsichten. Wir werden es nie ganz wissen. Des Ultraschalles bediente sich, längst ehe es Menschen gab, die Fledermaus. Indessen zu einem kurzen Gedicht wie diesem:

Die Linien des Lebens sind verschieden,
Wie Wege sind, und wie der Berge Gränzen.
Was hier wir sind, kann dort ein Gott ergänzen
Mit Harmonien und ewigem Lohn und Frieden.

führt niemals ein solcher Übergang. Da ist der Sprung, die hohe Verwirklichung zum Menschen, die tiefste Einheit mit der Welt. Da gibt es keine Erklärungen.

Wir können daher auch Oswald Spengler nicht zustimmen in seiner Aufforderung an die neue Generation: »sich der Technik statt der Lyrik, der Marine statt der Malerei, der Politik statt der Erkenntniskritik zuzuwenden« – obwohl man gewiß vorm Sprung das Überflüssige ablegen muß. Wir alle haben es, mehr oder weniger widerstrebend, gemußt. Aber das Gedicht gehört zum Wesen des Menschen, nicht zum Gepäck. Es bleibt sein Ausweis, sein Kennzeichen, sein Losungswort.

MESSBARE UND SCHICKSALSZEIT

Gedanken eines Nichtastrologen zur Astrologie

4

Der Umfang, in dem die Astrologie in das tägliche Leben eindringt, berechtigt uns zu der Vermutung, daß hier mehr als eine bloße Mode sich geltend macht. Wir finden astrologische Voraussagen und Hinweise nicht nur in volkstümlichen Kalendern und als feste Sparte im Text der Tages- und Wochenblätter, sondern auch in den Anzeigen. Auch wer den astrologischen Typen und Prognosen Wirklichkeit nicht zubilligt, kann nicht bestreiten, daß sie in wachsendem Maße beachtet werden und damit Wirkung ausüben. Fast jeder kennt heute sein Sternzeichen und mit ihm einen Aspekt seines Wesens, der bis vor kurzem den meisten unbekannt war, der ihnen wenig oder nichts bedeutete.

Der Einbruch geschieht nicht ohne Widerstand. Die Einwände gegen die Astrologie sind uralt wie die Sterndeutung selbst. Zuerst waren es die Theologen, die Ärgernis nahmen, sodann die Philosophen, und heute treten die Naturwissenschaftler ihre Nachfolge an. In ihren Organen wiederholt sich der Aufsatz gegen den »Unfug der Astrologie«, in dem belegt und nachgewiesen wird, daß es sich hier weder um eine Wissenschaft handle noch überhaupt um einen logisch ernstzunehmenden Zusammenhang.

Wir haben hier, noch deutlicher als in der Farbenlehre, zwei nicht zu vereinbarende Standorte. Was würde aber der Nachweis bedeuten, daß etwa das Schachspiel keine Wissenschaft sei? Würden deshalb seine Kombinationen weniger geistreich sein? Würde die Zahl der Schachspieler abnehmen? Das Schachspiel hat insofern Ähnlichkeit mit der Astrologie, als es weder zu den Wissenschaften noch zu den

Künsten zählt. Es ist eben ein Spiel und hat als solches unzählige Menschen beglückt. Auch darin ähnelt es der Astrologie, daß seine Figuren an bestimmte Bewegungen gebundene Typen sind.

Bei der Astrologie tritt noch der mantische Charakter, die Schicksalsweisung und Schicksalsdeutung hinzu. Das erinnert wiederum an andere Spiele, etwa an kreisende Glücksräder, wie die Roulette, oder an solche, bei denen man aus aufgeschlagenen oder geworfenen Zeichen die Zukunft zu deuten sucht. Das geschah in alten Zeiten auch mit den Buchstaben, woraus sich nicht nur ihr Name, sondern auch das Wort »lesen« erklärt. Es waren mit Runen gezeichnete Stäbchen, die geworfen und aufgelesen wurden, wie Tacitus es schildert und wie es in ähnlicher Weise in China noch heute gebräuchlich oder bis vor kurzem gebräuchlich gewesen ist. Hierher gehört auch das augurium, die Beobachtung des Vogelzuges und seine Ausdeutung.

Von diesen Spielen und Orakeln unterscheidet sich die Astrologie dadurch, daß sie nicht nur über ein System von Feldern und Zeichen verfügt, sondern daß diese Zeichen auch ihren Periodus besitzen, daß sie in bestimmter, berechenbarer Weise sich entfernen, wiederkehren und Zeit setzen. Wir sehen hier die Umdrehung des großen Rades noch auf die altvertraute Weise, die dem Menschen das Gefühl der Mitte, wohnlicher Sicherheit verleiht. Er hat noch ein Gewölbe über sich. Dort kehren die festen und die bewegten Zeichen wieder, und zwar auf mathematisch berechenbare Art. Diese Verknüpfung eines flüchtigen Schicksalsdatums mit dem unerschütterlichen Gang der Weltenuhr verleiht der Astrologie ihren eigentümlichen Reiz, der sie alle anderen mantischen Künste und Operationen überdauern ließ. Ihm gesellt sich die Deutung der Konstellationen, die hohe und nicht nur verstandesmäßige Geisteskräfte in Anspruch nimmt.

Die Konstellation des Horoskops ist nicht, wie beim Schachspiel, durch eine Reihe von kombinatorischen Schlüssen entstanden, sondern durch die Fixierung des Weltenrades im Augenblick und am Orte der Geburt. Das menschliche Sein wird damit auf eine Bewegung bezogen, die vom Willen und auch von anderen Größen, wie Rasse und Erbteil, unabhängig ist und der es sich nur durch Ort und Stunde des Eintritts in die Welt verknüpft. Nicht diese Welt und ihre Güter – die Sterne bestimmen das eigentliche Haus. Ein neues Rädchen beginnt inmitten des ungeheuren Umlaufs seinen vorgeschriebenen Gang. Das Horoskop des Menschen gilt als Abbild der Weltenuhr. Aus ihrem Stande soll das Gesetz ermittelt werden, »nach dem er angetreten« ist.

Der Blick auf den gestirnten Himmel ist nicht nur bildend und erhebend, sondern er offenbart zugleich dem Menschen die Grenzen seines Wissens und seiner Macht. Zahlreiche, zu Zitaten gewordene Worte unserer Größten geben Zeugnis dafür. Insofern ist die Sternschau numinos im besten Sinn. Daß sie zugleich als ominös gewertet wird, entspricht dem menschlichen Charakter, und ebenso die Tatsache, daß auf diese zweite Wertung die Anziehung sich gründet, welche die Astrologie auf die Massen übt. Dem Menschen hat von jeher sein Da-Sein mehr gegolten als sein So-Sein: die Schicksalslinie, ihre Länge, ihr Glück und Unglück mehr als der eigentliche Stoff des Schicksals, der allem Bedeutung gibt. Macht gilt ihm mehr als Einsicht, Reichtum mehr als Charakter, die Länge des Lebens mehr als sein Inhalt, Schein mehr als unveräußerliches Sein.

Daher haben auch jene stets Undank geerntet, die dem Menschen zur Selbsterkenntnis verhelfen, die ihm sein Wesen deuten wollten, während der Zulauf den Weissagern galt.

5

Bekanntlich läßt sich beim Schachspiel eine Reihe von Zügen vorausberechnen – man kann mit Bestimmtheit sagen, daß dieser richtiger als jener, und oft sogar, daß ein anderer der beste sei. Auf diese Tatsache gründen sich die Handbücher der Eröffnungen.

Die Voraussage ist freilich nur für eine begrenzte Zahl von Zügen möglich, nach denen die Partie ins Unberechenbare führt, selbst wenn man das Wort arithmetisch nehmen will. Der Schachspieler mit guter Theorie gleicht einem Schwimmer, der im Meer für einige Schritte festen Grund hat, dann aber sich der Tiefe und seinen Kräften anvertrauen muß.

Ähnlich verhält es sich mit der Beurteilung einer abgebrochenen Partie. Auch hier läßt sich das Dickicht auf eine gewisse Distanz aufhellen. Dabei kann es allerdings vorkommen, daß gerade das, was man den genialen Schachzug nennt, übersehen wird. Immerhin darf man annehmen, daß einige gute Köpfe, die sich mit einer Position beschäftigen, das Beste herausholen.

Der im wissenschaftlichen Sinn perfekte Spieler müßte jeweils mit dem besten Zuge aufwarten. Das würde Berechnungen voraussetzen, die über die menschliche Kombinationskraft hinausgehen. Es fragt sich sogar, ob eine der großen Rechenmaschinen unserer oder auch einer künftigen technischen Ausrüstung dazu hinreichten. Wir wollen aber unterstellen, daß es Apparate, Schachautomaten gäbe, die jeweils den stärksten Zug ermittelten. Was würde die Folge sein?

Zunächst würde die Partie, gleichviel ob einer oder beide Partner mit solchen Rechnern ausgestattet wären, den Charakter des Spiels verlieren; sie würde zum technischen Akt. Zugleich wäre es mit dem Reiz des Spieles vorbei, mit der Eigenart der Begegnung zweier Intelligenzen, zweier Temperamente und Charaktere auf einem abgesteckten Plan. Es würde entfallen, was das Spiel zum Turnier macht – der kühne Angriff, die zähe Verteidigung, die listige Verschleierung, der überraschende Sprung, und auch der Sieg verdiente diesen Namen nicht mehr.

Statt dessen würde es ein nach allen Richtungen hin durchdachtes und abgedecktes Spiel geben. Der Stil der Eröffnung würde sich durch die ganze Partie hinziehen. Es würde weder Sieg noch Niederlage geben, sondern eine perfekte

Partie würde zum remis führen. Wenn wirklich der jeweils stärkste Zug errechnet würde, so könnte bei gleicher Eröffnung nur eine, die optimale, Partie ablaufen. Sie würde sich in ihren Einzelheiten wiederholen wie ein Film.

Es leuchtet ein, daß das nicht der Sinn des Spieles sein kann. Spiel und Kunst schließen die Verwendung technischer Hilfsmittel aus. Nicht aber die Wissenschaft. Wo die wissenschaftliche Methodik mit ihrer Technik in das Spielfeld eindringt, wird der Genuß, wird die Freiheit des Spieles zerstört. Der Zwang breitet sich aus. Darauf beruht nicht nur der Unterschied der griechischen Olympiade von der unseren, sondern überhaupt die Verödung weiter Gebiete, auf denen, was früher als Spiel, als Wettkampf oder auch als Kampf getrieben wurde, von der Technik zugleich der Perfektion genähert und im Wesen vernichtet wird.

6

Bei der astrologischen Konstellation handelt es sich nicht um die Beurteilung eines ungemischten Spieles oder einer Partie, bei der die Figuren in der Ausgangsstellung stehen. In dieser Hinsicht erinnert sie mehr an ein Kartenspiel: die Blätter sind bereits gemischt und zugeteilt. Das Spiel ist voll entwikkelt; die Partie steht auf dem Höhepunkt. Vielleicht sind wichtige Figuren dem Spieler vorenthalten, andere stehen in schlechter Position. Hier gibt es kein Recht und keinen Anspruch; das Schicksal teilt seine Lose aus.

Es fragt sich nun, was von der Beurteilung erhofft, erwartet werden darf. Kann es für den Menschen von Wert sein, zu erfahren, ob die Partie gewonnen oder verloren werden wird? Dazu müßte zunächst bestimmt werden, was Gewinn und Verlust bedeuten und ob sie als Schicksalsqualitäten verschiedenes Gewicht haben. Im Grunde verliert jeder die Partie. Der letzte Zug wird von einer anderen Hand geführt. Diesen Gedanken vertrat jener, der sagte, das beste wäre, nicht geboren zu sein.

Auch die Schachpartie endet nicht mit Gewinn und Verlust; sie endet damit, daß die schwarzen und die weißen Figuren vom Brett genommen und in den Kasten gesteckt werden. Dann bleibt etwas anderes zurück als Sieg oder Niederlage – es bleibt die Erinnerung an einen Stoff, der gewirkt, an eine Melodie, die gespielt worden ist. Es bleibt nicht Scipio. Es bleiben Scipio und Hannibal. Der eine konnte und kann auf ewig nicht ohne den anderen sein. Der Gewinn liegt nicht im letzten Zuge, er liegt in der Endsumme.

In anderer Hinsicht gleicht das Leben eher einer der Patiencen, bei denen an den aufgelegten Karten zwar nichts zu ändern ist, die aber in diesem Rahmen Kombinationen zulassen. Der einsame Spieler sucht das Zugeteilte zu ordnen und hinauszuführen, soweit es ihm gelingt. Dabei kann die günstige Ausgangsposition verdorben, die ungünstige durch unerwartete Lösungen gekrönt werden. Ein Mensch wird als Fürst geboren und endet auf dem Schafott; ein blindes und taubstummes Kind findet durch einen winzigen Spalt in seiner Höhle den Zugang zu höheren Welten und erntet dort Schätze ein.

Freilich läßt sich auch das als zugeteilt betrachten. Der Streit um Freiheit und Schicksal führt durch alle Ebenen; er endet auf Erden nie. Es ist möglich, daß sowohl der Fürst wie das Kind ihre Aufgabe erfüllt haben, denn auch der Preis ist nicht der Gewinn. Die Partie bleibt die gleiche, ob es um eine Krone oder um eine Handvoll Nüsse geht. Diogenes schätzte den Platz an der Sonne höher als den Besitz von Asien. Und die »Krone des Lebens« kann im Martyrium verdient werden.

Weder Gewinn oder Verlust noch Art und Höhe des Preises lassen sich durch astrologisches Wissen beeinflussen. Medizinisch gesprochen, kann die Deutung zwar Prognose und Diagnose, aber sie kann kein Rezept geben. Sie kann den Stil beurteilen, aber kaum beeinflussen. Ebenso kann die Absicht der Graphologie nicht in der Verbesserung der Schrift liegen. Der Versuch würde nicht über die Norm hinausführen; er würde sogar schädlich sein. Wir gewinnen den

Duktus, wenn wir vergessen, daß wir schreiben gelernt haben. Ein Mensch, der bewußt nach dem Horoskop leben würde, gliche einem Schüler, der nach der Vorlage schreibt. Er würde nie über den Stand des Schülers hinauskommen. Die Fehler gehören zum Leben wie der Schatten zum Licht. Außerdem entzieht uns die Kenntnis der Stunde dem Griff des Schicksals nicht. Das ist ein Gedanke, der Shakespeare und Schiller faszinierte, ein Thema für Geister, denen das Leben als Drama erscheint. Cäsar und Wallenstein waren gewarnt worden.

Es fragt sich nach all diesen Einschränkungen, was überhaupt von der Deutung erwartet werden darf. Sie mag entbehrlich scheinen, wenn sie nichts ändern oder bessern kann, bedenklich sogar, indem sie Unabänderliches anleuchtet. Das führt dann zu der Frage, warum ein so starkes Bedürfnis nach Deutung besteht.

Wie jedes Bedürfnis, ist auch dieses ein Ausdruck der Unzufriedenheit. Es entspringt der Vermutung, daß ein Ergänzendes hinzutreten müßte, damit das Spiel seine Bedeutung erhält. In diesem Sinn ist der Deutende der Hinzutretende, der zwar nichts ändert, aber Sicherheit verleiht.

7

Wenn im Schachspiel der König bedroht wird, die Dame sich opfert, ein Bauer in den ersten Rang rückt, so ist das über die Partie hinaus bedeutend, weil sich darin Figurationen der Weltordnung abspiegeln. Aber auch in den Bewegungen des geschichtlichen Königs spiegelt sich ein anderes Königtum.

Das Treiben in den Schalterräumen einer Großbank, in denen Papiergeld, Wechsel, Schecks und andere Symbole von Hand zu Hand gehn, erweckt den Eindruck angespannter und ausgefüllter Tätigkeit. Je besser die Konjunktur ist, desto weniger wird man auf den Gedanken kommen, daß diese Tätigkeit sich auf einer dünnen, fiktiven Decke abspielt, die für Transaktionen geschaffen ist. Und doch sind diese Papiere »an sich« wertlos; sie gelten in Hinsicht auf ein anderes, etwa auf Arbeit, Land, Güter oder in den Kellern gehortetes Gold. Das ist ihre Voraussetzung. Der Zusammenhang zwischen dem Umsatz und seiner Deckung ist lose, meist unsichtbar. Wer eine Banknote annimmt, läßt sich nicht das Gold im Keller zeigen, das sie bedeutet, ja er denkt daran so wenig, daß es fast gleichgültig scheint, ob es dort vorhanden ist oder nicht. Die meisten Leute, die eine Hypothek besitzen, waren nie in dem Hause, auf dem sie ruht.

Immer aber bleibt ein Schatten der Unsicherheit, ein Mißtrauen, das sich in den Krisen steigern wird. Damit wächst das Bedürfnis, zu sehen, was die bedruckten Papiere bedeuten: Land, Weizen, Häuser, Goldbarren. Oft werden die Güter an entfernten, unzugänglichen Orten lagern; dann ist es schon beruhigend, von jemandem zu hören, daß er sie gesehen hat. Das ist der Hinzutretende.

Das gleiche Bedürfnis herrscht im Leben überhaupt. Zu hören, daß seine Taten, Werke und Begegnungen noch etwas anderes bedeuten, als man gemeinhin annimmt, daß sich in ihnen große Mächte spiegeln und sie mit Sinn belehnen, kurzum: daß er ein Schicksal habe – das zu vernehmen, ist offenbar für den Menschen ein unausrottbares Anliegen. Je mehr der Umsatz, der Umtrieb zunimmt, je mehr das Leben großstädtisch, technisch-abstrakt wird, desto stärker muß dieses Anliegen hervortreten. Das wird besonders dann der Fall sein, wenn es zu Krisen oder gar zu Katastrophen kommt, angesichts deren der technische Optimismus bedroht wird oder zusammenbricht. Dann fühlt der Mensch sich einer Deutung bedürftig, eines Hinweises auf Mächte, die außerhalb der Zirkulation liegen. Dazu bedarf er des Hinzutretenden.

Das ist der Grund für die erstaunliche Anziehungskraft der Astrologie in unserer Zeit, und nicht für sie allein. Ihre Stärke liegt nicht darin, daß sie die Prinzipien der Gegenwart verkörpert, sondern darin, daß sie ihnen widerspricht. Daher argumentiert der Astrologe, der seine Kunst als Wissenschaft verteidigt, nicht auf dem Feld seiner Stärke; sie führt ihn über die Wissenschaft hinaus. Als wissenschaftlich darf er sein Handwerkszeug bezeichnen, aber die mathematisch-astronomische Berechnung kann nur in den Kreis führen, in dem die synoptische Schau auf die Konstellation beginnt. Dort muß Divination hinzutreten.

8

Über die Realität der Astrologie soll kein Urteil gewagt werden. Der Streit um das, was wirklich an ihr ist, wird aufschlußreicher, wenn man sich nicht an ihm beteiligt – wird er doch auf einem Felde geführt, auf dem zwei Arten der Weltbetrachtung schroff aufeinanderstoßen wie auf keinem anderen. Das gibt uns eine Ahnung von der Vollkommenheit des umstrittenen Gegenstandes, der unsichtbaren Welt.

Es wird für Menschen ewig müßig bleiben, über das zu streiten, was in den Sternen geschrieben steht. Unbestreitbar jedoch bleibt ihr Bedürfnis nach Schicksalserforschung, das unausrottbar ist und durch kein Wissen befriedigt werden kann. Der Astrologe, der um die Anerkennung seiner Einsicht als Wissenschaft sich abmüht, geht daher in verkehrter Richtung; der Erfolg würde ihm ebensowenig nützen wie die Erfindung des Schachautomaten den Schachspielern.

Es gibt Schätze, die sich verändern mit der Art des Schlüssels, den man benutzt. Zu ihnen gehört das Gold. In seinem sichtbaren Glanze spiegelt sich mythische Macht. Verlöre es diesen Schimmer, so würde es ein Stoff sein wie jeder andere.

Man kann nicht beweisen, daß dem Gold ein Vorrang vor anderen Metallen gebührt. Weit eher ist beweisbar, daß seine Schätzung auf Vorurteil beruht. Gelänge, überzeugte dieser Nachweis, so würden die in den Tresoren aufgehäuften Schätze ihren Kurs verlieren, sie würden nach ihrem Industriewert taxiert werden. Sie würden jene Qualität einbüßen, deretwegen der Mensch Leben und Ehre einsetzt, Entdekkungsfahrten rüstet, sich in alchimistische Spekulationen verirrt.

In der Tat werden Angriffe aus dieser Richtung gegen den Mythos des Goldes geführt. Sie könnten gelingen, wenn das technisch-ökonomische Denken absolut würde, etwa in einer Welt, die weder Blumen noch Schmuck mehr kennt. Gold würde nicht Gold mehr sein.

Ebenso wäre berechenbares, meßbares Schicksal nicht Schicksal mehr. Das Schicksal darf geahnt, gefühlt, gefürchtet, aber es darf nicht gewußt werden. Verhielte es sich anders, so würde der Mensch das Leben eines Gefangenen führen, der die Stunde seiner Hinrichtung kennt.

9

Bei den Plädoyers für und gegen die Bedeutung des Horoskops sollte jede Partei nur Argumente anführen, die auf ihrem eigenen Felde gewachsen sind. Das gilt bereits für die Erwägung, ob die Rolle der Geburt nicht überschätzt wird, insofern sie, verglichen mit der Zeugung, nur transitorischen Charakter trägt. Tatsächlich findet sich in der Geschichte der Astrologie nicht selten die Bevorzugung des Empfängnishoroskops gegenüber dem Geburtshoroskop, so schon bei den Babyloniern und besonders in der hellenistischen Zeit. Man kannte daher Stunden und Tage, die für die Zeugung als günstig galten; der Grieche sagte »Ich pflanze einen Menschen«, wie man sagt: »Ich pflanze einen Baum.«

An sich ist die Unterscheidung freilich zweiten Ranges; denn wenn überhaupt Schicksalszeit vermutet wird, so muß sie nicht weniger durchlaufen als die astronomische oder die mechanische Zeit. Nur ist sie nicht in gleicher Weise teilbar; ihre Stunden folgen sich wohl, aber sie gleichen sich nicht. Hier herrscht derselbe Unterschied wie zwischen dem Kirchenjahr und dem astronomischen Jahr. Die Feste sind ungleichmäßig verteilt und fallen auch auf verschiedene Kalendertage, wobei der Name »Fest« auch Tod und Leiden umfaßt. Im Festjahr verbirgt sich das große Horoskop »des Menschen«, die Koordinierung seiner Laufbahn mit dem

Sonnenjahr. Das ist eine Uhr, die die Kirchen nicht schaffen, sondern als Hinzutretende deuten, wie ja die Rolle des Priesters von jeher die des Hinzutretenden war. Es ist ein Rad, in dessen Speichen sie mitschwingen, weswegen die Feste auch älter als die Kirchen sind. Die Annahme einer neuen Weltzeit, etwa aus technischen oder ökonomischen Rücksichten, würde die Kirche nicht nur in ihrem Ritual, als zeitsetzende Macht, sondern zugleich in ihrem Kern treffen: als zeitempfangende.

Wenn die Schicksalszeit durchläuft, obgleich in einem anderen Rhythmus als die astronomische, so müßte die Kenntnis einiger Knoten genügen, um das Netz zu beurteilen und um zu ahnen, was darin gefangen werden kann. Zeugung, Geburt und Tod müßten in notwendiger Relation stehen, die Ermittlung von günstigen und ungünstigen Tagen möglich sein. Die Unterscheidung zwischen Geburts- und Zeugungshoroskop wäre sekundär. In der Tat sucht man in der astrologischen Praxis aus wichtigen Lebensdaten auf die Konstellation zu schließen, vor allem dann, wenn über die Geburtsstunde Zweifel herrschen oder sie auf einen bedeutenden Schnittpunkt fällt.

Die eigentliche Schwierigkeit, ein solches Verhältnis durchzurechnen, liegt weniger in den Befunden als in ihrer Beurteilung. Wir wissen zu wenig vom Rang der Begegnungen. In unseren Träumen wird er spürbarer. Was wir für groß halten, kann nichtig sein, was wir als Unglück empfinden, günstig, und umgekehrt. Ein Lotteriegewinn kann unser Unglück einleiten, eine Verwundung uns dem Untergang in einer Kesselschlacht entziehen. Der Hinzutretende müßte dem Geborenen zunächst mitteilen, was wichtig für ihn ist. Das Urteil ändert sich mit der Eigentümlichkeit des persönlichen Schicksals und seiner Aufgabe. Es lassen sich daher aus jedem Datum, auch aus dem der Geburt und der Zeugung, nur Schlüsse ziehen, nur Annäherungen erreichen, nicht aber bestimmte Aussagen. Freilich können diese Schlüsse Wichtigeres berühren als die historischen Ereignisse eines Lebens, nämlich den Grund, von dem diese Ereignisse abhängen und durch den sie geformt werden. Bis zu welcher Tiefe das geschieht, hängt von der deutenden Sicht des Hinzutretenden ab.

10

In diesem Zusammenhang sei eine andere Schwierigkeit gestreift, die sich auf die Beurteilung der Charaktere bezieht.

Der Graphólog ist bekanntlich nicht imstande, mit Sicherheit zu bestimmen, ob eine Vorlage von einem Mann geschrieben wurde oder von einer Frau. Man könnte, angesichts dieses Unvermögens gegenüber einem so wichtigen Verhältnis, über seine Kunst den Stab brechen. Man kann aber auch zu einem anderen Schluß kommen, nämlich zu dem, daß der Charakter tiefer gegründet ist als das Geschlecht. Dem würden Ontologen, Psychologen und Mythologen zustimmen. In diesem Falle ist die Kenntnis des Geschlechtes wertvoll für die Beurteilung des Schreibers, aber sie geht nicht mit Notwendigkeit aus der Beurteilung hervor. Mit anderen Worten: es ist für das Schicksal eines Menschen von geringerer Bedeutung, ob er als Mann oder als Frau geboren wurde, als ob ihm männliche oder weibliche Charaktere zuteil wurden. Das aber läßt sich aus der Handschrift ablesen. Es mag als Beispiel dafür dienen, daß Wissen und Deuten verschiedene Schwerpunkte haben; hier wie dort gibt es Dinge, die sichtbar, und andere, die verborgen sind. Es gibt daher zwischen beiden kein Entweder-oder, sondern ein Sowohl-als-auch.

11

Der Kampf des Gelehrten gegen die Astrologie hat etwas vom Angriff gegen die Windmühlen. Er hält die Astrologie für eines der Gebäude, in deren Bauplan er bewandert ist. Er mißt es an den Maßen der Logik und ihres Erkenntnisstils und hält es für schlecht konstruiert. Er übersieht dabei den Unterschied, der zwischen Begriff und Anschauung, zwischen abstraktem und konkretem Wissen, und insbesondere den, der zwischen Wissen und Weisheit besteht. Darum richten seine Angriffe auch wenig aus. Er sieht mit Ingrimm das von ihm Verachtete sich ausbreiten.

Wenn wir unvoreingenommen das Gebäude der Astrologie betreten, wird uns bald spürbar, daß dort in der Tat ein Wissen obwaltet. Wir fühlen, daß sich unsere Augen schärfen und astrologische Typen wahrnehmen, oder wenigstens Typen, die den astrologischen ähnlich sind. Freilich sind diese Typen nicht meßbar wie Figuren der Geometrie. Und darin liegt ihre Qualität. Sie haben keinen Ziffernwert.

Wir wollen über die Realität der astrologischen Typen kein Urteil abgeben. Ohne Zweifel gibt es ein So-Sein des Menschen, das tief unter seinen Eigenschaften ruht und das sich in den Zügen des Körpers, des Geistes und des Charakters einheitlich offenbart. Lehren, die uns die Kenntnisse dieses So-Seins vermitteln würden, wären von großem Wert für uns. Sie würden uns nicht nur in unserer Bahn durch Raum und Zeit sichern und fördern, sondern auch hinsichtlich unserer Ergänzungen.

Der Blick, der den Menschen in seiner schicksalhaften Tiefe erfaßt, dringt bis zum Grunde, auch bis zum Grunde von Feindschaft und Harmonie. Er sucht den Menschen zu ergreifen mit seinen Tugenden und Fehlern, die wie Licht und Schatten ineinander einspielen. Vorzüge und Fehler besagen an sich nichts für oder gegen die Harmonie. Sie können sich ergänzen wie Schloß und Schlüssel; und daß Vorzüge sich summieren, ist ein Vorurteil. Der Fehler des einen kann uns fördern, die Tugend des anderen schädlich sein. Wer Menschen betrachtet, wie man Tier- und Sternbilder betrachtet, erkennt sie jenseits ihrer gesellschaftlichen und moralischen Sphäre, in ihrer notwendigen Art. Gerade deshalb hat er ein besseres Urteil über den Ort, an dem sie sich dem Ganzen einfügen, über ihren Rang in der Konstellation. Und für jeden gibt es einen solchen Ort.

Würde die Astrologie nur dazu dienen, den Blick für die notwendige Eigenart des Menschen zu schärfen, so wäre das schon viel in einer Zeit, die diese Eigenart verwischt, vertuscht, verbilligt wie keine andere. Es handelt sich hier weniger um einen Gewinn an Wahrheit als an bildender Kraft. Die astrologischen Figuren sind Formen, nicht anders als Figuren des logischen Kurses, der Übung im Denken beabsichtigt. Ist das gelungen, so mag man den Modus Barocco und Modus Barbara vergessen; sie haben ihren Dienst getan.

Ganz ähnlich ist es mit den Typen der Astrologie. Sie sind nicht die einzigen. Und sie deuten Wirklichkeiten nur an. Aber sie schließen inmitten einer immer schneller werdenden Bewegung eine ruhende Tiefe auf. Sie führen den Geist in verfallene Schachtgänge. Dort bleibt er nicht ohne Ausbeute.

12

Hierzu ein Weiteres. Die Naturwissenschaften erobern sich einen immer stärkeren Anteil an unserer Bildung und Ausbildung. In den Lehrplänen ist das, wie bekannt, auf Kosten der Humaniora geschehen. Weniger bekannt ist die Verlagerung innerhalb der Naturwissenschaften selbst, die die beschreibenden Fächer immer mehr zugunsten der angewandten verdrängt. Zu einem Physikum gehört heute eine Unmenge chemischen Wissens, kaum Botanik, kaum Zoologie. Diese beschreibenden Fächer waren Typenlehren; sie weichen dynamischen und funktionalen Systemen, zu denen seit langem auch die Biologie gehört. Dazu kommt die Zerstörung der Vorbilder in der Geschichte durch eine ameisenhafte, dem Mythos, dem Nomos und der Paternität feindliche Tätigkeit und endlich die wachsende Abneigung gegen die metaphysischen und selbst die erkenntniskritischen Studien, die dazu geführt hat, daß der Verstand auf ganz naive Weise sein Urteil und seine Maßnahmen von der empirischen Welt und ihren Ereignissen abhängig macht.

Das liegt im Zuge der Zeit und ihrer wachsenden Beschleunigung. Diese Beschleunigung ist allgemein. Der Wunsch, sie dort zu bremsen, wo ihre Nachteile empfindlich werden, ist verständlich, aber er wird Wunsch bleiben, denn die Beschleunigung herrscht nicht nur in den äußeren Ringen und nicht nur in den technischen Wirkungen. Sie wird hervorgebracht und unterhalten durch eine Bejahung, die nicht in ethischer, sondern in schicksalhafter Tiefe ihre Aufgabe kennt. Da diese Aufgabe hart ist, wimmelt es in unserer Welt von Geistern, die entweder ihre Wissenschaft ändern müßten oder ihre Moral. Zu ihnen gehört der Lehrer, der seinen Schülern sonntags noviolence predigt, nachdem er sie in der Woche in die Finessen der Selektionstheorie einführte.

Sichtbarer wird das noch, wo die Naturwissenschaften zur praktischen Anwendung kommen, also in der technischen Welt. Wir brauchen dazu nicht gleich in die Zonen der großen Zerstörung zu gehen. Ein Blick auf den Alltag genügt, etwa auf den Verkehr mit seinen drohenden Warnungen, der Technik des Überholens, in der Wettlauf und Brutalität sich paaren, dem dämonischen Rausche der Geschwindigkeit. Wir fühlen die Stärke des Bannes, der uns zwingt; wir formen und verändern uns durch ihn. Daß es dabei zahllose Tote geben muß, wird unmittelbar anschaulich. Der Unfall ist nicht zu vermeiden, denn er entspringt nicht technischen Mängeln, sondern dem Denk- und Willensstil einer Epoche, ihrem triebhaften Zug. Das Opfer wird auf der Oberfläche abgehandelt, dort wo das Versagen des Individuums und seiner Mittel eine Rolle spielt. Im Grunde, vom Typus aus, wird es bejaht. Die Opfer werden als notwendig erkannt. Niemand würde auf den Gedanken kommen, die Luftfahrt aufzugeben, weil in der Woche hundert Menschen oder mehr in Flammen aufgehen. Jeder nimmt dieses Risiko auf sich, der ein Flugzeug besteigt. Das ist ein erstaunlicher Zug innerhalb einer Epoche, der der Heroismus anrüchig wird. Wir werden darauf noch eingehen.

Gogol sah in der berühmten Vision der »Toten Seelen« Rußland als Troika auf rasender Fahrt zu einem unbekannten Ziel. Für unsere Bewegung möchte eher der Vergleich mit einem Geschoß zutreffen, das in wachsender Beschleunigung den Raum durcheilt. Wer hat es abgeschossen, und wer möchte es aufhalten? Sogar die Ortung wird schwierig, ja fast unmöglich, wo die Bewegung Ufer und Mitte verliert.

Indessen gibt es ein Hilfsmittel: nämlich das Ruhen des Auges auf einem unbewegten Gegenstand. So war Archimedes inmitten des belagerten Syrakus in seine Kreise vertieft. Zu einer solchen Ablenkung des Blickes von den Figuren einer dynamischen Monokultur ist die Astrologie besonders geeignet, weil sie aus einem Weltbild stammt, dem Mensch und Erde noch Mittelpunkte sind. Von dort aus weist sie in eine Richtung, die außer- und oberhalb der menschlichen Pläne und Absichten liegt. Sie ragt wie ein erratischer Block als Überrest aus alten Zeiten in die unsere, als Zeugnis nicht nur für einen anderen Denkstil, sondern für eine andere Geistigkeit. Mit ihr ist eine Art der Schau verbunden, die von unserer wissenschaftlichen Beobachtung weit getrennt ist; es werden Kräfte durch sie angeregt, die lange brach lagen.

13

Der astronomische und der astrologische Blick auf die Sterne sind verschieden wie Newtons und Goethes Blick auf die Farbenwelt. Hier handelt es sich um quantitative Messung, dort um unmeßbare Qualität. Das gilt, wie für die Farben, auch für die Zeit. Und immer wieder werden sich Menschen finden, die die Qualität der Zeit für wichtiger halten als ihre Meßbarkeit. Jeder weiß es im Grund. Die Zeit gibt nicht nur den Lebensrahmen, sie ist auch das Schicksalskleid. Sie setzt nicht nur dem Leben seine Grenzen; sie ist auch sein Eigentum. Mit der Geburt eines jeden Menschen steigt seine Zeit herauf.

Daher bliebe, selbst wenn all ihre Daten irrig wären, die Bedeutung der Astrologie bestehen als eines Versuches, die Welt in einer Tiefe auszuloten, die kein Gedanke, kein Teleskop ergründen wird. Und hinter der Anteilnahme, die diese Sternschau in unseren Tagen findet, verbirgt sich mehr als nur der Wunsch des Menschen, sein Schicksal auf eine Weise zu begreifen, die ihm noch bis vor kurzem entfremdet gewesen ist. In ihr verbirgt sich die Sehnsucht, herauszutreten aus der abstrakten Zeit, die ihn mit tausend Fäden fesselt und deren Herrschaft ihn stets mächtiger bedrückt.

In diesem Sinne ist das Horoskop die Schicksalsuhr. Die Stunden folgen sich, aber sie gleichen sich nicht. Das Zifferblatt unserer mechanischen Uhren ist streng symmetrisch; ein Zwischenraum gleicht genau dem anderen. In unserem Jahrhundert hat man sogar begonnen, die Ziffern fortzulassen, um die Gleichförmigkeit noch zu erhöhen. Das Horoskop dagegen ist ein Abbild, ein Sinnbild der Weltenuhr. An ihm fällt auf den ersten Blick die ungleichmäßige Verteilung der Zeichen auf, die eher an die Konstellation des nächtlichen Himmels oder an die Konfiguration einer Schachpartie erinnert als an das Zifferblatt einer mechanischen Uhr. Solange Menschen leben, wird auch der Wunsch nicht sterben, zu lesen, was dort geschrieben steht.

Die Astrologie führt in andere Schichten als in jene, in denen der Beweis befriedigen kann. Eher ist sie der Religion benachbart als der Wissenschaft. Das ist einer der Gründe, aus denen die Kirche schon früh die Sterndeutung mit Mißtrauen betrachtete. Clemens von Alexandria hat den Glauben an Horoskope einen Verrat an der Vorsehung genannt. Warum aber sollte die Vorsehung sich nicht auch in den Sternen aussprechen, auch dort verehrungswert sein? Auch die Drei Weisen aus dem Morgenland waren sternkundig. Origenes, der an Astralgeister glaubte, befürchtete, daß eine Lehre, die das Schicksal mit dem Lauf der Sterne verknüpft, den Menschen des Gefühls der Freiheit beraube und ihn vom Pfade des Gebets ablenke. Der Einwand hat heute viel von seiner Gültigkeit verloren, da die Anziehungskraft der Astrologie gerade auf jene Massen wirkt, denen die Praxis des Gebetes seit langem, oft schon seit Generationen, abhanden gekommen ist. In dieser Hinsicht haben wir es eher mit einem Symptom der »Zweiten Religiosität« zu tun. Im besonderen läßt sich auf eine heraufwallende gnostische

Grundströmung schließen, die sich auch durch andere Zeichen ankündet.

Die Astrologie hat immer ihre Gegner gehabt, darunter Geister wie Cicero und den älteren Plinius. Die Einwände, die sie gebraucht haben, indem sie etwa auf die Verschiedenheit des Schicksals zweier zur gleichen Stunde in einem Haus geborener Kinder hinwiesen, gelten heute noch. Sie haben sich sogar verfeinert, doch sind auch neue Gegengründe aufgetaucht. In jenem Falle handelte es sich um Kinder der Hausfrau und ihrer Sklavin, die zur gleichen Stunde niederkamen, also um eine seltene Ausnahme. Heute verfügt die Zwillingsforschung, die sich zu einer exakten Wissenschaft entwickelt hat, über umfassende statistische Voraussetzungen für derartige Beobachtungen. Das Auftauchen einer solchen Wissenschaft steht mit dem Übergange von der individuellen zur typischen Erscheinung im notwendigen Zusammenhang. Die Anteilnahme wendet sich vom isolierten Einzelnen, etwa von Robinson und Kaspar Hauser, auf den Unbekannten, den Namenlosen, in dem sich das Schicksal der Gemeinschaft kristallisiert, vom Heros auf den Erdgeborenen, der seinen Brüdern gleicht. Wenn nun zwei Schwestern, Zwillinge, im Alter von neunzig Jahren an einem seltenen Krebs sterben, so wird man das auf die »Erbmasse« beziehen. Schwieriger würde es schon, wenn man bemerkte, daß beide am gleichen Tage, die eine in Chikago, die andere in Hamburg, einem Unfall erlegen sind. Hier würden sich wissenschaftliche und astrologische Begriffe, meßbare und Schicksalszeit in einer Art begegnen, die dem Streit um des Kaisers Bart gliche. Diese Händel spielen sich vor der dem induktiven Denken gezogenen Schranke ab. Sie führen nicht zum Vergleich. Der Mann der Wissenschaft wird Schicksalsgründe ablehnen und glaubwürdig die Konsequenz nachweisen. Der andere wird alles dem Schicksal unterordnen, nicht nur den Unfall, sondern auch die Krankheit und die Zwillingsgeburt.

Die Astrologie hatte immer wieder ihre Glanzzeiten, in denen das Schicksal von Reichen und Ländern durch Hofastrologen gelenkt wurde – Zeiten, in denen ein Nostradamus zum Leibarzt Karls IX. ernannt wurde oder in denen ein Kepler zu Sagan Wallenstein sein hohes Glück verkündete. Selbst ein so großer Astronom wie Tycho de Brahe hielt am Sternenglauben fest. Es wird behauptet, daß auch im Zweiten Weltkrieg astrologische Gutachten in verschiedenen Ländern eine Rolle gespielt haben.

Die Anziehungskraft der Astrologie mußte eine starke Einbuße erleiden im Maße, in dem sich kopernikanische Ideen der Vorstellung bemächtigten. Baptiste Morin, der bis zur Mitte des 17. Jahrhunderts lebte, lieferte mit seiner »Astrologia Gallica« ein Rückzugsgefecht. Immer aber gab es, auch in Europa, Einzelgänger wie Johann Wilhelm Pfaff, dessen »Stein der drei Weisen« 1821 erschien. Allem Anschein nach handelt es sich hier um eine der Auseinandersetzungen, die, ähnlich wie die über die Willensfreiheit, mit der sie eng verknüpft ist, niemals zu Ende gehen.

Das Wiederaufleben astrologischer Vorstellungen und astrologischer Praxis, das nach dem Ersten Weltkrieg eine umfangreiche Literatur hervorbrachte und offensichtlich noch zunimmt, ist insofern merkwürdig, als zugleich die rationale Ordnung des Lebens weiter fortschreitet. Zu allem, was wir als Planung, Normung, Automation, Verkehr, Komfort, Versicherung betreiben und weiter ausbauen, stehen die astrologischen Prinzipien im krassen Widerspruch. Jedes der zahllosen Räder unserer technischen Welt dreht sich auf die Weise des Uhrrades innerhalb der meßbaren Zeit. Es läßt sich keine Kombination daran knüpfen, die den menschlichen Plan, die menschliche Absicht übersteigt.

So entsteht beim Überfliegen der Zeitungen der Eindruck, daß sich mit der astrologischen Sparte ein fremdartiges Gebilde ansiedelt. Zugleich erhebt sich die Frage, ob es sich dabei um eine geistige Mode handelt, ähnlich dem physiognomischen Taumel, der vor bald zweihundert Jahren die Geister bewegte, nachdem Lavaters »Physiognomische Fragmente zur Beförderung der Menschenkenntnis und Menschenliebe« erschienen waren – oder ob wir Symptome einer Veränderung vor uns haben, die sich als Gegen- und Unterströmung ausbreitet, und ob nicht vielleicht die Zeichen in dieser ihrer symptomatischen Eigenschaft bedeutungsvoller sind als jeder Nutzen oder Schaden, der durch sie gestiftet werden mag.

14

Diese Fragen werden kaum entschieden durch Fortsetzung des alten Streitgesprächs, gleichviel auf welche Seite man sich schlägt. Eher wird man ihnen gerecht, wenn man den beiden Mächten Koexistenz zubilligt, indem man sie als benachbarte Souveräne betrachtet, von denen jeder seine eigene Einrichtung, seinen eigenen Stil, seine eigenen Gesetze hat. Ebenso kann man in einer Bibliothek neben Descartes' »Discours de la Méthode« eine Ausgabe von »Tausendundeiner Nacht« stellen, ohne auf den Gedanken zu kommen, daß man Kompetenzen verletzt. Indem man das eine oder das andere Werk öffnet, tritt man in verschiedene Räume ein. Bei den meisten wird sogar das Bedürfnis nach einem Neben- oder Nacheinander solcher Lektüre bestehen, ähnlich wie ein Nutzgarten kaum ohne Blumen oder ein Erwerbsleben nicht ohne musische Erholung denkbar ist. Die Bibliothek oder das Haus ist ein Drittes, Größeres. Das ändert sich auch nicht in Zeiten, in denen der Typus vorwiegt, dem man anmerkt, daß er nur *ein* Buch gelesen hat.

Es scheint, daß die Planung einen gewissen Grad nicht überschreiten darf. Völlige Sicherheit innerhalb des Planes wird erst empfunden, wenn Schicksalsbestimmungen hinzutreten. Aus diesem Grunde können auch Zeremonien nicht entbehrt werden. Es entspricht diesem Bedürfnis, daß ein so bewußtes Volk wie das der Römer noch in seiner Spätzeit auf das Orakel und auf die Bestimmung von günstigen und ungünstigen Tagen Wert legte. Beachtung der Vorzeichen, augurium und haruspicium, Vogel- und Eingeweideschau, galten als unentbehrlich vor Tagen und Handlungen, die man für schicksalhaft hielt. Die Erinnerung daran berührt merkwürdig, wenn man vom Bewußtsein so geprägte Köpfe wie die des Trajansfrieses sieht. Wir werden indessen dieser Erscheinung gerechter, wenn wir sie nicht als einen zur Formalie oder zum Aberglauben abgesunkenen Brauch aus frühen Zeiten ansehen, sondern als eine Abrundung und vielleicht auch Abdichtung des Lebens nach der Schicksalsseite hin. Das mochte sich auch im Sichtbaren auswirken, etwa indem die auctoritas sich neben und unterhalb der Disziplin auf das augurium gründete. Daher sah man im römischen Lager zur Rechten des Feldherrnzeltes das augurale, den Ort für die Auspizien.

15

Daß der Plan scheitert, sei es im kleinen durch den Unfall, sei es im großen durch die Katastrophe, gehört zu unseren Erfahrungen. Es kann der Punkt erreicht werden, von dem an jede weitere Zufuhr von Energie das Unheil vermehrt und Nicht-Handeln besser als Handeln ist. Das kann im kleinen der Fall sein an einem Tage, an dem man »mit dem linken Fuße aufgestanden« ist und nachträglich zugeben muß, daß man eine Fahrt doch besser unterlassen hätte, obwohl sie sich als dringend darstellte. Nennt sich das Unheil Krankheit, so ist der Augenblick nicht zu versäumen, an dem man sich zu Bett legen muß. Das wird dann wichtiger als alles andere. Ebenso gibt es im Kriege den Punkt, von dem an jede weitere Anstrengung die Niederlage verschärft und vor dessen Überschreitung ein klarer Beurteiler von Machtfragen wie Clausewitz nachdrücklich warnt.

Wo unheilvolle Erfahrungen sich häufen, keimt ein Mißtrauen gegen den Plan und seine Unfehlbarkeit im Menschen auf. Er muß zugeben, daß er den Rahmen der Zukunft nicht ohne Lücke ausfüllen kann, da immer Elemente bleiben, die sich der Voraussicht entziehen – kurzum, daß zwischen Denken und Lenken ein Unterschied besteht. Wie oft führt sogar der Plan das Gegenteil des Beabsichtigten herbei. Die Geschichte ist reich an babylonischen Fehlschlägen.

Den Modellfall für das Scheitern des Planes hat der Untergang der »Titanic« geschaffen; er bildet eine Wendemarke in der Geschichte des Fortschrittes. Das Schiff war immer ein großes Symbol. Der Schiffbruch erhellte unter anderem die Gefahren des Rekords. Der Name kommt aus der Sportsprache – *to record* ist »aufzeichnen«. Es handelt sich um einen in besonderer Weise mit dem Bewußtsein verknüpften und durch seine Instrumente gemessenen Vorgang, der im Altertum und überhaupt bis zur Moderne unbekannt war. Nicht nur die Leistung von Maschinen, auch die des Menschen wird so kontrolliert. Beim Wettkampf ist nicht mehr der Mensch, sondern sind Uhren des Menschen Maß.

Dem Griechen lag der Gedanke fern, daß Sekunden Wert haben. Er wollte sich mit Menschen, vielleicht sogar mit Göttern messen, nicht aber mit der abstrakten Zeit. Inzwischen treibt die technische Entwicklung nicht nur die Rekorde, sondern auch die mit ihnen verbundene Gefährdung weiter hinauf. Die Gefahr ist an die Mittel geheftet, und zwar a priori; es ist ein sekundärer Unterschied, ob die Mittel auf der Macht- oder auf der Ökonomie- und Komfortseite verwandt werden. Auf Ausflügen sterben heute mehr Menschen als bei Wettrennen. Oft ist die Komfortseite sogar bedrohlicher, wie eine chronische Erkrankung bedenklicher als die akute ist.

16

Die Katastrophe führt den Menschen dem Augenblick entgegen, in dem er »der Götterstärke weicht« und ihm die Schicksalsseite des Geschehens mächtiger erscheint als jene, auf der er plant und deren Schatten er in guten Zeiten kaum bemerkt.

Den Pessimismus, der nach der Katastrophe auftritt, kann man der Schwächung der Willenskraft zuschreiben, die übermäßig in Anspruch genommen worden ist. Und doch sieht er in vielem klarer als der Optimismus nach dem Erfolg. Der Pessimismus kann sich auf den vorliegenden Fall beschränken und zu der Ansicht führen, daß der Plan nicht genügend kalkuliert worden war und schärfer durchdacht werden muß. So wurde nach dem Untergange der »Titanic« eine Reihe von Verbesserungen im Schiffsbau und in der Navigation getroffen, die allerdings nicht verhindern konnten, daß immer wieder große Schiffe zu Grund gingen.

Eher läßt sich beobachten, daß mit dem technischen Ausbau der Umfang der Katastrophe wächst, auch wenn man die Kriegswirkung nicht einrechnet. Daher richtet sich ein tiefergreifender Pessimismus gegen die Form der Planung überhaupt, wie sie sich in unserer Welt entwickelt hat. Er kommt zu der Frage, ob dieses Gewebe menschlicher An- und Absichten nicht eines Durchschusses bedarf, um sicherer und haltbarer zu werden, und ob seine Verfestigung, seine Vertiefung und Abdeckung nach der Schicksalsseite hin möglich ist.

Ohne Zweifel ist das die Aufgabe der Religionen, die deshalb jeder Einsichtige, auch wenn er sich nicht durch sie gebunden fühlt, in den großen Konflikten unterstützen wird – etwa dort, wo sie dem atheistischen Rationalismus des Planes in seiner vollen Überheblichkeit ausgeliefert sind.

Dabei läßt sich nicht übersehen, daß eine große Zahl von Menschen aller Völker, Rassen und Schichten, auch aller Intelligenzgrade, durch die Religionen nicht mehr ansprechbar sind. Man geht daher sicherer, wenn man etwas Tieferes anspricht als die kultische Zugehörigkeit, nämlich den religiösen Instinkt. Ohne ihn kann niemand existieren; daher wird man auch in den hellsten Köpfen noch einen Vorhang finden, der ein Heiligtum verhüllt. Wer dieses Andere, Unausgesprochene errät, das nach Benennung dürstet, verfügt über den Hauptschlüssel.

Dem ist hinzuzufügen, daß es den Religionen selbst immer weniger gelingt, den religiösen Instinkt zu befriedigen, selbst weniger als den Zeitmächten. Das muß zentrale Gründe haben, um so mehr, als alle Kulte betroffen werden; doch ist hier noch nicht der Ort, mit ihnen uns zu beschäftigen.

17

Wenn wir Begriff und Anschauung oder Wissen und Deuten zwei Häusern verglichen haben, so muß dazu bemerkt werden, daß es auch Zwischengemächer gibt. Daß diese Zwischengemächer sich ausdehnen, ist eines der Anzeichen dafür, daß wir eine Nahtstelle erreicht haben. Damit werden Gebiete wissenschaftlich diskutabel, werden zu »Fächern«, von denen man das früher nicht geahnt hätte. Daß es sich um Zwischengemächer handelt, ist auch daran zu erkennen, daß in sie sowohl Begriffe wie Zeichen eintreten.

Diese Ausweitung läßt verschiedene Erklärungen zu – etwa die, daß die Wissenschaft durch einen Verlust an logischer Strenge zugänglicher wird. Man könnte aber auch behaupten, daß das Bewußtsein neue Felder erobert und sie der wissenschaftlichen Durchdringung erschließt. Es führt Licht in entlegene Schächte ein.

Verfeinerungen in der Methodik, auch in der Praxis, können die Folge sein. Man weiß heute – das heißt, es ist wissenschaftlich anerkannt – daß es günstige und ungünstige Tage zum Operieren gibt. Wir verdanken diese Einsicht Kombinationen statistischer, meteorologischer und medizinischer Art. Es wäre auch vertretbar, einen Eingriff zu unterlassen, weil man vom Patienten einen abweisenden Traum erfahren hat, denn auch die wissenschaftliche Traumdeutung macht Fortschritte. Man würde aber nicht daran denken, den Bau des ganzen Krankenhauses an einem astrologisch günstigen Tage und an einem geomantisch erkundeten Ort zu beginnen oder ihn deshalb zu unterlassen, weil ein Orakel ihn untersagt.

Dagegen ist es nicht nur denkbar, sondern auch wahrscheinlich, daß hygienische, klimatologische, strahlungsastronomische und -geologische Vorstellungen sich in einer Weise verfeinern werden, die nicht nur auf die Anlage, sondern auch auf die Form solcher Bauten Einfluß übt. Und wiederum ist es möglich, daß man dabei auf ähnliche Orte und Zeiten verfallen wird wie auf die ehedem mantisch erkundeten.

Es ist nicht selten, daß schärferes Durchdenken in kühner Schleife ein längst vergessenes Gut entdeckt. Die Behandlung der Paralyse durch Heilfieber, wie wir sie seit 1917 kennen, wurde seit langem von afrikanischen Medizinmännern praktiziert, wenngleich unter anderen Vorstellungen. Sumpfdämonen spielten eine Rolle dabei. Dem liegt zugrunde, daß das Fieber, wie das Fasten, das Atmen und der Schlaf, zu den wirklichen Heilkräften zählt, zu denen alle Heilmittel nur im Verhältnis von Türöffnern stehen. Je komplizierter eine Medizin, desto verdächtiger.

Man kann den Medizinmann, wenn man ihm einen weißen Kittel anzieht und ihn hinter ein Mikroskop setzt, in einigen Jahren dazu bringen, die Spirochaeten zu sehen. Es handelt sich dabei ja nicht um einen rein optischen Akt. Vergeblich würde sich aber der Medizinmann bemühen, seinen europäischen Kollegen mit den Zusammenhängen vertraut zu machen, die ihn zur Heilung befähigen. Man wird sich dahin vergleichen, daß er empirisch einen Befund ertastet hatte, den das Wissen sieht.

Im Grunde hat jede Ordnung ihre Heilkunst, in die auch die Schattenseiten der Zeit einfließen, wie in die unsere die technische Differenzierung, die statistische Behandlung und das Rekordwesen. Die Kunst bleibt unbegrenzt. Der Grund ist zwingend: Der Menschenplan beschränkt sich auf die Heilung, während der Weltplan nicht nur diese, sondern auch Krankheit und Tod umschließt. Das bringt die Medizin in Konflikte, die auf ihrem eigenen Felde unlösbar sind, und diese Konflikte müssen wachsen im Maße, in dem die Medizin sich spezialisiert.

Der Buschmann war dem Weißen ohne Zweifel an Wissen weit unterlegen, doch unterschied er sich von ihm dadurch, daß er nicht nur eine Funktion ausübte, sondern noch ein Amt versah, dessen er nicht durch bloßes Wissen teilhaftig geworden war. Damit hängt eng zusammen, daß er den Kranken und seine Krankheit, wenn auch in unserem Sinne unzureichend, als Ganzes auffaßte. Daß nicht nur unsere Medizin, sondern die Naturwissenschaft überhaupt auf die Ausscheidung gerade dieser Qualität abzielt, um größere Durchschlagskraft zu erreichen, ist bekannt.

Das Volk fühlt diesen Mangel, wie unter anderem der Zulauf, den die periodisch auftretenden Wundermänner finden, verrät. Es liegt ein Protest in seinem Wunderglauben und der Verdacht, daß das Studium einen ungünstigen Einfluß auf die Heilkraft ausübe, die immer noch mehr als das Wissen und mehr als jede Technik ausweist, wer ein guter Arzt ist und wer nicht.

18

Es gibt Beurteiler, die nach dem berühmten Wort Pascals, daß »viel Wissen zu Gott zurückführt«, meinen, die wachsende Verfeinerung der Einsicht könne allmählich einen Grad gewinnen, bei dem das Wissen sich wie eine feine Haut dem Grundgerüst, dem Bauplan der Welt auflege. Dadurch könne sich der Unterschied zwischen Wissen und Glauben verringern bis auf einen unwägbaren Rest. Wissenschaft könne Religion werden.

Das ist nicht der Fall. Es gibt wohl eine Annäherung zwischen Wissen und Nichtwissen bis zum völligen Übergang, eine Annäherung, die einem allmählichen Lichteinfall zu vergleichen ist. Es gibt auch eine Annäherung zwischen Glauben und Nichtglauben bis zum völligen Übergang, der zuweilen sogar als jäher Lichteinfall, als Lichtflut, stattfinden kann. Zwischen Wissen und Glauben aber gibt es nur Analogien; es bleibt stets eine Kluft und ein Sprung, der gewagt werden muß. Weder Beweis noch Wille überbrücken sie.

Das schließt nicht aus, daß sich das Wissen als Ganzes auf eine Weise bewegt, die dem Plan widerspricht und die besonders spürbar wird in der schubhaften Phase, in der wir begriffen sind. Das Bewußtsein verliert die Kontrolle über die Gesamtrichtung, während die Details schärfer hervortreten. Das deutet auf ein Bewegendes außerhalb des Wissens, das durch den Plan nicht zu erfassen, geschweige denn zu lenken ist. Die Wissenschaft bleibt im Zusammenhang, doch wird sie im ganzen angehoben wie ein Schiff. Wir sehen noch die vertrauten Maße und Gegenstände, denen jedoch der Ortswechsel eine neue Bedeutung verlieh.

19

Die Hochzucht der Naturwissenschaften hat außerordentliche Wirkungen hervorgebracht. Sie konnte nur erreicht werden durch die Beschneidung der Geisteswissenschaften und durch die Bevorzugung der funktionalen Regionen in der Mathematik und den Naturwissenschaften selbst.

Daß auch die philosophische Betrachtung der Naturwissenschaften, wie sie noch in der Romantik geübt werden konnte, zurücktreten und sogar verdächtig werden mußte, liegt auf der Hand. Daher können in den Naturwissenschaften Geister wie Goethe, Schelling oder Alexander von Humboldt nicht mehr auftreten – Geister, die mit ruhendem Blick das Gebiet in seinem Umfang und seiner Tiefe erfassen und die dazu mehr als Wissen mitbringen.

Es fehlt aber, trotz aller Ernte an Kenntnissen selbst, an erkenntniskritisch geschulten Köpfen, wie sie noch weit in das 19. Jahrhundert hineinreichen. Daher geht auch die logische Unterscheidung verloren zwischen dem, was gewußt, und dem, was nicht gewußt werden kann, das heißt: die kantianische Bescheidenheit. Die Sichtbarkeit wird zum Prüfstein der Wirklichkeit. Der Blick verkümmert, der die Fülle der natura naturata noch von der Einheit der natura naturans zu trennen vermag. Ihm verschwimmen sowohl die Moral- wie die Machtfragen.

Damit wächst nicht nur die unkontrollierte Bewegung, sondern ist auch unmittelbar Gefahr verbunden, da der Plan sich vom eigentlichen Weltbau und der ihm innewohnenden Ordnung entfernt. Sein Risiko nimmt zu.

Das sind Gefahren, die sich bereits aus einer unzureichenden Lagebeurteilung ergeben, aus der unscharfen Erfassung der Welt als Gegenstand. Sie können daher durch jeden gesunden Verstand begriffen werden, ohne daß metaphysische Spekulationen nötig sind. Sie werden auch allgemein empfunden, wenngleich meist in der Form des Mißbehagens, des warnenden Instinkts, der ahnt, daß ungeachtet aller Intelligenzanwendung die Dinge nicht in der Ordnung sind.

20

Zu den Fächern, die im Zwischengemach auftauchen, gehört die Charakterologie, ein Gebiet von unbestimmtem Umfang, das eng und weit gefaßt werden kann. Wesen und Ausdruck des Menschen: das ist eine Welt.

Die Betrachtung der Charaktere führt uns in die Nähe der Astrologie. Charakterdeutung oder, besser, Charaktergründung sind Hauptaufgaben des Horoskops. Die Charakterologie gilt in unseren Tagen als Wissenschaft, obwohl sie erst durch Elemente fruchtbar wird, die jenseits des Wissens gelegen sind und sie den Künsten annähern. Charakterdeutung setzt eine Art von Musikalität voraus. Es muß ein Fluidum zwischen dem Beurteiler und dem zu Beurteilenden bestehen, auch Kongenialität. Dadurch beschränkt sich die Reichweite der angewandten Psychologie, die man als eines der Unterfächer der Charakterologie betrachten kann. Die Beurteilung spiegelt den Beurteilenden. Aus der Beurteilung seiner Untergebenen läßt sich der Charakter des Chefs ablesen.

Die Auslese auf Grund der Charakterbeurteilung geschieht in der Praxis, und nicht auf wissenschaftliche Art. So hat in der Armee der Kommandeur und nicht der Psychologe das letzte Wort. Das Gegenteil würde ein schlechtes Zeichen sein. Nach einer Reihe von Jahren, vielleicht erst auf dem Schlachtfeld, stellt sich der prognostische Wert einer Beurteilung heraus. Es wird sichtbar, ob der Blender überschätzt, das große Talent, das erst zum Selbstbewußtsein kommen mußte, unterschätzt worden ist.

Zu solcher Überprüfung wird sich fast immer Gelegenheit bieten, denn das Vorrücken in die eigentliche Bestimmung entscheidet nicht die Beurteilung allein. Es findet bei starken Charakteren, bei »unbequemen Untergebenen«, oft gegen sie statt. Im allgemeinen erreicht der Mensch den Platz, der ihm gebührt. Diese Bemerkung darf nicht nur positiv verstanden werden: die Bestimmung des Menschen kann auch sein, daß er versagt. Damit treten wir aus den Bereichen der Charakterologie, besonders aus ihren ethischen Bezirken, bereits in eine horoskopische Betrachtung ein. Das Versagen, der Fehler, kann, ähnlich wie die Krankheit, als Bestimmung nur erkannt werden durch einen Blick, der große Pläne, der Konstellationen auszudeuten vermag.

Als der Hahn zum dritten Mal krähte, das heißt: als die Stimme des Weltgewissens erscholl, wurde Petrus zum Verräter an seinem Meister – nicht nur deshalb, weil er zu schwach zum Bekenntnis war, sondern auch deshalb, weil es eine Prophezeiung zu erfüllen galt. Hätte er die Wahrheit bekannt, so würde er den Meister Lügen gestraft haben. Die Ehre des Individuums zerbricht unter der Last einer ihm unbekannten Ordnung, die über es verfügt. Das ist ein Schicksalszug, und ihn in den Künsten darzustellen Aufgabe des Tragikers, der ihn im Spiel wiederholt. Die Tragödie ist kultisches Spiel. In ihr wirkt das Schicksal mit seinen Mächten, webt Schicksalszeit. In der meßbaren Zeit kennt man das Tragische nicht. Es gilt als vermeidbar – dann gibt es nur Unfälle.

Wo schwere Entscheidungen zu treffen und Opfer auszurichten sind, wie bei der Heerführung, wird dem Charakter gegenüber dem Intellekt der Vorrang eingeräumt. Der Kommandierende ist daher meist einfacher, »beschränkter« als sein Stabschef, der Kriegskunst als Wissenschaft betreibt. Dafür werden Festigkeit in bedrohter Lage, ausstrahlende Autorität und väterliche Größe von ihm verlangt. Blücher nannte Gneisenau »seinen Kopf«. Aber: »Die großen Gedanken entspringen im Herzen«, sagt Vauvenargues.

21

Bei der Betrachtung der Charaktere ist sowohl die wissenschaftliche Methode als auch eine von ihr verschiedene Anschauung anwendbar. Wir nähern uns der astrologischen Zeichensprache dort, wo die Charaktere eine Macht gewinnen, die sowohl die persönliche Eigenart wie auch die geschichtliche Einmaligkeit sprengt. Dort scheint etwas wiederzukehren, ein Altbekanntes wird zeitlich sichtbar und von den Völkern nicht mehr durch Gründe begriffen, sondern als sich enthüllende Gestalt.

Tierbilder werden sichtbar, wenn Moses und Alexander mit Hörnern geschaut werden, wenn Christus spricht: »Ich bin das Lamm«, wenn Heinrich als Löwe, Clemenceau als Tiger erscheint. Auch mythische Figuren feiern in der Erinnerung der Völker Wiederkehr. Zu ihren Kennzeichen gehört der Zweifel daran, ob sie gelebt haben.

Innerhalb des historischen Rahmens gibt es Wiederholung, doch keine Wiederkehr. Achilles kehrt in Alexander, doch der erste Napoleon kehrt nicht im dritten zurück. Innerhalb der berechenbaren Zeit gibt es Analogien, aber keine Identität. Es können also Väter, nicht aber *der* Vater auftreten. Hierauf bezog sich der Arianische Streit, der um Wesensähnlichkeit oder Wesensgleichheit des Sohnes geführt wurde. Es ging um Zeitfragen im tiefsten Sinn.

Mit der Wiederkehr zieht etwas Stärkeres in den Menschen ein als die Erinnerung. Es wird identisch mit ihm, wie Mann und Frau identisch werden in der Zeugung, in der zeitlose Schöpfungsmacht in das zeitliche Leben wiederkehrt. Ohne Wiederkehr gibt es nur noch Daten, doch keine Feste mehr.

22

Man sagt, daß der Charakter das Schicksal formt. Das lehrt uns die eigene Erfahrung – etwa indem wir im Rückblick erkennen, wie immer wieder dieselben Fehler uns schädigten.

Es ist schwer, ja fast unmöglich, sie zu vermeiden, weil die Anlässe, die sie provozieren, sich uns in wunderlichen, stets wechselnden Verkleidungen darbieten. Daß der Fehler begangen wird, obwohl wir gerade vor ihm gewarnt wurden, ist eines der großen Themen von »Tausendundeiner Nacht«.

Die starken Charaktere sind durch Fehler nicht minder gefährdet als die schwachen und richten oft größeres Unheil an. Wir müssen uns hüten, den Charakter mit dem Willen zu identifizieren, wie das in unserer Welt fast selbstverständlich geworden ist. Man meint hier ausgesprochen Willen, wo man vom »starken Charakter« spricht. »Ducunt volentem fata, nolentem trahunt« – wie viele Sprichwörter, läßt sich auch dieses umkehren. Ein Charakter kann sich auch durch Nicht-Wollen bewähren, etwa durch »Passen« im Sinne des Kartenspiels. Ein großer Gewinn kann gerade in Möglichkeiten schlummern, die man vorübergehen läßt. Sie werden zum Kapital der Aktion. Das gilt vor allem, wo Gut und Böse in die Entschlüsse einspielen, wo also die Entscheidung moralische Qualitäten gewinnt.

Wir mögen aber den Charakter so oder so auffassen, mögen selbst einen vollkommenen Charakter annehmen, so stellt er doch nur eine der Komponenten der Schicksalsbahn. Die gleiche Erfahrung, die uns immer wieder durch das Beispiel des Mannes erquickt, »der seinen Weg macht«, befremdet, erschreckt uns ebensooft durch den Anblick des Gegenteils. Wie viele tüchtige, gerechte, kluge und gute Menschen scheitern auf eine Weise, die unerklärlich, ja sinnlos scheint. Wie viele erliegen den Krankheiten, den Unfällen, der Bösartigkeit der Welt und der Mitmenschen. Und auf der anderen Seite: wie oft neigt sich das Füllhorn über jenen, der es nicht zu verdienen scheint. Da sind die großen Gewinne, die glücklichen Heiraten, die Erbschaften, die wunderbaren Errettungen aus Schiffbrüchen und anderen Unfällen. Das ist der unberechenbare Einschuß in den Lebensstoff.

Wenn wir diese andere Seite die Glücksseite nennen wollen, so werden wir finden, daß die Menschen auch diese ihrem Wesen, ihrer Qualität zurechnen, ja oft auf sie sich mehr als auf ihr Wissen und Können zugute tun. Napoleon berief sich auf seinen Stern und sah in ihm vor allem die hinter seinem Aufstieg wirkende Macht. Solange dieser Glücksstern strahle, könne nichts ihn aus seiner Bahn werfen, und, wenn er unterginge, genüge ein Stäubchen dazu. Sulla, ein scharfsinniger Kopf, ließ sich »felix« nennen; er sah im Glück eine göttliche Macht, die ihn begünstigte.

Das Glück scheint in der Tat an manchem Menschen so eng zu haften, daß es als Eigenschaft empfunden wird. Und wenn wir mit einem Glückspilz sprechen, werden wir bald merken, daß er sich wirklich in mehr oder minder bescheidener Weise sein Glück als Verdienst zuschreibt. Daran ist etwas Richtiges, obwohl es intelligente Geister zu verstimmen pflegt. Aber der Anblick des Glücklichen hat etwas Erfreuliches. Er läßt auf den Überfluß der Welt schließen. Der arme Sindbad preist angesichts des reichen Sindbad und seiner Schätze Allah, der solche Gaben verleiht.

23

Das Abendland hat viele Wissenschaften und versteht auch das Kleinste zur Wissenschaft zu machen, aber es fehlt ihm die Wissenschaft vom Glück.

Eher läßt sich behaupten, daß überall, wo es mit seinen Methoden und Apparaten eindringt, zwar Energien zuströmen, das Glück aber Abschied nimmt. Die Menschen werden mächtiger und reicher, aber nicht glücklicher. Im Maße, in dem die Mittel wachsen, entschwindet die Zufriedenheit. Wahrscheinlich sind dieser Schwund und dieses Wachstum aufeinander angelegt: es muß Glück konsumiert werden.

Der Mensch, der keine Zeit hat – und das ist eines unserer Kennzeichen – kann schwerlich Glück haben. Notwendig verschließen sich ihm große Quellen und Mächte wie die der Muße, des Glaubens, der Schönheit in Kunst und Natur. Damit entgeht ihm die Krönung, der Segen der Arbeit, der in Nicht-Arbeit, und die Ergänzung, der Sinn des Wissens, der im Nicht-Wissen liegt. Das wird im Absinken dessen, was wir Kultur nennen, unmittelbar anschaulich.

Man könnte befürchten, daß der Schwund sich einem Punkte nähert, an dem er nicht mehr als solcher empfunden wird – einem Punkt, an dem Komfort das Glück ersetzt, der Kunsttrieb durch Maschinen befriedigt und Schönheit meßbar wird. Es bleiben aber immer, wenn nicht andere Räume, so doch andere Zeiten zum Vergleich, etwa Zeiten, von denen Mozarts Musik kündet. Daß ein Mangel empfunden wird, verrät auch das außerordentliche Erstaunen, das die Massen ergreift, wenn ein Weiser in ihren Gesichtskreis gerät.

Aber es sind nicht nur andere Zeiten und Räume, nicht nur Ausnahmen, die dem Menschen den Schwund anzeigen. Er fühlt ihn in seiner Brust. Er fühlt ihn als Mangel und sucht Auswege aus der strengen Ordnung, die die methodische Eroberung der Welt vorzeichnet. Er fühlt sich von ihr umgeben wie von den kahlen Wänden einer Zelle, die er mit der Hand abtastet, um eine Fuge zu spüren oder den Umriß eines Fensters, das vermauert worden ist.

Man kann, hinsichtlich seiner Vernunftansprüche, den Menschen minimal halten, ihn auf das billigste abspeisen. Wenn man ihn in einen dunklen Turm sperrt und er sich dort an der Wand entlangtastet, wird er sich überzeugen lassen, daß er sich am Unendlichen bewegt. Aber er wird sich nicht einreden lassen, daß er glücklich sei. Immer, und bis zum letzten Atemzug unzerstörbar, wird in ihm die Ahnung von einem Anderen, unendlich Großen leben, von einer Lichtflut, die ihn erlöst, befriedet, auch wenn er die Sonne nie gesehen, nie ihren Namen vernommen hat.

24

Als Goethe sich entschlossen hatte, Marianne von Willemer noch einmal zu sehen, brach kurz hinter Weimar ein Rad seines Wagens entzwei. Er ließ darauf umkehren und verzichtete für immer auf die Fahrt. Damit folgte er einer Art des Orakels, das die Römer als »ex diris« bezeichneten, einem abweisenden Vorzeichen. Wir brauchen daraus nicht zu schließen, daß er abergläubisch war, sondern dürfen eher vermuten, daß ein großes Für und Wider ihn bewegt hatte und daß dieser Unfall den Ausschlag gab.

Eine ähnliche Weisung erteilte wohl das augurium vor der Schlacht. Wir haben Beispiele dafür, daß der Feldherr, wenn die Lage günstig war, auch gegen das augurium handelte. Dann hielt er seine strategische Einsicht für stärker als die Schau. Umgekehrt kann heute der Kommandierende sich über den Einspruch seines Stabschefs hinwegsetzen. Dann traut er seinem Sterne mehr als der Wissenschaft. Es handelt sich um zwei Auffassungen von Zeit. Das Ideal bleibt, daß beide übereinstimmen.

25

Schillers »Wallenstein« ist eine Fundgrube astrologischer Anschauung. »In deiner Brust sind deines Schicksals Sterne«, heißt es in »Die Piccolomini«. Dort findet sich auch das Wort: »Die Uhr schlägt keinem Glücklichen.« So ist es bedeutender als in der Fassung, in der es gewöhnlich zitiert wird: »Dem Glücklichen schlägt keine Stunde.« Von dort stammt auch »des Dienstes immer gleichgestellte Uhr«.

Diese Uhr bestimmt heute nicht nur den Dienst. Die meßbare und knapp zugemessene Zeit nimmt fast den ganzen Tag in Anspruch, und nur der Schlaf mit seinen Träumen entzieht sich ihrer Macht. Die Uhren sind zahlreich, sie begleiten den Menschen auch auf den Vergnügungsfahrten und unterrichten ihn, während er am Steuer sitzt, nicht nur über die Zeit, sondern auch über die Geschwindigkeit und den Konsum.

Dazu kommt die Versicherungsordnung, durch die das Glück notwendig ausgeschlossen wird. Das Mißliche liegt in der Tatsache, nicht in der Menge der Zumessung. Es gibt Länder, in denen jeder, dem man begegnet, mehrfach versichert ist und in denen man dennoch das Gefühl hat, daß nicht nur die Unzufriedenheit, das Mißbehagen, sondern sogar die Unsicherheit ununterbrochen zunehmen: »Pas de chance« könnte über den Eingangsportalen stehen. »Jeder ist seines Glückes Schmied« – ein gutes Sprichwort, aber es gibt auch ein Unglück, gibt Ketten, an denen jeder mitschmiedet.

Daß die ökonomische Revolution das Glück nicht herbeiführen konnte, war vorauszusehen und hat sich in gewaltigen Experimenten gezeigt. Der Einwand ist deshalb statthaft, weil messianische Versprechungen ihr vorausgegangen sind. Sonst ließe sich erwidern, daß es sich nicht um Glücks-, sondern um Machtfragen handelte und daß in dieser Hinsicht der Erfolg jede Erwartung übersteigt. Weltreiche wurden aufgerichtet, und zwar gerade durch Glückskonsum. Freilich ist es kein Trost für den Gefangenen, daß am Gefängnis fortwährend neue Flügel anwachsen. Endlich kommt er auf den Gedanken, im Inneren der Titanenbauten und ihrer Zellen müsse etwas geschehn.

Dieser Gedanke bedroht den Plan. Er gefährdet die Buchhaltung der Planwirte. Das erklärt ihr Bestreben, die Revolution auf dem rationalen, vor allem auf dem technisch-ökonomischen Sektor zu halten und zu verhindern, daß sie auf andere Felder übergreift. Dieselben Typen, die wir unbedenklich in der Enteignung, der Tötung, der Verfügung über das Volksvermögen verfahren sehen, entwickeln zugleich eine seltsame Prüderie gegenüber Veränderungen innerhalb der musischen Welt. Damit decken sie ihre schwächste Stelle ab. Es gibt eine unmittelbare Sprache der Freiheit, die gefährlicher ist als jeder Gegenbeweis und jedes technische Machtmittel. Sie braucht kein System; sie kann durch ein Lied, eine Melodie, einen Tanz sprechen.

26

Das Wiederaufleben der Astrologie, das uns jetzt, beim Eintritt in ein neues, ungewisses Jahr, wieder durch eine Flut von Horoskopen überrascht, ist weniger ein Zeichen der Unsicherheit als einer Unzufriedenheit, die mehr empfunden denn begriffen wird. Daher wird es auch gern als Krankheit aufgefaßt. Ist aber ein Fieber eine Krankheit oder ein Krankheitsmerkmal, ein Merkmal dafür, daß der Körper ein verloren gegangenes Gleichgewicht wieder herstellen will?

Das Eindringen der Astrologie, das zur Hauptströmung der Zeit in so erstaunlichem Widerspruch steht, ist ein revolutionäres Vorzeichen. Die Astrologie hat nicht nur eine unwissenschaftliche Struktur, sondern auch eine gegen das Nivellement gerichtete Tendenz, insofern sie auf der schicksalsmäßigen Eigenart, auf der angeborenen Ungleichheit der Menschen besteht. Damit mißachtet sie die beiden Kardinalpunkte der heutigen Welt. Es ist vorauszusehen, daß sich das Ärgernis, das sie erregt, in Zukunft verstärken wird.

Daß es sich um eine revolutionäre Tatsache handelt, läßt sich schon daraus schließen, daß sie »von unten« kommt. Sie unterscheidet sich dadurch von ähnlichen Bewegungen, die entweder in kleinen Zirkeln gehütet werden und Sekten bilden oder, falls sie, wie die Physiognomik, volkstümlich werden, auf bedeutende Geister zurückgehen. Die Astrologie »spricht sich herum«, und zwar auf spielerische Art. In diesem Sinne könnte man sie als Mode auffassen. Aber Moden sind nur Verhüllungen.

27

Der große Gedanke der kosmischen Einwirkung auf den Menschen kann auch von Gegnern der Astrologie nicht bestritten werden. Er führt auf die Gebiete der Rassen-, Völker- und Stammeskunde, der Klimatologie und Physiologie. Daß die Breitengrade mehr als den körperlichen Habitus, daß sie Recht und Moral bestimmen, haben schon Pascal und nach ihm Stendhal betont. Selbst innerhalb kleiner Völker unterscheiden sich die Menschen des Nord- und des Südrandes.

Größere Schwierigkeit bereitet schon der Gedanke, daß

nicht nur der Ort, sondern auch die Zeit der Geburt formende Macht haben soll. Aber wenn der Rhythmus des Meeres mit seinen Phasen im körperlichen Haushalt des Menschen nachzuweisen ist, dann kann es nicht unbedeutend sein, in welcher Mondphase er gezeugt und geboren ist.

Das bleiben Erwägungen im Zwischenfeld. Das innere Gefüge der Astrologie läßt sich ebensowenig nachmessen wie ein Bild oder ein Gedicht. Es läßt sich weder beweisen noch statistisch nachprüfen. Infolgedessen kann die astrologische Betrachtung heute nicht als »wahr« gelten. Eine andere Frage ist, ob sie einmal »wahr werden« wird. Das würde eine Veränderung der inneren Optik voraussetzen, deren Bilder heute vom Pol des Wissens aus geprägt werden.

Das Bevorstehen einer solchen Veränderung gehört zu den Voraussagen, die sich an den Eintritt in eine neue Weltzeit, in ein neues Großjahr anknüpfen.

28

Wir sehen das Schicksal gern als Linie. Näher kommen seinem Wesen wahrscheinlich Anschauungen, die es als Ring oder als Kreisbahn sehen, die sich um einen Mittelpunkt bewegt. Das entspricht nicht nur den großen Zyklen, die wir im Universum wahrnehmen, und ihrer Wiederkehr, sondern auch der Unveränderlichkeit des Gesetzes, »nach dem du angetreten«. Sie deutet auf einen festen Punkt.

Das führt uns, abgesehen vom charakterologischen Wert der astrologischen Typenlehre, zu der nicht minder wichtigen Wahrnehmung der Periodizität. Daß Mächte periodisch auf uns einwirken und daß zu diesen Mächten die Gestirne zählen, vor allem Erde, Sonne und Mond, ist ja von jeher bekannt. Es ist aber auch nicht zu leugnen, daß diese Kenntnis mit dem Fortschreiten der Zivilisation, das als geradlinig und aufsteigend betrachtet wird, weithin verloren geht. Wie alle Unterschiede, so werden auch die von Tag und Nacht, von

Klimaten und Jahreszeiten angezehrt. Das Ziel des Vorganges ist die Vereinfachung und Abflachung der natürlichen und der kosmischen Rhythmen zu einer mit wachsender Beschleunigung verbundenen Monotonie.

Nun kann der Mensch zwar seinen Lebensrhythmus ändern, er kann der Erde, dem Monde, der Sonne ihr Recht verweigern und ihre Wirkung weithin durch seine Kunst ersetzen; es bleibt jedoch ihr Anspruch an ihn bestehen. Er lädt die Unbilden auf sich, die die Verweigerung des Opfers nach sich zieht. Dafür gibt es zahllose Beispiele.

Wenn Tag und Nacht und wenn die Klimate sich angleichen, so hat das große Vorteile, sowohl was den Genuß als auch was die Leistung betrifft. Es hat aber noch stärkere Nachteile insofern, als sowohl dem Tage wie auch der Nacht ihr Recht entzogen wird. Das führt zu einer künstlichen Abflachung. Der Schicksalsanspruch aber bleibt der gleiche und wird noch stärker: die Dämme müssen erhöht werden. Was im kleinen gespart wird, wird im großen eingefordert; der Umfang der Katastrophen wächst.

Wenn die Bedeutung der Astrologie nur darin bestände, den Menschen auf den Sinn der großen Kreisläufe und auf die Achtung vor ihnen hinzuweisen, so würde das schon unschätzbar sein, auch ohne überzeugende Beziehung auf das Schicksal des Einzelnen.

29

Der Einzelne, und zwar jeder Einzelne, glaubt, daß er ein besonderes Schicksal und also auch eine besondere Stellung im Universum besitzt. Der Glaube ist durchaus berechtigt; mit jedem Menschen, der geboren wird, wird die Welt neu konzipiert. Er hat sein Leben, sein Schicksal, seine Aufgabe für sich; seine Organe umringen einen eigenen Mittelpunkt. Jede Lehre, die behauptet, daß der Mensch a priori für den Staat oder die Gesellschaft geboren sei, ist eine Irrlehre. Der Mensch ist geboren, damit er sein eigenes Schicksal lebt.

Und er verfährt danach. »So mußt du sein, dir kannst du nicht entfliehen.« Alle weiteren Pflichten kommen a posteriori, folgen aus speziellen Qualitäten: als Mann, als Frau, als Vater, als Mitglied von Völkern und Gemeinschaften.

Daß er sein eigenes Gesetz hat und daß dieses Gesetz ihm zeitlich und räumlich Grenzen steckt, das wird der Einzelne, der über sich nachdenkt, bald wahrnehmen. Aber auch ohne sich darüber Rechenschaft zu geben, wird er Zeit und Ort in einer Weise vermeiden oder wählen, die bereits in seinem So-Sein, also in seinem Habitus und seinem Charakter im weitesten Umfang, begründet liegt.

Wenn wir, um ein einfaches Beispiel zu wählen, auf einer grell besonnten Straße stehen, während eine Fabrik oder eine Schule die Tore öffnet, so werden wir beobachten, daß von der ausströmenden Menge der größere Teil die Schattenseite aufsucht, während einige wenige sich offenbar in der prallen Sonne wohl fühlen. Wir dürfen vermuten, daß diese in den heißen Klimaten ihre Kraft entfalten und auf Reisen südliche Länder bevorzugen. Damit hängt wiederum zusammen, daß bestimmte Krankheiten sie häufiger, andere sie seltener aufsuchen, daß einige Berufe sich für sie besser eignen als andere, daß überhaupt, um es kurz auszudrücken, ihr Leben unter dem Zeichen der Sonne steht. Das läßt sich bis in die Einzelheiten, bei Nietzsche etwa bis in Feinheiten der Bildwelt und der Prosa, nachweisen.

Wenn wir, vielleicht in einem Bahnhof, auf der obersten Stufe einer Treppe stehen, so werden wir sehen, daß von den Aufsteigenden die meisten den Blick auf die Stufen richten und das Haupt gesenkt tragen. Einige wenige blicken empor. Auch daraus lassen sich Schlüsse ziehen.

Es gibt Menschen, die das Wasser in dem Maße vermeiden, daß sie nie ein Boot besteigen, ja sich schon unwohl fühlen, wenn sie über eine Brücke gehen. Andere suchen die Ozeane auf. Daß die Periodizität im Leben eines Seemanns sich unterscheidet von der eines Hirten, eines Ackerbauers oder eines Landstreichers, erklärt sich aus der Verschiedenheit der Elemente – wie aber erklärt sich die Verschiedenheit der Neigungen, der Zug zu den Elementen selbst? Er ist tief eingewurzelt; E. Th. A. Hoffmann gibt in »Die Bergwerke zu Falun« ein Beispiel für seine Macht.

Der Zug zum Meere wiederum erfährt Modifikationen, je nachdem ob ihm der Seemann, der Händler, der Krieger oder der Forscher folgt. Eine dieser Qualitäten kann dominieren; es können auch mehrere, »Krieg, Handel und Piraterie«, in der Person vereinigt sein.

30

Die Astrologie hat eine Kurzschrift geschaffen, einen Vorrat an festen Zeichen, durch den diese Mannigfaltigkeit lesbar und ablesbar gemacht werden soll. Es sind Buchstaben in älterem Sinne, Ideogramme, aus denen sich diese Schrift zusammensetzt. Sie gehören zu den frühesten Schriftzeichen und können daher auch nicht kursiv gelesen, sondern müssen synoptisch erfaßt werden. Bedeutung und Deutung sind eng miteinander verknüpft. Eine solche Schrift kann auch nicht gelesen werden wie eine mathematische Gleichung oder eine Formel; sie wird eher nach der Art eines Kunstwerks erfaßt, dessen Harmonie wohl evident, aber nicht beweisbar ist und nicht belegbar durch das Experiment.

Eine andere Frage ist die der praktischen Brauchbarkeit. Sie hängt vom Bedürfnis, von den Ansprüchen ab. Die Heiratsanzeigen in den Zeitungen sind in dieser Hinsicht eine Fundgrube. Sie breiten eine große Skala von Ansprüchen aus, die an den idealen Partner gestellt werden und die sich nach dem vortrefflichen Schema Schopenhauers einteilen lassen in das, was einer ist, was er hat und was er vorstellt. Rechnen wir den Charakter zu dem, was einer ist, zum eigentlichen Sein des Menschen, das alles weit übertrifft, was er haben oder vorstellen kann, so stoßen wir nicht nur auf die Schwierigkeit der Detaillierung und Präzisierung, sondern auch der plastischen Schilderung der ergänzenden Anlage. Auch ist der Mensch unfähig, seinen eigenen Charakter zu erkennen und also zu beschreiben; er bedarf des Hinzutretenden.

Hier bietet die Entwicklung von Figuren- und Typenlehren ein unschätzbares Hilfsmittel, vor allem wenn sie den körperlichen, geistigen und moralischen Habitus aus einer jenseits von Gut und Böse gelegenen Notwendigkeit heraus erfaßt. Schlachthäuser sind gewiß vom Übel; wer aber einen »Löwen« als Partner sucht, will keinen Vegetarier. Man findet zuweilen in diesen Anzeigen Filmschauspieler als Idealfiguren benannt. Das ist immerhin präziser als eine Reihung von unbestimmten Charakterzügen, obwohl es, ähnlich wie das Zeitungshoroskop, zu den Aushilfen innerhalb einer abgeflachten Schicksalswelt gehört.

31

Die Deutungen der Astrologie, die ins Große gehen, erscheinen zwingender als die horoskopische Beurteilung der Individuen. So sind auch die großen Bewegungen im Kosmos, die Bahnen der Sonnen, Monde und Planeten berechenbarer als der Weg des Einzelnen.

Ebenso lassen sich über das Schicksal eines Schwarmes mit größerer Sicherheit Voraussagen treffen als über das der Geschöpfe, die ihn bilden; ihre kleinen Bewegungen verschwinden in den größeren Abläufen. Über das Schicksal eines Herings, eines Maikäfers pflegen wir kaum nachzusinnen, obwohl das Auftreten der Art in der Schwarmzeit selbst den Kindern zu denken gibt.

Die ungeheure Vermehrung der Bevölkerungen in unserem Zeitalter bringt die Gefahr mit sich, daß wir den Menschen in ähnlicher Weise sehen. Nicht nur die Massenhaftigkeit, sondern auch die Gleichförmigkeit nimmt zu und damit die Versuchung, den Einzelnen abstrakt zu nehmen, sei es als mechanische Einheit oder als zoologische Spezies.

Die Einbeziehung in das Massenschicksal und der Grad ihrer Notwendigkeit, ja Unentrinnbarkeit, bildet eines unserer täglichen Probleme, und eines der schwierigsten. Eine große Katastrophe wie die von Stalingrad ist leichter vorauszusehen als das Schicksal des Einzelnen in ihr. Hier blenden die Ziffer und der mechanische Aspekt. Dennoch hält der Einzelne, der dem Malstrom entronnen ist und der vielleicht sogar gewonnen hat durch die Begegnung, das nicht für Zufall, und mit Recht.

Der drohenden Verflachung gegenüber bewahrt der Astrologe einen sicheren Blick für die angeborene Würde des Menschen, ohne sich auf abstrakte Formeln von Gleichheit und Freiheit einzulassen; das So-Sein bildet die Voraussetzung dafür. Er meint, daß mit dem Einzelnen, und zwar mit jedem Einzelnen, nicht nur ein neues Bild der Spezies, sondern auch eine neue Welt geboren wird. Damit räumt er ihm einen höheren Rang ein, als abstraktes Denken, abstrakte Zuteilung, ihm gewähren kann.

Zu unseren großen Fragen gehört auch diese: ob im So-Sein oder im Gleichsein das Glück liege. Sie wird ununterbrochen beantwortet, aber nie gelöst werden. Es handelt sich um eine jener geistigen Bewegungen, die sich wellenförmig fortpflanzen. Die Frage beginnt gerade dann von neuem anzusetzen, wenn ihre Lösung gelungen scheint.

Hieraus erklären sich sowohl die Unterbrechungen des Fortschrittes und seiner berechenbaren Bahnen als auch die Tatsache, daß in der Lebensgeschichte der Einzelnen und der Völker oft Extreme sich ablösen, ja herausfordern. In dieser Hinsicht ist die Entwicklung reich an Überraschungen und spottet der Voraussagen. Wer hätte etwa geahnt, daß gerade China, das Land des Tao und des konfuzianischen Familienkultes, der Monotonie der Arbeitswelt mit einem Furor Opfer bringen würde, der im Westen seinesgleichen sucht?

Andererseits ist das Anwachsen astrologischer Neigungen ein Anzeichen dafür, daß der Mensch der Uniformierung müde zu werden beginnt, die ihn vielleicht vor kurzem noch begeisterte. Dabei ist, wie gesagt, zu unterscheiden zwischen Anzeichen und Effekt. Der Wert des Anzeichens ist unabhängig vom Effekt. Seine Bedeutung liegt darin, daß hier, zunächst verhüllt und zweideutig, sich eine Gegenmacht zum Leviathan zu regen beginnt, die aus ganz anderen Tiefen als der liberale Individualismus stammt.

Das sind Zeichen, die mehr als einen Stilbruch anzeigen. Ein Klimawechsel kündet sich in ihnen an.

AN DER ZEITMAUER

HUMANE EINTEILUNGEN

32

Die Revolutionen künden sich in den Sternen an. Dort sind die Maßstäbe zur Einteilung der Weltzeit, vom flüchtigen Augenblick bis zu den Lichtjahren. Daher deuten sich die tiefsten Veränderungen der menschlichen Ordnung in der Sternkunde an. Der Blick auf den gestirnten Himmel zeichnet die erste, die unsichtbare Bahn. Ihm folgen die Erscheinungen. Die Moderne beginnt und endet mit der kopernikanischen Revolution. Jeder neue Blick auf das All hat einen metaphysischen Hintergrund. Das All und das Auge verändern sich gleichzeitig. Das gilt auch nach der Erfindung der Fernrohre und innerhalb komplizierter Berechnungen.

In die Erfassung großer Zeitalter teilen sich heute Geschichte und Naturgeschichte, ohne uns zu befriedigen, obwohl ihnen nicht nur eine Fülle neuen Materials, sondern auch neuer Meßgeräte und Uhren zur Verfügung steht. Die Einteilung läßt sich auf einer Geraden oder auf einem Kreis abtragen, je nachdem, ob ein lineares oder ein zyklisches System angenommen wird. Eine Verbindung von beiden gibt die Spirale, in der die Entwicklung sich sowohl fortbewegt als auch wiederkehrt, wenngleich auf verschiedenen Ebenen.

Es scheint, daß zyklische Systeme dem Geist gemäßer sind. So bauen wir die Uhren meist rund, obwohl kein logischer Zwang dazu besteht. Auch Katastrophen werden als wiederkehrend angenommen, wie Fluten und Verwüstung, Feuer- und Eiszeiten. Das periodische Wachsen und Schwinden der weißen Kappen hat etwas Pulsierendes. Man hat den Eindruck, daß es nur noch einer kleinen Änderung bedürfte, und ein indisches Philosophem würde konzipiert.

33

Der klassische Darwinismus zählt zu den linearen Systemen, doch dringen zyklische Vorstellungen in ihn ein. Die Darstellung der dürren Stammbäume in den Lehrbüchern beginnt sich zu belauben, nimmt Busch- und Kugelformen an. Das »biogenetische Grundgesetz« ist als Beleg des linear aufsteigenden Fortschreitens gedacht. Es läßt sich ebensogut als Wiederholung und Wiedervollzug des Schöpfungsgedankens im Einzelnen auffassen und als Dienst, den die gesamte Natur, ja das Universum selbst, an seiner Bildung zu leisten hat. Das große Theater kreist um ihn herum. Mit jedem Menschen wird die Welt neu konzipiert.

In der Entwicklung der Tierstämme herrscht über dem lückenlosen Fortfließen des Bios die Wiederkehr von Bildungselementen, die von der Verwandtschaft unabhängig sind: der ideale Eingriff formender Prinzipien. Jeder der großen Stämme bildet in sich fliegende, schwimmende, landbewohnende Wesen aus, Parasiten und Nachahmer, Raubtiere und Pflanzenfresser, und es ist erstaunlich, welche Ähnlichkeit von Form und Wesen bei größter Fremdheit der Blutlinien auftreten kann. Ein Saurier lebt als Vogel, eine Eule nach Art des Murmeltiers.

Wenn man *den* Fisch nicht mehr als eine Art Stafettenläufer im anatomischen System, sondern als Lebensform und -schicksal auffaßt, kann man sagen, daß es Würmer, Schlangen, Saurier, Vögel, Säugetiere und auch Menschen gibt, die Fische sind. Das setzt eine geringfügige Verschiebung der Optik voraus, die eintreten könnte, wenn der Nominalismusstreit in eine neue Instanz getrieben würde, worauf Anzeichen hinweisen. Es gibt viele mögliche Natursysteme neben, außer und über dem unseren.

34

Eine Ordnung der Menschheitsgeschichte unter Richtpunkten, die außerhalb der Kultur- und Völkergeschichte liegen, also etwa den astrologischen ähneln würden, scheint heute besonders schwierig, auch abgesehen von dem großen Anfall an Tatsachen. Dieser besteht nicht nur darin, daß sich, vor allem durch die Ausbildung der Archäologie, unsere Kenntnis der Frühgeschichte erweitert hat und noch fortwährend ausdehnt, so daß nicht nur neues Licht auf die uns bekannten Kulturen fällt, sondern auch ganz unbekannte auftauchen. Dazu kommt der erstaunliche Einblick in die Vorgeschichte, der mehr als ein neues Feld: eine neue Dimension erschließt.

Je mehr Tatsachen anfallen, desto entschiedener muß der Geist auf seinem Herrschaftsanspruch, auf Ordnung und Benennung, bestehen. Vielleicht ist bereits der Andrang von Tatsachen ein Symptom der Schwächung, ein hellenistischer Zug. Der Geist wird zum Museumsdirektor, zum Kustos unkontrollierbarer Sammlungen.

Schon aus diesem Grunde ist Spenglers System mit seiner Einteilung in acht Kulturen dem Toynbees vorzuziehen, das sich auf deren einundzwanzig stützt. Auch diese Zahl könnte durch archäologische Ergebnisse und feinere Einteilung vermehrt werden. Es bleibt aber richtig, daß der Geist der Forschung die Aufträge erteilt, nicht umgekehrt. Tatsachen schaffen Belege, nicht Wahrheiten. Wo geforscht wird, wurde das Feld bereits durch geistige Vetos und Placets abgesteckt. Was gefunden wird, ist daher nicht zufällig.

35

Spengler bezeichnet seine morphologische Geschichtslehre als »kopernikanische Entdeckung« im Reich der Geschichte. Dem läßt sich zustimmen, was ihren Rang, nicht aber, was die Qualität betrifft. Hinsichtlich dieser ist Spenglers Auffassung anderen Systemen, wie dem tychonischen, näher verwandt. Vor allem fehlt ihm die Unendlichkeit des kopernikanischen Raumes, den der Lichtstrahl geradlinig, ohne eine Grenze zu finden, durchfliegt.

Spenglers Verdienst liegt darin, daß er den großen Gedanken der Entwicklung, wie Herder und Goethe sie verstanden, auf sein Geschichtsbild anwendet, und das zu einem Zeitpunkt, an dem dieser Gedanke durch Mißverständnis und Verflachung der Hegelschen Geschichtsphilosophie nicht nur im historischen Selbstbewußtsein der Gebildeten, sondern bis in die politische Praxis hinein zu einer Art von optimistischem Religionsersatz vereinfacht worden war.

Demgegenüber ist Spenglers Geschichtsbild, vor allem hinsichtlich der Kulturprognose, mit Recht pessimistisch. Es führt von der Vorstellung der linearen und eo ipso aufsteigenden Entwicklung zu zyklischen Konfigurationen zurück. Dadurch übt es großen und wachsenden Einfluß aus.

36

Daß auch dieses Geschichtsbild letzthin nicht befriedigt, berührt eine der Schattenseiten seiner Vorzüge. Es ist ein organisches Geschichtsbild: die Kulturen werden in ihm gezeichnet als mächtige Bäume; ihr Leben wird verfolgt vom unbewußten Keim bis zur bewußten Reife und zum Tode, den ein langes Absterben einleitet. Sie sind nicht weiter ausdeutbare Urbilder. Sie haben »keine Fenster«, wie Leibniz von der Monade sagt. Im Anblick endet die Frage nach dem Warum. Wir fragen auch nicht, warum ein Baum an einer bestimmten Stelle wächst und alt wird und warum dieser Baum gerade ein Ahorn oder eine Linde ist, obwohl zwischen Art und Standort Relationen in Menge bestehen.

Zuweilen verstärkt sich dieser Eindruck, wie beim Gang über eine Wiese, auf der Pilze in großen Individuen oder auch in Ringen aufwachsen und über Nacht vergehen. Der Anblick läßt fragen: Was war der Anflug, wo kommen die Sporen her?

Die Weltgeschichte wird so zu einer Reihe von Auftritten,

die einander nach unerklärlichem Belieben folgen und ohne inneren Zusammenhang. Das Verbindende liegt in der Periodizität der Abläufe und ihrer morphologischen Ähnlichkeit, die der physiognomische Blick erfaßt. Da wird auch Bedeutendes und Überraschendes gesehen, und zwar in einer Fülle, die sogleich verrät, daß es sich weniger um neue Funde handelt als um eine neue Optik, einen neuen Blick.

Wenn Spengler in der Einleitung zu seinem Hauptwerk sagt: »Das Mittel, lebendige Formen zu erkennen, ist die Analogie«, so rührt er damit das Wesen der physiognomischen Methodik an. Durch den Analogieschluß läßt sich in der Tat viel erreichen, unter anderem die Erfassung und Ordnung historischer Figuren unter der bloßen Oberflächenähnlichkeit der zeitlichen Gewänder und ferner die Einsicht in noch bevorstehende Abläufe aus der Kenntnis der Periodizität heraus: als Voraussage. Hier gewinnt der physiognomische Instinkt des Hinzutretenden prophetische Kraft.

Nun aber gehört es zu den Eigentümlichkeiten des menschlichen Geistes, daß ihn die Anordnung und Anreihung des Ähnlichen zwar stark beschäftigt, doch nicht befriedigt, solange die Frage nach der Quelle der Vergleiche und nach der gemeinsamen Komposition der Akte und Auftritte des großen Schauspiels offen bleibt. Die reine Vergleichung schafft Relationen, nicht Maßstäbe. Es bleibt die Frage nach der inneren Einheit der mannigfaltigen Erscheinungen und Abläufe über die Ähnlichkeit hinaus. Die Ähnlichkeit ist ja nicht nur ein unerschöpfliches Feld der Deutung, sondern weist auch auf unerschöpfliche Bedeutung hin, auf Schöpfung selbst.

Dieser zweiten Frage versagt sich Spengler; wir suchen vergebens eine Antwort bei ihm. So gleicht seine Morphologie der Weltgeschichte einem vorzüglichen Gruppenbild von acht Brüdern, die sowohl untereinander verschieden als einander ähnlich sind. Dürfte man noch den Vater kennen oder auch nur auf ihn schließen, so hätte man das innere Band.

37

Die Frage nach dem Weltplan oder dem Weltsinn, sei er göttlicher, sittlicher oder materieller Natur, wird also von Spengler nicht beantwortet. Seine Morphologie gleicht einem Palast, dem das oberste Stockwerk fehlt. Das nimmt ihr nichts von ihrer morphologischen Größe, führt aber nicht aus dem Vergleichbaren ins Unvergleichliche hinaus. Von dort, so vermuten wir, kommen die Aufträge.

Spengler zitiert in diesem Zusammenhang ein Goethewort: der Sinn des Lebens sei das Leben selbst. Das ist ein vieldeutiger Spruch. Die Vergleichung der Kulturen mit tausendjährigen Bäumen hätte vermutlich Goethes ungeteilten Beifall gefunden; in dieser Hinsicht beruft Spengler sich auf ihn mit Recht. Zudem jedoch ist Goethes morphologisches Genie durch ein synoptisches erhöht. Er hätte bei gleichem Unterfangen die Bäume nicht nur in ihrer Mannigfaltigkeit, sondern auch in ihrer Einheit, als Urpflanze, zu erfassen versucht. Die Hauptgefahr der Morphologie liegt darin, daß man den Wald vor Bäumen nicht sieht.

Das Wort »Weltplan« wird von Spengler in Anführungszeichen gesetzt. Er wirft den Philosophen vor, daß sie als dessen Urheber »Gott bemühen«. Trotzdem bleibt der Weltplan der große Gedanke, der Herders Geschichtsbild sinnvoll zusammenhält. Das gleiche gilt für Hegels Deutung der Geschichte als der Selbstentfaltung des Weltgeistes.

In solchen Konzeptionen liegt mehr als die Befriedigung der betrachtenden Vernunft durch letzte Siegel – sie besitzen einen weisenden, fordernden Zug, der sie mit dem Verhalten des Menschen sinnvoll verknüpft, ihm Bahn und Richtung gibt.

Diese Überlegenheit ist an Hegels System zu verfolgen bis zu den materialistischen Schulen, die sich von ihm abzweigen. Das ist einer der Gründe, aus denen der materialistische Optimismus sich im politischen Machtkampf den Kräften gegenüber durchsetzt, die ihr theoretisches Rüstzeug aus biologischen Vorstellungen beziehen. Eines festen Punktes, wie

Archimedes, bedarf auch der, der die politische Welt aus den Angeln heben will, und diese Voraussetzung kündet sich bereits in den Denkstilen an.

38

Die Astrologie gibt das Muster einer Methodik, die das Leben mit größeren Abläufen verknüpft. Sie greift weit über die biologisch-historische Erfassung sowohl der Einzelnen als auch der Kulturen hinaus. Ihre Vorstellung, ihr Symbol, das Horoskop, ist zyklisch, und da es sich auf den größten und ältesten Umlauf bezieht, den wir kennen, genügt ihr eine einzige und unveränderliche Uhr zur Ablesung dessen, »was die Stunde geschlagen hat«. Dieser Zyklus setzt dem Astrologen zugleich die meßbare astronomische und die zu deutende Schicksalszeit. Logos und Nomos werden in Beziehung gesetzt, ja ausgetauscht, und schmelzen für den deutenden Blick ineinander ein.

Die Zuversicht auf Wiederkehr bestätigt das Sein und auch die Sicherheit in ihm ganz anders als das Bild der endlosen, sei es auch aufsteigenden, Bahn. Sie läßt vermuten, daß andere Maße, andere Pläne als die der menschlichen Berechnung mitbestimmen, mitwirken und daß sich der menschliche Plan in einem größeren Rahmen bewegt. Das ist besonders wichtig in Zeiten, in denen die Bewegung uferlos und höchst gefährlich zu werden scheint. Auch darin liegt ein Hinweis auf die wachsende Anziehungskraft der Sterndeutung.

Eine nicht näher zu berührende Frage ist die nach den Mächten, die die Deutung bestimmen oder von denen der Deuter bestimmt zu werden glaubt. Gleichviel ob er Gesetze oder prägende Mächte aus der Umdrehung des Schicksalsrades zu erraten meint – sein Blick richtet sich auf eine zwar verschleierte, doch ohne Zweifel wirksame Welt. Das ist erstaunlich in einer Zeit, in der die Theologie in immer größerem Umfang sich der reinen Ethik zuzuwenden beginnt. Noch erstaunlicher ist der Umstand, daß es sich nicht um wie

Schnee in der Sonne der praktischen Vernunft dahinschmelzende Reste, um »Tibetanisches«, handelt, sondern um Auswachsendes.

An das Erscheinen, nicht an die Erscheinung dieser Bewegung knüpft sich die Untersuchung an, also an ihren Standort, der selbst ein sich regender ist, wie ein Grund, der aus der Tiefsee sich in die Höhe wölbt. Demgegenüber ist unbedeutend, was auf ihm wächst. Mißverständnissen läßt sich dabei nicht ausweichen.

Der eigentliche Wert einer solchen Bewegung, einer solchen Beunruhigung liegt nicht darin, daß sie »stimmt«. Er liegt vielmehr darin, daß Geisteskräfte ins Treffen geführt werden, die lange brachgelegen haben, ja weithin verkümmert sind und deren Absterben den Planeten zu veröden droht.

Darin, und nicht in der physischen Bedrohung, die sekundär ist, oft sogar heilsam, liegt die Gefahr.

39

Zu den Verdiensten Spenglers gehört, daß er eine Generation vom Vorurteil der Einmaligkeit, der Einzigartigkeit ihrer historischen Erscheinung und ihrer historischen Lage befreit hat, von jener Vorstellung des Niedagewesenen, wie sie besonders mit der Entwicklung der Technik und ihren überraschenden Phänomenen verbunden war.

Insofern verrät sein vergleichender Blick, etwa auf ein Fußballstadion von 1914 oder die Feststellung, daß es sich bei dem Weltkrieg nicht um eine der üblichen Auseinandersetzungen zwischen Völkern handelte, sondern um den Typus einer Zeitwende, die seit Jahrhunderten ihren vorbestimmten Platz hatte, eine Lagebeurteilung, die dem bloßen Wechsel der Prospekte innerhalb des historischen Bewußtseins weit überlegen ist. Das war von besonderer Wirkung zu einem Zeitpunkt, da seit langem die philosophische, vor allem die erkenntniskritische, Disziplin aus den Einzelwissenschaften geschwunden war, gewichen der Überschätzung empirischer Abläufe und experimenteller Phänomene – von theologischen Erwägungen ganz abgesehen. In dieser Hinsicht bleibt unumstößlich Prediger 1, Vers 9, 10.

40

Spenglers Geschichtsbild wurde vor dem Ersten Weltkrieg konzipiert. Inzwischen haben Beschleunigung und Anfall von Tatsachen sich weiterhin gesteigert, und das in einem Maße, das den Strom der Zeit und ihres Geschehens zuweilen als Katarakt erscheinen läßt, der die Schiffe weniger trägt als mitreißt und bedroht.

Die Weisheit des Ben Akiba, daß alles schon dagewesen sei, wird durch die Ereignisse und Gebilde, die sich vorstellen, auf das härteste erprobt. Damit erhöht sich die Verantwortung des betrachtenden und ordnenden Geistes und seiner Lagebeurteilung. Es wirft sich, unter anderem, die Frage auf, ob es sich überhaupt noch um ein Geschehen handelt, das durch historische Betrachtung und aus historischer Erfahrung heraus beurteilt werden kann. Auch dann wäre das Wort Ben Akibas nicht hinfällig. Es müßte aber außerhalb der Geschichte belegt werden: Wir würden dann Dinge wiederholen, für die der historische Vorgang fehlt.

Immerhin war es eine gute Feststellung, daß wir nicht »im Zeitalter der Punischen Kriege«, wie viele glaubten, sondern in dem der Schlacht von Actium stehen, und ein politisches Genie, das mit zwingender Schärfe die Konsequenzen durchdacht hätte, würde uns wahrscheinlich viel Unangenehmes, und vor allem Umwege, erspart haben.

»Ab 2000« würden wir demnach in einem weltfriedlichen Zeitalter mit Riesenstädten, hellenistischen Kunstwerken und machtvoll perfektionierter Technik stehen. Zum ersten Male wäre der Erdball in einer Hand; es gäbe keine »Ränder« im alten Sinne mehr. Die Parther dieses Imperiums würden an anderen, nur vermutbaren, Orten auftauchen.

Schon Nietzsche sieht den Weltstaat und dann seinen Verfall voraus. Es kann nicht anders sein.

> Denn alles, was entsteht,
> Ist wert, daß es zugrunde geht.

Daher sind den Auskünften, die die reine Geschichtsbetrachtung gewähren kann, Grenzen gesetzt.

41

Spengler hat ohne Zweifel einen Turnus erfaßt, obwohl, wie gesagt, sein pluralistisches Bild in letzter Instanz nicht befriedigen kann. Es war daher vorauszusehen, daß es an Versuchen nicht fehlen würde, die Einheit der Weltgeschichte in der Betrachtung wiederherzustellen. Das wird der Geschichtschreibung aus eigenen Mitteln nicht möglich sein, wie es ihr auch niemals möglich gewesen ist. Sie muß dazu einen außerhalb der Geschichtswelt gelegenen archimedischen Punkt finden, sei es in der Theologie, sei es in der Metaphysik, sei es in der Materie.

Der morphologischen Feststellung, die auch in unserem Zeitalter Wiederkehrendes erblickt, kann nur mit Einschränkung zugestimmt werden – insofern nämlich als, falls es sich um Wiederkehrendes handelt, der Turnus der historischen Zyklen dafür zu kurz ist und somit unsere geschichtliche Erfahrung zum Wiedererkennen nicht genügt.

Es ist freilich immer gut und zeugt für geistigen Abstand, wenn man sich angesichts des Anfalls von Aktualitäten mit dem »Nil admirari« des Horaz oder dem »Alles ist dagewesen« des Ben Akiba rüstet, obwohl zugegeben werden muß, daß dieser Anfall, schon quantitativ gesehen, enorm ist, sowohl was die Masse als auch was den Schauplatz der Ereignisse betrifft. Dazu kommt ihre Beschleunigung in einer geometrischen Progression, die, wie der Sog eines Kataraktes, seit über hundertfünfzig Jahren die Ereignisse immer schneller, immer zwingender einander folgen läßt.

Noch beunruhigender wirkt die Feststellung, daß dieser Anfall von Tatsachen ohne Zweifel auch eine qualitative Färbung besitzt. Die Dinge werden befremdend in einem Maße, für das der Vorgang fehlt. Das Wort »beunruhigend« ist hier nicht im gängigen Sinne gemeint; es muß zunächst von der Gefahr abstrahiert werden. Erst wo das gelingt, kann Stichfestes zur Zeit gesagt werden. Die Furcht vernebelt die Kontur. Auch Faszinierendes ist beunruhigend.

Daß weite Gebiete durch Kriege verheert, entvölkert oder von Unholden beherrscht werden, ist kein historisches Novum, und auch die Mittel, deren man sich dazu bedient, kann man als akzidentell ansehen. Tamerlan dürfte so leicht nicht zu überbieten sein. Die Wirkungen des Dreißigjährigen Krieges auf die betroffenen Völker und ihre Kultur waren verhängnisvoller als die beider Weltkriege, während deren die Vermehrung der Erdbevölkerung sich fortsetzte und die Kapazität der zivilisatorischen Mittel und Methoden sich sprunghaft steigerte. Dieser Unterschied ist nicht zufällig.

Beunruhigend im Sinne des Erstaunlichen und »Eintretenden« sind andere Wahrnehmungen, wie etwa, um ein Beispiel zu nennen, jene, daß sich die Spezies sowohl an sich als auch im Verhältnis der Geschlechter offensichtlich zu verändern beginnt, und das in einer Weise, für die es weder im historischen Nacheinander noch im ethnographischen Nebeneinander Vorgänge gibt. Das deutet auf Veränderungen, die im Turnus nicht zu belegen sind, falls sie sich nicht auf Kreisläufen abzeichnen, deren Bewegungen langfristiger als die der Kulturen oder überhaupt der Geschichtszeit sind.

Dem widerspricht nicht, daß auch der von Spengler aufgezeigte Turnus »stimmen« kann. Es bleibt aber evident, daß über die Möglichkeit des morphologischen Vergleichens und Wiedererkennens hinaus neuartige Elemente eintreten. Das läßt vermuten, daß zugleich mit dem historischen Turnus eine Spanne abgelaufen ist, die seinen Maßstab übergreift.

Man kann sich das durch Zahlen veranschaulichen: Zugleich mit einem Jahrzehnt kann ein Jahrtausend, ein Jahrzehntausend oder ein noch größerer Turnus abgelaufen sein.

Will man es räumlich sehen, so kann man sich vorstellen, daß ein Grenzbewohner mit einem Schritte sowohl aus seinem Zimmer wie aus seinem Hause und sogar aus seinem Lande heraustreten kann. Wir geben uns über solche Verhältnisse meist wenig Rechenschaft. Wir können die Wirbel eines Tieres durchzählen, ohne wahrzunehmen, daß sie hier einen Teil des Kopf- und dort des Rücken- oder Schwanzskeletts ausmachen. Je mechanischer wir zählen, desto weniger bemerken wir Übergänge dieser Art. Ähnlich verhält es sich mit dem Wechsel der Schicksalszeit unterhalb der Chronologie. Wir zählen weiter, ohne zu bemerken, daß sich nicht nur die Zahl, sondern auch das Wesen der Jahre verändert hat. Sie folgen sich, aber sie gleichen sich nicht mehr.

42

Haben wir das Gefühl, in einer Spätzeit zu stehen? Das ist wohl vorbei; es war um 1900 stärker ausgeprägt. Es gibt nur noch wenige Orte auf der Welt, an denen man sich den Luxus der décadence leisten kann. Heut heißt es: »Friß, Vogel, oder stirb.«

Der ungeheure Zug, den wir erleiden, kann nicht allein aus schärferer Durchdenkung der Welt entspringen; er treibt andere Symptome hervor als der cäsarische Altersstil. Nach dieser Theorie müßten die Söldnerheere zunehmen; ihr widerspricht die Totale Mobilmachung. Der Gebildete würde sich durch einen ganz anderen Abstand von den Dingen auszeichnen, durch geistige Gelassenheit, sei es im Sinn der Stoa oder Epikurs. Die Machtfragen würden weniger mit Moralfragen verquickt werden, und umgekehrt. Im allgemeinen würde man angenehmer leben, wie fast immer in Spät- und Verfallszeiten.

Von solcher Herbst- und Abendstimmung ist wenig zu bemerken – die Jahre fordern sowohl den Pessimismus wie den Optimismus stärker heraus. Auf der einen Seite werden sie nicht als Spät-, sondern als Endzeit gesehen, auf der anderen mit einem Jubel, einem Opfermut begrüßt, der nicht zu erklären, geschweige denn zu widerlegen ist. Beides zusammen deutet auf eine ungewöhnliche Zäsur.

43

Bei der Betrachtung des Neuartigen ist zu unterscheiden zwischen dem Erstaunlichen und dem Wunderbaren – das Erstaunliche kann auch ärgerlich sein. Das gilt im besonderen für den Anblick unserer wissenschaftlich-technischen Anstrengung und des Maschinenparks, in den die Welt durch sie verwandelt wird. Seine Monotonie, seine nivellierende und entzaubernde Wirkung ist vorwiegend ärgerlich – von seiner mörderischen Kapazität in Krieg und Frieden ganz abgesehen.

Der Blick fällt hier auf die unterste Stufe des »Niedagewesenen«, und die Begeisterung, die die Gebilde hervorrufen, erinnert an das Staunen des Primitiven, dem man Spiegel, Uhren, Feuerwaffen zeigt, die bald sein Entzücken, bald sein Entsetzen hervorrufen. Er gibt seine Früchte, seinen Schmuck, macht sich zum Sklaven dafür.

Der Anblick dieser Apparatur kann nicht befriedigen, weil sowohl an ihrer Entstehung als auch an ihrer Leistung Schöpfung im eigentlichen Sinne unbeteiligt ist. Es bleibt stets Peinliches dabei. Hier werden Kräfte auf das feinste gemessen, gewogen, angezapft und ausgebeutet, oft unter grauenvoller Verheerung, doch wird nichts geschaffen, befreit in höherem Sinn. Es handelt sich um Kräfte, die im Universum seit jeher vorhanden waren, um ihre Sichtbarmachung und Nutznießung auf niederer Ebene. Jede neue Entdeckung bestätigt die Unerschöpflichkeit eines Vorrats, den der Mensch immer nur anschürfen wird, so wie er auch von der Erde nur das oberste, dünnste Häutchen bestellt. Seine Begrenzung entgeht ihm leicht bei einem Treiben, dessen Signet die Meßbarkeit und dessen Krone der Rekord ist, doch zeugt ein Grashalm, ein Mückenflügel von höherer Hervorbringung.

Allerdings liegt es im Wesen des Menschen, daß ihn die

Mode mehr erstaunt als der Körper und daß ihm Veränderungen um so mehr auffallen, je näher sie der Oberfläche gelegen sind. In diesem Sinne ist auch die Technik Mode: sie ist das Kleid des Arbeiters.

Veränderungen der Oberfläche künden Veränderungen in der Tiefe an. In dieser Hinsicht wird jede Erscheinung spannend, denn was die Dinge aussagen, kann unendlich wichtiger sein als das, was sie nutzen (oder auch schaden). Hier freilich reicht das morphologische Bemühen nicht aus, das die Erscheinungen in der Fülle ihres Nach- und Nebeneinanders vergleicht und daraus Schlüsse zieht. Ihm würde, etwa bei der Vergleichung des römischen Heerstraßensystems mit unseren Autobahnen, das gemeinsame Signet einer Spätzeit auffallen, und daran ist etwas Richtiges. Zur Wahrnehmung aber, daß es sich um zwei Häuser handelt, die in der historischen Zeit ähnlich, in der Schicksalszeit aber von Grund auf verschieden sind, werden die morphologischen Mittel nicht ausreichen.

44

Wenn wir die Akten der Erdgeschichte studieren, gewinnen wir eine Ahnung dessen, was der Schleier der Maja zu bieten vermag. Wir betreten damit ein Reich, das Hegel vernachlässigte. Mangelnde Natursicht hat man mit Recht seine Achillesferse genannt.

Ein Wald zur Steinkohlenzeit, von dem die Wälder am Kongo und Amazonas nur einen Abglanz wahren, ein Archipel mit schwimmenden, fliegenden und landbewohnenden Sauriern, ein Großes Barriereriff mit Myriaden wunderbarer Wesen – ein Denken muß schon sehr reduziert sein, das darin Vor- und Entwicklungsstufen unserer Herrlichkeit erblicken will. Die Alten sahen solche Welten als Gottes Spielzeug an. Hier gilt das Goethewort im vollen Maße, daß der Sinn des Lebens im Leben zu suchen sei. Das Universum hat stets die gleiche Kapazität. Jede Entwicklung ist nicht mehr als eine Verlegung von Schwerpunkten.

Solche Bilder schärfen das Auge für große Abschnitte und ihre Maßstäbe. Unter anderem ergibt sich hier die Frage, ob nicht, solange sich Generationen folgen, alles »beim alten« bleibt und ob wesentliche Abschnitte erst dort zu vermuten sind, wo neue Spezies und Genera auftauchen. Und ob wiederum nicht das Auftauchen neuer Spezies Abschnitte setze, sondern eine veränderte Qualität der Zeit solche Erscheinungen einerseits verschwinden lasse, andererseits hervorbringe? Daß etwa das Ende des mächtigen Ammonitenstammes, trivial gesprochen, sich dadurch erkläre, daß seine Zeit, seine Weltstunde abgelaufen war und daß ein neuer Erdstil andere Bildungen, andere Modelle forderte? Das ist der zwingende Grund, aus dem man den Kampf ums Dasein verliert. Hinter den Machtfragen wirken Zeitfragen.

45

Damit verlassen wir freilich den Plan der Weltgeschichte, soweit sie Menschengeschichte ist, und wenden uns exzentrischen Gesichtspunkten zu. Zugleich sind wir an einen Ort geraten, an dem sich wichtige Fragen aufwerfen.

Zunächst diese: Sollte etwa der Einschnitt, der so offensichtlich unsere Jahre zeichnet, nicht nur zwei Epochen menschlicher Geschichte trennen, sondern zugleich sowohl den Ablauf als auch den Beginn eines größeren Zyklus ankünden? Das würde bedeuten, daß selbst zur Erfassung grober Fakten die Mittel der Geschichtsbetrachtung nicht ausreichen. Das würde bereits der Fall sein, wenn es sich um einen verhältnismäßig kleinen Zyklus, etwa von zehn- oder zwanzigtausend Jahren, handelte. Ein solcher Zyklus ist winzig, verglichen etwa mit einem indischen Götterjahr oder auch mit den Abläufen, die unsere Astronomie, Geologie oder Paläontologie berücksichtigen.

Ferner: Gab es immer, solange Menschen auf der Welt sind, Weltgeschichte in unserem Sinn? Ohne Zweifel nicht, da wir von Vor- und Urgeschichte sprechen, die wir entweder aus unserer Geschichtsbetrachtung ausklammern oder als Vorsaal in sie einbeziehen. Eine Person, eine Begebenheit muß ganz bestimmte Eigenschaften aufweisen, um »geschichtlich« zu sein. Dazu gehört sowohl die geschichtsbildende Kraft als auch die Fähigkeit, Gegenstand der Geschichtschreibung und des in ihr waltenden Eros, Objekt der historischen Anschauung zu sein. Diese heftet sich an bestimmte, nicht an beliebige Zeiten und Vorgänge.

46

Das war nicht immer der Fall. Wir nennen Herodot den »Vater der Geschichtschreibung«. In der Tat bietet er eine ungewöhnliche Lektüre; man durchwandert seine Bücher wie ein von der Morgenröte bestrahltes Land.

Vor ihm war etwas anderes, war mythische Nacht. Diese Nacht war aber nicht Dunkel, sondern eher Traum und kannte eine andere Verknüpfung der Menschen und Ereignisse als das historische Bewußtsein und seine sondernde Kraft. Das bringt die Morgenröte in Herodots Werk. Er steht auf dem Grat eines Gebirges, das Tag und Nacht trennt: nicht nur zwei Zeiten, sondern zwei Zeitarten, zwei Arten von Licht.

Ein wenig später, schon bei Thukydides, ist die Morgenröte verblaßt. Auf Menschen und Dinge fällt das klare Licht historischen Wissens, historischer Wissenschaft.

47

Es fragt sich nun: Hat auch dieses Licht seine Zeit? Stehen wir in einer ähnlichen Wende wie Herodot oder in einer noch bedeutsameren? Sind die Ereignisse, die sich darbieten, nicht mehr auf jene Art verknüpft, die wir gewöhnt sind, Geschichte zu nennen, sondern auf eine andere, die wir noch nicht benannt haben?

Das würde Schwierigkeiten erklären, die sich zunehmend aufdrängen, vor allem das offensichtliche Versagen der Geschichtschreibung gegenüber der Bildflut, die anbrandet. Es liegt nicht am Mangel an begabten Beobachtern, sondern daran, daß immer mehr Figuren und Ereignisse sich nicht in den historischen Rahmen und seine Begriffe einfügen. Aus der Welt verschwindet mit den historischen Bindungen und Landschaften auch das Verhalten, das sich nach geschichtlichen Vorbildern beurteilen und prognostizieren läßt. Daher beginnen auch Wörter trügerisch zu werden, die zum eisernen Bestand des geschichtlichen Handelns und der Verträge gehörten, wie »Krieg« und »Frieden«, »Volk«, »Staat«, »Familie«, »Freiheit«, »Recht«.

In dieser babylonischen Verwirrung sucht die Geschichtschreibung Anleihen zu machen, sei es bei der Theologie, der Mythologie und Dämonologie, sei es bei der Psychologie und Moral, oder sei es einfach bei der Politik. In der Tat kann man kaum noch ein Buch zur Zeitgeschichte aufschlagen, bei dem nicht sein politischer Standort, und damit mehr Absicht als Ansicht, sogleich durchleuchtet.

Es muß aber dem, der wissen will, was vorgeht, mehr an einer Typologie unserer Welt und ihrer Vorgänge als an ihrer polemischen Beleuchtung gelegen sein.

48

Die groben Einbrüche, die an vielen Stellen die Geschichtslandschaften in elementare verwandeln, verhüllen Veränderungen feinerer, aber durchdringenderer Art. Bedenklicher ist, daß sich der Mensch in seinem Wesen, als Wesen, zu verändern beginnt. Es tritt etwas Neues und Fremdartiges in ihn ein, und zwar generell, über Nationen, Rassen und Bildungsstufen hinweg, auf planetarische Art. Diese Veränderungen sind unsichtbarer als die der Technik, obwohl sie mit ihr zusammenhängen, und sind ursächlicher.

Nun ist es freilich eine der ältesten Feststellungen, daß der

Mensch sich verändert, und es hat wohl kaum eine Generation gegeben, die das nicht verkündete. Veränderungen sind auch immer vorhanden, wenngleich sie meist überschätzt werden, in negativer Richtung von den Alten, in positiver von den »Kommenden«.

Hier handelt es sich jedoch um anderes, um mehr als einen bloßen Stilwechsel, auch wenn man das Wort »Kostüm« im weitesten Sinne begreift. Von Jahr zu Jahr wird beklemmender, mächtiger spürbar, daß Dinge im Werden sind, vor denen auch Ben Akiba erstaunen würde – eben deshalb, weil sie im Geschichtlichen nicht unterzubringen sind. Das eben bezeugt auch die Tatsache der astrologischen Beunruhigung, von der wir ausgegangen sind. Daß Millionen ihr Horoskop verfolgen, mag als Faktum unwichtig sein. Das ändert wenig oder nichts, Höchst aufschlußreich dagegen ist es als Symptom.

Wenn wir annehmen, daß wir uns am Abschluß eines Zyklus befinden, der die Geschichte, ja vielleicht die menschliche Existenz auf dieser Erde übergreift und daß bereits ein neuer Zeitgroßraum auf den Menschen einwirkt, so dürfen wir folgern, daß Erscheinungen eintreten werden oder bereits eingetreten sind, wie sie geschichtlich oder selbst anthropologisch noch nicht fixiert wurden. Da Erdgeschichte aber die Menschengeschichte weit überdauert, könnte aus ihr als einer umfassenden Kategorie vielleicht Vergleichbares geschöpft werden.

Dabei ergibt sich eine nur anzudeutende Schwierigkeit. Es wiederholt sich die Lage des Herodot mit umgekehrten Vorzeichen. Herodot blickte aus dem historischen Raum, den er soeben betreten hatte, auf den mythischen zurück. Er tat es mit Scheu. Die gleiche Scheu ist heute dort geboten, wo sich jenseits der Zeitmauer Zukünftiges abzeichnet. In jeder Benennung schlummert Gefahr.

Wo Herodot sich, etwa während seiner Reise nach Ägypten, in die Mysterien, die noch überall begangen wurden, einweihen ließ, erwähnt er die Tatsache, aber verschweigt, was er erfahren hat. Das Mythische ist eine Macht für ihn, die sich in die Heiligtümer zurückgezogen hat, doch deren Grenzen zu beachten sind.

Übrigens setzt sich dieses Verhältnis, wenn nicht in der späteren Geschichtschreibung, so doch in der Geschichte fort. Die Bilder, Personen, Ereignisse im Geschichtsfeld sind immer in Gefahr, vom Mythos angestrahlt und überwältigt zu werden, und das gerade in Augenblicken, in denen das Historische zu kulminieren scheint.

Eine der großen Anstrengungen der nachherodotischen, also der abendländischen Kultur im weiteren (nicht im Spenglerschen) Sinne besteht daher in der Wahrung ihrer geschichtlichen Struktur, sei es der des Staates, des Denkens oder der Person und ihres Freiheitsanspruchs, gegen den Angriff mythischer Mächte und ihrer Wiederkehr. Das, und nicht der Kampf zwischen Nationen und Wirtschaftsformen, gehört zur wesentlichen Erfassung des Abschnittes, der hinter uns liegt. Von Geschichtswahrung, von Geschichtsbewußtsein überhaupt in diesem Sinne, kann nur in ihm die Rede sein.

49

Diese Geschichtswahrung ist das große Thema der abendländischen Kultur. Das unterscheidet sie von allen anderen. Ihr gegenüber wird die Streitfrage, ob Geschichte als Staaten- und Kriegs- oder als Kulturgeschichte im engeren Sinn behandelt werden sollte, zweiten Ranges – das Wesentliche ist die Wahrung eines eigentümlichen Nomos, eines So-Seins, das sich in der Kultur bestätigt, im Kampf verteidigt wird. Es ist die Würde des historischen Menschen, die sich gegen Naturgewalten und Barbarenvölker einerseits, gegen die Wiederkehr mythischer und magischer Mächte andererseits zu behaupten sucht. Diese Würde ist eigentümlich; Bewußtheit, Freiheit, Recht, Personalität durchdringen sich in ihr auf besondere Weise oder strahlen von ihr aus als von einem Urphänomen. Sie bestimmt den Gang der schaffenden und handelnden Menschen, der »Großen«, der Vorbilder in

Werken und Taten, und sie begrenzt, was dem leidenden Menschen zugemutet werden darf. Dieses Maß und dieses Maßhalten wird oft verletzt, wird oft vergessen, aber es zieht sich als Höhenlinie, als Maßstab der Menschen und Dinge durch das Massiv des Geschehens, und auch die große Geschichtschreibung setzt sich auf dieser Gratlinie fort.

Das alles tritt sogleich bei Herodot, besonders in seiner Schilderung der Perserkriege, auf das klarste hervor und macht sein Werk zu einer großen Lektüre an einer Wende, an der das So-Sein des historischen Menschen Verletzungen erlitten hat und noch erleidet, die vielleicht nie wieder herzustellen sind.

Wir wollen zunächst von Art und Schwere dieser Verletzungen und von der naheliegenden Frage, ob sie heilbar sind oder nicht, absehen und uns mit ihrem Sinn beschäftigen. Im besonderen ist zu erwägen, ob es sich um eine Wiederkehr handelt, etwa um die Wiederkehr mythischer Mächte, die unter Verhüllungen in die zerbröckelnde Geschichtswelt und ihre Lücken eindringen, oder ob diese Möglichkeit ausgeschlossen ist.

50

An sich können mythische Mächte in der Geschichtswelt nicht entbehrt werden. Weder der Staat noch die Gesellschaft können rein dem politischen Plan folgen, ob er sich nun als Staatsräson oder als Sozialordnung darstelle.

Es handelt sich dabei nicht um bloße Erinnerungen, wie sie die Heiligtümer und auch die Menschen in ihren Krypten bergen oder von denen die Dichtung zehrt und die von mächtigen Symbolen zu bloßen Allegorien und endlich zu Phrasen abblassen. Mythische Zeit ist in der historischen auch wirklich, etwa in dem Sinne, in dem Bronze auch in der Eisenzeit eine Rolle spielt. Beide sind aber zu trennen wie Ströme, deren Berührung große Wirkung, doch auch Gefahren bringt. In dieser Hinsicht sind, um bei dem erwähnten Beispiel zu bleiben, aufschlußreich die Stellen der Schrift, an denen gesagt wird, daß über den Kultbau »kein Eisen fahren« darf – wie etwa 5. Mose 27, 5.

Die mythische Bildwelt ist gegenwärtig, und daher führen ihre Nichtachtung, ihre Verbannung zu wachsender Anstauung und endlich zu Dammbrüchen. Sie muß also innerhalb der Kultur gehegt werden, ja Kultur ist nur möglich, wo diese Hegung wahrgenommen wird. Das Mythische muß seinen besonderen Ort im historischen Raum, seinen besonderen Turnus innerhalb der historischen Zeit haben. Beide fehlen im atheistischen Staatswesen, das ja nicht nur die Götter entthront. Hölderlin hat diese Lücke mit vollkommener Klarheit gesehen und vor der Wiederkehr »uralter Verwirrung« in seinem Gedicht »Der Rhein« gewarnt.

Der große Gewinn, den heute noch die Lektüre des Herodot spendet, liegt nicht nur darin, daß dort Geschichte als ein neues Medium für und zwischen Menschen gesehen wird. Es kommt die Abgrenzung zwischen historischer und mythischer Zeit, zwischen ihren verschiedenen Ansprüchen und den ihnen zu bringenden Opfern hinzu. Der Mythos wird nicht als abgedankte Macht behandelt; er wird gehegt.

Hier äußert sich ein Grad von Freiheit, der vorbildlich geblieben ist. Abwegig ist es, ihn als eine noch unvollkommene Befreiung anzusehen. Wie Sokrates für alle Zeiten ein Muster für das Verhalten des geistig freien Menschen bildet, so tritt in Herodot die Würde des historischen Menschen und seine Tugend, »Bestehendes wohl zu achten«, gleich zu Beginn als Vorbild auf. Freiheit und Bindung können nicht ohne einander sein.

51

Herodot sah aus der Morgenröte der Geschichte zurück in die mythische Nacht. Das neue Licht warf einen starken Schein, der selbst auf Götter fiel. Es gibt einen historischen Christus, aber keinen historischen Jupiter. Wir dagegen stehen in der Mitternacht der Geschichte; es hat zwölf geschlagen, und wir blicken voraus in ein Dunkel, in dem künftige

Dinge sich abzeichnen. Dieser Blick ist von Grauen begleitet, von schweren Ahnungen. Es ist eine Todesstunde, aber auch eine Geburtsstunde. Die Dinge, die wir sehen oder zu sehen glauben, haben noch keinen Namen, sind namen-los. Wenn wir sie mit Worten ansprechen, so treffen wir sie ungenau und zwingen sie nicht in unseren Bann. Wo wir »Frieden« sagen, kann es Krieg geben. Glückspläne schlagen in mörderische um, oft über Nacht. Die historische Benennung gilt nur noch in Reservaten, ähnlich wie die klassische Physik oder der herkömmliche Krieg. Die Dinge verändern sich uns unter der Hand. Die Wände sind eng geworden, innerhalb deren unser Wortschatz noch überzeugt. Die Dichtung bestätigt es. Auch das zeugt für mehr, für anderes als für den Anbruch einer neuen Geschichtsepoche, eines historisch vergleichbaren Abschnittes.

Wir benennen bereits die Ereignisse nicht mehr zwingend, die wir erlebt haben. Was ist Freiheit, Nation, Demokratie? Was ist ein Verbrechen, ein Soldat, ein Angriffskrieg? Darüber sind die Ansichten babylonisch geteilt, nicht nur deshalb, weil die Wörter porös, weil sie vieldeutig geworden sind.

In der Benennung künftiger Dinge liegt eine große Verantwortung. Das ist schon immer so gewesen und gilt jetzt in verstärktem Maß. Die Namen sind nicht nur Begriffe für Bekanntes; sie haben beschwörende Kraft. Auch unter diesem Gesichtswinkel scheint es ratsam, den alten Universalienstreit bei neuem Lichte zu besehen. Es könnte sein, daß auch die Stunde unserer Wissenschaft, auf die er so großen Einfluß übte, geschlagen hat. Sie würde dann etwas anderes, vielleicht auch Größeres, ihr heutiges Sein Vorstufe.

52

Soviel über Benennungen in ungewisser Zeit. Das betrifft auch das Blutopfer. Der Name kommt aus der Sakralsprache. Blut wurde als höchste Spende angesehen. »Und es wird fast alles mit Blut gereinigt nach dem Gesetz.« (Hebr. 9, 22) Zur Erfassung solcher Zusammenhänge fehlen uns die Voraussetzungen. Zuweilen hat es den Anschein, als ob gerade der Untäter eine unheimliche Witterung für das sakralfähige Opfer besäße, jenen Instinkt, aus dem heraus die Menge nicht den Barrabas, sondern Christus forderte.

Im Mythos ist es der Heros, der das Opfer bringt. Auf seinem Blut beruht die Gründung der Reiche, wie die Stiftung der Kirchen auf dem sakralfähigen Blut. Auf dem Blut des Untäters beruht die Sühne und damit das Recht. Nicht vollzogene Sühne bedeutet Gemeingefahr. Daher sagte man früher, daß »Blut nicht auf dem Lande bleiben darf«.

Das mythische Opfer kehrt in den historischen Kriegen wieder, bis spät in unsere Zeit. In diesem Sinne hat der Nationalheld noch mythische Größe, das Vaterland hat mythische Macht, wie sie der Staat als solcher nicht verleihen kann. Im Vaterland geschichtlicher Nationen verbirgt sich der ältere Anspruch der irdischen Heimat, wie sie, als Frau verkörpert, als Große Mutter, als Furie, als Nike die Söhne zum Siege führend, auf den Triumphbögen erscheint.

Das Opfer im mythischen Sinne setzt Freiwilligkeit voraus, Begeisterung, wie sie die Griechen gegenüber den Persern und wie sie noch den Ausbruch des Ersten Weltkrieges dem des Zweiten gegenüber auszeichnet.

Daß der Heros, nicht nur in Kunst und Dichtung, sondern auch im Allgemeinbewußtsein, als Vorbild schwindet, ist nicht aus der Maschinentechnik und ihrer Massenwirkung abzuleiten, wie oft versucht wird, sondern aus dem Ermatten geschichtsbildender Kraft. Mit ihm ist eng verbunden das Schwinden der Namen, der Personalität. Die Leistung kann dabei die gleiche bleiben, sich sogar steigern, doch tritt sie in andere Relationen, wie die der Arbeit und des Rekordes, ein. Hier messen sich andere Kräfte; es wird, wie bei den Wettkämpfen, der Mensch als Gegner, der Gegner als Mensch nicht mehr gesehen. Daß die technische Apparatur nicht als heroisches Mittel gehandhabt werden kann, wodurch sich etwa der Kampfwagen des Diomedes von einem heutigen unterscheidet, erklärt sich nicht aus der Erscheinung dieser Waffen, sondern aus der Verschiedenheit zweier Weltalter.

Der Unbekannte Soldat ist daher nicht Heros, nicht Held in diesem Sinn. Er hat weder Personalität noch Individualität, an seine Taten knüpft sich kein Epos, kein Bericht. Er hat keinen Namen, im Grunde kein Vaterland. Er ist ein Erdsohn, ein dunkler Heimkehrer, ist weder Stifter noch Gründer, ist eher Befruchter der Erdmutter.

53

Die großen Blutopfer dieser Jahre können nicht als die eines Religionskrieges, etwa eines Kreuzzuges, und auch nicht mythisch-heroisch wie in den Väterzeiten geschaut werden, weder von der Geschichtschreibung noch von der Dichtung, noch am verlassenen Herd.

Wenn etwas wiederkehrt oder wenn ein Rückschritt statthat, so muß er in ältere, namenlose Schichten führen, in götter- und heldenloses, in vorhomerisches, ja vorherakleisches Land. Das Geschehen trägt einen elementarischen, titanisch-tellurischen Zug, bei dem die materielle Ordnung die paternitäre überwiegt, altes Recht, alte Sitte, alte Freiheit fragwürdig wird. Dem entspricht die maßlose, prometheische Kühnheit der Mittel und Methoden, der Vulkanismus, das Feuer, die Regung der Erdschlange, das Auftauchen von Unholden, ihre Straflosigkeit. Dem entspricht auch der Vorrang von Energien vor der durchgeistigten Form, sei es im Staat, im Kunstwerk oder in der Strategie. Nicht etwa tritt der Krieg ins Licht geläuterter Gesittung und wird dort hinfällig, sondern er zerfällt in sich, wird zum unscharfen und unberechenbaren, sogar selbstmörderischen Mittel der Politik, zur Sackgasse.

Damit verliert auch die Tötung ihren berechenbaren Sinn, tritt aus der überlieferten Gesetzmäßigkeit heraus. Der Unterschied zwischen dem Menschen, der wie der Richter oder der Feldherr auf legale Weise über das Leben verfügt, gegenüber dem Henker und dem Mörder wird unscharf, kann diskutiert werden, während zugleich zahllose Unschuldige wegen geringfügiger sozialer oder ökonomischer Differenzen des Lebens beraubt werden oder als Sklaven dahinschmachten.

Demgegenüber kann von Opfern weder im sakralen Sinne, etwa von Kreuzzügen, noch im heroischen noch selbst im praktischen, etwa der Staatsräson, mehr die Rede sein. Wir müssen dieser Tötung auch jene abstrakten Formen zurechnen, die wir als Unfall ansehen. Sie reichen nicht nur rein zahlenmäßig an frühere Kriegsverluste heran, sondern es zeichnet sich sogar die Gefahr von Massenkatastrophen ab. Auch das fällt unter die Verantwortung.

Allerdings hat noch keine Veränderung auf der Erde stattgefunden, die nicht Blut gefordert hätte. Wir wissen nicht, ob und in welchem Sinne gültige Opfer gebracht werden. Aber wir können nicht daran zweifeln, daß Blut gefordert wird. Daß es nicht den Sinn haben kann, den die Blutvergießenden meinen, ist nicht nur wahrscheinlich; es ist auch der einzige Gedanke, der Erlösung, Versöhnung verspricht.

Wir sehen kein Opfer, aber wir zahlen einen Zoll.

54

Hier ist die Möglichkeit eines Irrtums, der sich gebildet haben könnte, zu berücksichtigen. Es ist richtig, daß mythische Mächte, besonders wenn sie nicht gehegt werden, in die Geschichtswelt eindringen. Das Ende der Geschichtswelt darf aber nicht so gedeutet werden, als ob sie vom Mythos und seiner Wiederkehr überwältigt würde, etwa in der erwähnten Form, daß die helle, geschichtliche Bewußtheit gleich einem Tageslauf zwischen zwei Nächte fällt.

Ein solches Eindringen kann nur partiell, nur innerhalb des Tages stattfinden. Das zu befürchten oder zu erwarten, gibt es freilich einigen Grund. Hierher gehört zwar nicht die Macht der mythischen Bildwelt, wohl aber der sich an sie heftende Wille, gehören die Wunschträume. Sie erklären sich aus dem Protest gegen den Schwund der geschichtsbildenden Kraft und führen in der Kunst selbst starke Begabungen in eine anspruchsvolle Leere, in der Politik auf verhängnisvolle Irrwege.

Mythisches ist, wie gesagt, immer lebendig, besonders an den zeitlichen Grenzen, bei Geburt und Tod, in Kriegen und Katastrophen aller Art. Die mythischen Mächte in unserer Gegenwart sind aber nicht an sich stark, sondern deshalb, weil die geschichtlichen Formen und ihr Personal schwach geworden sind. Mythisches will an den Bruchstellen eindringen wie in Wundränder, aber es kann sich dort nicht in der alten Kraft entfalten, denn das Substrat ist zu schwach. So kommt es zum schauspielerischen Treiben stellvertretender Sänger und Akteure, zum Aufzug von Heroen- und Dämonenmasken, hinter denen sogleich die platte Physiognomie erscheint.

Auch das ist ein Zeichen der Nahtstelle. Daneben klafft fürchterliche, konzentrierte Realität. Das kann zu einer vexierbildhaften Doppelsinnigkeit des Vorgangs führen, bei dem der Leidende den Rang gewinnt, den der Täter zu besitzen meint. Es liegt nicht daran, daß der Leidende »besser« ist. Es liegt daran, daß er in das Leiden als in die dichtere Wirklichkeit eintritt und daß dort durch ihn Wichtigeres als durch den Täter geschieht. Der Leidende ist näher an der Geburt. Er zahlt den größeren Zoll, zahlt für die anderen mit. In Stalingrad ändert sich mehr als bei Sedan. Allerdings ist auch der Täter notwendig. Er ist notwendig in dem Sinn, in dem auch die Wissenschaft notwendig ist, nicht als Veränderer, sondern als Werkzeug zur Veränderung der Welt.

Daß mythische Mächte herrschend, persönlich und sachlich überzeugend nicht wiederkehren können, ist eine Lichtfrage. Seit Herodots Morgenröte gibt es im alten Sinne nicht mehr die Nacht. Die alten Bilder wurden in der Strahlung des geschichtlichen Bewußtseins scheuer, empfindlicher. Sie können sich nur hervorwagen in dem Maße, in dem das Bewußtsein schwächer wird, im Traum, im Schlaf, der seherischen und schöpferischen Ekstasis, auch in den Umstürzen. Der Austritt aus dem Geschichtsfeld ist aber keineswegs mit einer Bewußtseinsminderung verbunden; das kritische Vermögen nimmt im Gegenteil ununterbrochen zu. Schon das spricht gegen mythische Wiederkehr.

Die Schwächung des Mythischen ist unwiderruflich, weil der Geist seit Herodot einen neuen Charakter, einen neuen Aspekt gewonnen hat. Das ist ein character indelebilis, ist eine Weihe, die keine Untat, kein Zwang und kein Verbrechen ihm nehmen, auslöschen kann. Wir wissen ja seit langem, daß unser Inneres sowohl ein Ganzes wie ein Zusammengesetztes ist. Wenn seine Häupter sich versammeln, werden immer mythische darunter sein, auch solche von großer Macht. Sie müssen sich indessen beugen, wenn Bewußtseinsmächte eintreten: Hochgrade. Und das wird immer, selbst in den schlimmsten Zeiten, zu erwarten sein.

Im Ethischen ist es ähnlich: Gewisse Dinge sind, zwar nicht tatsächlich, doch in der Anschauung, unmöglich, seit Christus, das »neue Licht«, erschienen ist. Die Kirchen können längst in Museen, Remisen oder Lichtspielhäuser verwandelt sein; es bleibt ein unausrottbares Bewußtsein für das, was im ethischen Sinne schön oder häßlich ist. Dieses Häßliche kann in mythischer Zeit schön gewesen sein – wie etwa das Schauspiel der Blutopfer auf den mexikanischen Pyramiden – es wurde im Augenblick zum Frevel, in dem christliche Augen es wahrnahmen. Damit ist nicht gesagt, daß Christen nicht ähnliches zuzutrauen wäre, aber es fehlt nun der Bluttat der mythische Glanz, die Weihe, das Selbstbewußtsein der antiken Macht. Das ist ein für alle Mal dem Menschen abgedungen und abgekauft.

Soviel, um anzumerken, daß Wiederkehr mythischer Figuren zur Herrschaft nicht zu erwarten ist. Dem widerspricht nicht, daß das historische Bewußtsein als geschichtsbildende Macht seinerseits aus der Herrschaft scheidet, vielleicht bereits geschieden ist, und zwar auf ähnliche Weise, wie es den Mythos ablöste. Um bei dem Bilde der Versammlung im Inneren *des* Menschen zu bleiben: Es würde dann ein neuer

Hochgrad eintreten, der zwar die alten Zeichen kennt, doch unbekannte Weihen empfangen haben muß. Sie könnten dem Blutzoll Sinn geben.

Das würde sich zuerst durch das Kostüm ausweisen, das heißt: durch Tatsachen, die mit herkömmlichen Mitteln nicht mehr zu deuten sind. Solche Tatsachen sind zunächst vereinzelt eingetreten; sie konnten nicht oder nur unvollkommen in die gewohnten Systeme gebracht werden. Sie haben sich schnell an Zahl und Gewicht vermehrt, so daß es sich nicht mehr darum handelt, ob sie noch einzufangen sind. Sie verlangen nicht Einbeziehung in die alte Ordnung und ihre Fächer, sondern Systembildung.

Die Tatsachen verändern nicht; sie zeigen Veränderungen an. Sie sind schon Früchte; längst vorher, »wenn die Nacht am tiefsten war«, wurden sie gezeugt. Längst vorher wurde es unheimlich.

55

Hier ist eine Wiederholung am Platz. Rein chronologisch gesehen, läuft in jedem Augenblick ein Zeitraum von beliebiger Länge ab und fängt ein neuer an. An jedem Tage sind tausend oder hunderttausend Jahre verflossen – es fragt sich aber, ob solche Spannen über ihre meßbare Dauer hinaus Qualität haben. Es muß also zugleich ein Zyklus in dieser Dauer wahrzunehmen sein.

Sollte es sich nun um einen großen Zyklus handeln, so ist anzunehmen, daß sich auch eine Anzahl von Abschnitten mit ihm beschließt. Mit dem Jahrtausend endet ja auch sein letztes Jahrhundert und Jahrzehnt. Das ist nur in den Ziffern eine Analogie. Qualitativ könnte man eher an Summierungen denken, so wie bei gewissen astronomischen Konstellationen nicht Flut, sondern Sturmflut oder auch Sintflut sich erhebt. Eine Insel verschwindet und mit ihr die Wesen, die sie bewohnt haben. Korallen siedeln sich auf ihr an.

56

Die Einteilungen des Weltgeschehens in Großzeiten sind unbefriedigend. Das ist, besonders in Hinsicht auf das Schema »Altertum, Mittelalter, Neuzeit«, schon oft bemerkt worden.

Geschichte und »Vorgeschichte« lassen sich schwer gegeneinander abgrenzen. Wir nehmen jetzt Geschichte nicht als Bewußtseinszustand, sondern als vom Bewußtsein Beleuchtetes.

In keinem Falle ist die Unterscheidung eine rein zeitliche. Vorgeschichte ist, wo mehr oder minder gesicherte Urkunden fehlen, vor allem schriftliche. Daher sind schriftlose Völkerschaften, wie die Kelten, »vorgeschichtlich«, nicht aber die um Tausende von Jahren »früheren« Ägypter oder Babylonier. Wenn wir eine Schrift entziffert haben, verändert sich für uns das Wesen des ihr zugehörigen Volkes, als hätten wir einen Schlüssel gefunden, der das Fach aufspringen läßt. So ist zur Zeit das Bild des Alten Orients »in Bewegung«, weil neue Quellen zufließen. Das setzt nicht voraus, daß in diesen Quellen, etwa der sumerischen Literatur, historisches Denken in unserem Sinne obwaltet oder historische Daten markiert werden. Die Schrift ist vielmehr, abgesehen von ihren Inhalten, ein Handgriff für den historischen Geist. Auch die Bedeutung der Archäologie verändert sich, je nachdem ob sie im Dienst der geschichtlichen oder der vorgeschichtlichen Forschung steht. Der einen bringt sie, wie in Pompeji, Bestätigungen, der anderen, wie in den Höhlen von Altamira, Entdeckungen. Der Spaten ist für die Geschichte ein Hilfsmittel, für die Vorgeschichte das Hauptmittel.

Zu dieser Unsicherheit kommt ferner, daß unsere Vorstellungen über Vorgeschichte auch hinsichtlich der Zeiträume Korrekturen erfahren haben, und zwar durch die Spuren von Jäger- und Hirtenkulturen, die tief in die Steinzeit hineinreichen. Was in den Felshöhlen Europas, der Sahara, Südafrikas und Indiens sich darbietet, läßt sich in das überkommene Schema nicht einordnen. Es reißt neue Perspektiven auf.

Weitere Funde und damit Überraschungen werden hinzukommen.

Wir müssen »den Menschen« nun gewaltig vordatieren, und zwar nicht nur ethnologisch, nicht nur der Zeit, sondern auch dem Range nach. Eine Epoche, die in den Museen durch einige Urnen und Speerspitzen vertreten war, überliefert uns nicht etwa troglodytenhafte Mißgestalten, sondern Kunstwerke von jener hohen Gattung, die den Menschen zu allen Zeiten anspricht mit dem Mantra: »Das bist Du.«

Daß diese Werke uns als »moderne« Bilder ansprechen, ist nicht zufällig. Ebensowenig ist zufällig, daß wir sie gerade jetzt entdeckt haben, obwohl sie doch seit vielen tausend Jahren zugänglich gewesen sind. Sie galten aber noch als unglaubwürdig, als sie vor kurzem gefunden wurden, das heißt, es fehlten die Augen für sie.

Die Frage »Warum gerade jetzt?« ist aufschlußreich. Sie führt an die Bruchstelle. Von ihrem uns bekannten Rande aus ließe sich vielleicht sagen, daß unser historisches Wesen nun den höchsten Grad der Spannung, der zugleich kühnen und bewußten Leidenschaft erreicht hat, die uns an die Grenzen der Zeit und des Raumes treibt, in die Höhlen, die Gräber, die Eingeweide der Erde und die Grotten der Tiefsee, in die kosmischen Höhen und Abgründe.

Gewiß – das ist die eine Seite, der uns bekannte Hang der Bruchstelle mit seinen Aufschlüssen. Die andere Frage ist die: Ist diese neue, über jede Erfahrung hinauseilende Befahrung nicht bereits ein Zeichen dafür, daß wir das Geschichtsfeld schon verließen und Neues sehen, Neues finden, weil unser Dämon, unser historisches Wesen, uns verließ? Auch Amerika konnte erst entdeckt werden, nachdem das alte Europa, das Mittelalter, im Menschen untergegangen war.

In unserem Innern müssen die Säulen des Herakles stürzen, bevor die Neuen Hesperiden auftauchen. Hier drängen sich weitere Fragen an. Vieles läßt darauf schließen, daß der Abschied von der Geschichte einschneidender und folgenschwerer sein wird, als es jener vom Mythos war. Das läßt vermuten, daß ein noch größerer Zyklus abgelaufen ist. Wird der Mensch nicht noch mehr als damals opfern, nicht noch mehr zurücklassen müssen – am Ende das Menschentum selbst?

57

Das Wort »Vorgeschichte« ist deshalb schwierig zu fixieren, weil es durch eine Anschauung geprägt ist, die geschichtsbildende Macht besitzt. Wie für König Midas alles Gold wurde, so gewinnt jede Zeit, auf die das Auge des historischen Geistes fällt, einen geschichtlichen Glanz. Ähnlich war es im Mythos: Jeder Baum, jede Quelle, jedes Sternbild war mythisch belebt.

Die geschichtsbildende Macht beherrscht kein abgeschlossenes Reich. Sie unternimmt Ausfälle und Streifzüge. Sie ist wie ein Licht, das durch das Dunkel der Zeit getragen wird – so scheint es ihr wenigstens in ihrem Selbstbewußtsein, in ihrer besonderen Augenhaftigkeit.

Daher nehmen Ereignisse, auf die der Blick des historischen Menschen fällt, geschichtliche Züge an, auch wenn sie aus grauer Vorzeit dämmern, aus Sumer und Babylon. Andererseits suchen, wo oder wann diese Aufmerksamkeit nachläßt, geschichtsfremde, etwa mythische oder elementare, Kräfte sich des Geschehens und seiner Träger zu bemächtigen. Das ist ein Kampf wie zwischen Festland und Meer.

Wir meinen, daß der Mythos, dessen Künder nicht der Schriftbeherrscher, sondern der Sänger ist, ungenauer überliefere. Das ist im Sinne der historischen Exaktheit richtig, aber auch nur dort, ist perspektivisch richtig, und nur so. Denn wo ist größere Deutlichkeit – in jenem Troja, das in Homers Gesang lebt, oder in jenem, das der historische Geist mit seiner Methodik wieder auferbaut? Homer kennt nur *ein* Troja, Schliemann sieben – das heißt, er ist exakter und undeutlicher zugleich. Und wo ist größeres Leben – im historischen Christus oder in dem der Evangelien?

Wenn wir Mythisches und Geschichtliches innerhalb der

menschlichen Wirklichkeit abgrenzen, so treffen wir eine schärfere Unterscheidung als jene, die zwischen Geschichte und Vorgeschichte sich ziehen läßt. Das soll nicht heißen, daß mythische und vorgeschichtliche Zeit identisch sind. »Vorgeschichte« ist ein ex negatione gewonnener Begriff. Er eignet sich jedenfalls nicht zur Abgrenzung von Großzeiten. Ferner ist noch zu unterscheiden zwischen Vorgeschichte und Prähistorie, zwischen der Anschauung des Gegenstandes im weiteren und seiner Behandlung im wissenschaftlichen Sinn.

58

Auch zwischen Vorgeschichte und Urgeschichte schwanken die Abgrenzungen. Im Sinne, in dem das Wort oder ihm ähnliche seit Hesiod immer wieder verwandt wurden, verschmilzt die zeitliche Bedeutung mit einer idealen – gemeint ist die Idee des Menschengeschlechts. Wo sie sich rein verwirklicht, ist das Goldene Zeitalter, wie es immer wieder von Menschen gesucht und als Muster verwandt worden ist. Man hat es bei den Hirten und Patriarchen des Alten Orients vermutet, im längst versunkenen Atlantis, auf den Inseln der Südsee, in den Wäldern von Paul und Virginie oder, wie noch Gotthelf, der Hesiod unseres Zeitalters, in entlegenen Gebirgstälern. In seiner Mühelosigkeit, seinem gediegenen Reichtum hat die Kunst von jeher eines ihrer großen Themen gesehen. Das gilt schon für die Höhlenbilder; sie schildern mehr als empirische Jagdgründe.

Die Bilder sind zugleich Jagdzauber; sie bringen aus dem Unsichtbaren reale Beute ein. Das ist zu allen Zeiten die Aufgabe der Kunst. Der Dichter nähert sich dem Urbild, spiegelt es im Vorbild, das dann reale Mächte anzieht, etwa in der Politik. Dort wird das Vorbild zur Utopie. Ihr werden ungeheure Opfer dargebracht. Ein Beispiel ist das Verhältnis Rousseaus zur Französischen Revolution.

Die Macht des Urbildes, das sich im Vorbild spiegelt, kann nicht überschätzt werden. Wir dürfen sie auch nicht als imaginär betrachten, sondern müssen die gewohnten Vorstellungen von Realität und Imagination umkehren. Das Goldene Zeitalter ist realer, ist wirklicher als die Pläne des historischen Menschen und seine Anstrengungen. Es gibt aus seinem Überfluß Kraft an ihn ab.

Das erweist sich auch daraus, daß selbst große Pläne scheitern, deren Vorbild nicht in den Bereichen dieser Urgeschichte, dieser »Idee des Menschengeschlechts«, seherisch legitimiert worden ist. Sein vornehmstes Kennzeichen ist ewiger Friede, ewiges Glück. Damit reicht es unter die Geschichtswelt und auch unter den Mythos, dessen großes Thema der Kampf ist, hinab. Hesiod sagt von den Menschen des Goldenen Zeitalters:

> – Ganz nach Gefallen
> Schufen sie ruhig ihr Werk und waren in Fülle gesegnet,
> Reich an Herden und Vieh, geliebt von den seligen Göttern.

Erst von den Menschen des Erzenen Zeitalters heißt es:

> – diese betrieben
> Ares' Jammergeschäfte und Frevel.

Auch heute sind die Spiegelungen des Goldenen Zeitalters stärker als alle anderen. Ihm entstammt der Mensch Rousseaus, während der Norde das Erzene Zeitalter vertritt. Wo Vorbilder aus beiden Altern sich begegnen, verhüllt durch gleichviel welche ephemeren Ideen und vertreten durch gleichviel welche Staaten und Völkerschaften, kann am Ausgang kein Zweifel sein.

Moralische Folgerungen lassen sich daraus nicht ableiten. Der humanitäre Geist ist weder »besser« als der heroische noch »schlechter« in Nietzsches Sinn. Seine Theorien, obwohl vom Urbild einer Welt des Friedens abgeleitet, führen ebensowenig zum Weltfrieden wie alle anderen. Es fragt sich, um ein Beispiel zu nennen, ob in unserer Zeit die heroischen oder die sozialen Theorien größere Blutopfer forderten. Ganz außer Frage aber steht, daß die Anrechnung verschieden ist. Hier gilt, sogar für Theologen, als unverzeihlich, was dort als unvermeidlich, vielleicht sogar als verdienstlich angesehen wird. Das sind optische Täuschungen. Gutes und Edles ist hier wie dort vorhanden, wie in den dunklen Zeiten auch Schreckliches. Es gibt keine Idee, in deren Namen nicht schon Menschen getötet worden, oft auch freudig gestorben sind.

Ganz unbestreitbar aber ist, daß in unseren Händeln die humanen Ideale länger hielten und weiter führten als die heroischen. Das rührt nicht daher, daß sie jünger, moderner, fortschrittlicher, sondern daher, daß sie älter sind, auf tieferen Bestand zurückgreifen. Der ist die Substanz des Fortschritts, der an sich reine Bewegung ist. Das Humane siegt deshalb ob, weil es dem Kern des Menschengeschlechts näher ist als das Heroische. Es liegt dichter am Goldenen Zeitalter. Hier treffen sich auch Fortschritt und konservativer Geist.

59

Soviel, um anzudeuten, was unter Urgeschichte verstanden wird. Sie ist nicht Vorgeschichte, kein Fach der Völkerkunde, nichts zeitlich Früheres oder Erstes, sondern ist eine Tiefenschicht des Menschen, ist seelisch ungeteilte Kraft. Darauf vor allem beruht der Friedensglanz des Goldenen Zeitalters.

Als Fach hat sich die Urgeschichte unmerklich, doch mit gutem Grunde aus der Geschichtschreibung entfernt. Zunächst war sie Heilsgeschichte, Geschichte der Offenbarung und der Ursprünge. Daher beginnen die alten Geschichtswerke mit dem Paradies. Heut ist sie ein Thema der Tiefenpsychologie, die sich immer mehr zur Typologie entwikkelt, und läßt sich scharf von der Vorgeschichte absetzen. Hier ist eines der Zwischengemächer, der Grenzfelder, auf denen die Wissenschaft in Bewegung kommt, besonders seitdem die analytische Methodik der synthetischen oder, besser, synoptischen zu weichen beginnt.

So ist zu hoffen, daß das alte Mantra: »Erkenne Dich

selbst« hier eine neue Werkstatt und Meisterschule finden wird. Den Menschen in seiner Tiefe heimsuchen: das heißt nicht, Eigenschaften, es heißt, Gestalten sehen. Sie allein besitzen die Macht, Titanisches zu bändigen.

»Erkenne Dich selbst«, das war die Inschrift, die der Apollotempel zu Delphi trug. Nicht umsonst stand dieses Wort über dem Heiligtum, an dem die Weissagung eingeholt wurde, der Schicksalsspruch. Erst wenn der Mensch sich in seiner letzten Tiefe gesammelt, bereitgestellt hat, ist er fähig, in jene Zelle einzutreten, in der Zukünftiges sich enthüllt. Dort gibt es kein Wissen mehr.

Bereitstellungen sind auch unsere Gestaltlehren als letzte Hilfen des Wissens vor Begegnungen, denen Individuen und Völker nicht mehr standhalten.

60

Die Einteilung der Alten in ein goldenes, silbernes, erzenes und eisernes Zeitalter bezieht sich nicht auf die Metalle im materiellen Sinn. Sie ist eher der Art verwandt, in der die Alchimisten oder auch die Astrologen von den Metallen sprechen: die Eigenschaften sind Tugenden des Seins. Wir sagen noch heute: »Reden ist Silber, Schweigen ist Gold.«

Es handelt sich bei dieser Einteilung im Grunde um vier Jahreszeiten eines Weltalters von abnehmender Kraft. Gold ist hier Göttliches.

> Es bleibt in jeder Form
> Gold, was aus Gold besteht:
> Nichts Göttliches in dem,
> Was aus ihm ward, vergeht.
> (Shankara)

Auch der Brahmane kennt solche Weltalter von ungeheurer Ausdehnung, die durch partielle Weltuntergänge getrennt sind und von denen jedes seine Morgen- und seine

Abenddämmerung besitzt. Jedes hat seinen eigenen Götterhimmel, sein neues Menschengeschlecht.

Wenn unsere Wissenschaft Geschichte und Vorgeschichte bis zur Morgendämmerung des Menschen in Stein-, Bronze- und Eisenzeit einteilt, so sind damit die Stoffe im eigentlichen Sinn gemeint und erst in zweiter Linie die Stufen der Gesittung, die mit ihrer Anwendung verbunden sind. Hier finden wir entwicklungsgeschichtliche Perspektiven mit Zeitaltern von zunehmender Kraft. Hier meint »spät« Wachstum, nicht Schwund wie in der Bibel und bei Hesiod.

Bei näherer Ansicht können uns jedoch gewisse Übereinstimmungen nicht entgehen. Wir führten das Ideal des Norden auf das Erzene Zeitalter zurück. Das ist die mythische Bezeichnung des Abschnitts, den der Historiker die Bronzezeit nennt. Es ist die Zeit, in der der Mythos herrschende Wirklichkeit gewann, in der das Handeln und Denken des Menschen durch ihn bestimmt wurde.

Diese Wirklichkeit bleibt unerschütterlich in der Erinnerung, in den Sängen Homers und in den Sagas, sie kann aber nicht politisch wiederholt werden. Es ist kein Zufall, daß die Vorbilder der im Zweiten Weltkrieg geschlagenen Mächte der Bronze- und der frühen Eisenzeit entstammen: der Norde, der antike Römer, der japanische Samurai. Daß sie nicht siegen konnten, entspricht der Grundregel, daß der Mythos nicht wiederherzustellen ist, daß er zwar vulkanisch die Geschichtsdecke durchbrechen, nicht aber ein Weltklima schaffen kann. Diese Grundregel erklärt zahlreiche Einzelbeobachtungen, wie etwa die, daß der Krieg nicht mehr zwischen Völkern, nicht mehr durch Könige und auch nicht nach den Regeln des Duells geführt werden kann, daß er also sein mythisch-heroisches Ethos verliert, während tiefere Kennzeichen bleiben, wie die Hingabe, der Schmerz. Sie erklärt auch, warum der heroische Machthaber als Lenker, als Vater nicht mehr glaubwürdig erscheint. Er muß, wie schon Napoleon, als Führer, als Entfeßler von Energien, auftreten. Sein Vorbild ist der ewige Jüngling der mythischen Zeit. Daher kann er nicht alt werden. Seine Legitimation reicht vor der

»Völkerversammlung« nicht aus. Sie gibt schon den homerischen Helden den Hintergrund.

Wenn wir nun das Erzene Zeitalter des Hesiod auf unsere Bronzezeit bezogen, so liegt die Frage nahe, ob nicht auch für das Goldene Zeitalter ein ähnlicher Bezug zu finden sei? Ihm, als der frühesten Epoche des Hesiod, böte sich dann die älteste der wissenschaftlichen Vorstellungen, die Steinzeit, an. In der Tat wurde das Goldene Zeitalter, wie der geschichtliche Mensch es zu erkennen glaubte, gern dort vermutet, wo steinzeitliche Kulturen bis auf unsere Tage erhalten geblieben sind. Der Einfluß, den die Südseereisen Cooks und Forsters auf die Französische Revolution und ihr Menschenbild ausgeübt haben, ist bekannt. Die Gleichzeitigkeit ist hier ebensowenig zufällig wie die Tatsache, daß aus der Welt der Südseevölker grundlegende Begriffe in die Psychologie übergegangen, oder wie jene andere, daß die uralten Höhlen des Steinzeitmenschen gerade in unseren Tagen sichtbar geworden sind. Solchen Funden und solcher Art der Sichtbarwerdung geht anderes voran.

Steinzeit: das ist nicht nur ein zeitlicher, sondern auch ein morphologischer Begriff. Steinzeit ist gegenwärtig, und zwar nicht nur ethnographisch, sondern auch individuell. Wenn Spengler daher sagte, daß man »den Neandertaler« in jeder Volksversammlung trifft, so war das eine richtige Feststellung. Ärgerlich daran ist nur der polemische Bezug, der beiden Parteien unrecht tut. Verglichen mit der unseren war die Steinzeit wahrscheinlich ein Goldenes Zeitalter. Vermutlich konnte man sich unendlich glücklicher fühlen, auch sicherer. Es gab weder Polis noch Politik.

Das räumen selbst Autoren ein, die dem »Primitiven« gegenüber ein zivilisatorisches Grauen hegen, wie es der Reisende des 18. Jahrhunderts und noch Darwin gegenüber dem Feuerländer empfand. So sagt der Epikuräer Lucretius Carus in seinem Lehrgedicht über die Natur der Dinge, nachdem er ein düsteres Bild der Schutzlosigkeit des frühen Menschen gegenüber den Elementen und den reißenden Tieren entworfen hat:

Aber Tausende führte noch nicht ein Tag zum Verderben
Unter den Fahnen dahin; es wurden Männer und Schiffe
Nicht, von den stürmenden Wogen zerschellt, an Klippen geschleudert,
Denn die verderbliche Kunst der Schiffahrt war noch verborgen.

Die Stelle ist auch deshalb bemerkenswert, weil sie bereits den Unfall in Rechnung zieht.

61

Bekanntlich wurde Cook auf Hawaii von den Eingeborenen zunächst freundlich aufgenommen, und erst erschlagen nach einem von seiner Mannschaft begangenen Tabubruch. Überhaupt fällt jede Begegnung zwischen dem geschichtlichen und dem Steinzeitmenschen zu unseren Ungunsten aus. Sie beginnt mit Tabubrüchen und endet mit Ausrottung. Die großen Entdeckungsfahrten gehören zu unseren erregendsten, aber auch dunkelsten Abenteuern; und wenn die farbigen Völker von uns nicht die beste Meinung hegen, so ist das verständlich genug.

Um kurz auf den Neandertaler zurückzukommen: Es ist ebenso verfehlt, die Kultur mit dem Schädelindex zu messen wie nach dem Seifenverbrauch. Das gehört zum Einbruch zoologischer Maßstäbe. Der Geist wohnt im ganzen Menschen und nicht nur in seinem Kopfe; auch kann das Gehirn parasitär werden. Das eigentliche Kennzeichen der Kultur liegt nicht in der Bewußtseinshöhe, sondern in der unbewußten Harmonie, der Sicherheit des Lebenstraumes inmitten der Kreisläufe. Das Lied, die Kunst weisen sie aus.

62

Hesiod berichtet von Zeiten großen Überflusses, in denen ein Tag der Arbeit für ein Jahr der Ernte ausreichte. Auch in dieser Hinsicht nähert sich die Steinzeit am ersten dem Goldenen Zeitalter. Das beruht nicht auf der geringeren Zahl der Menschen, bei der ein größerer Anteil am Segen der Erde auf den Einzelnen entfiel. Die geringe Zahl gehört allerdings zum Bilde des Zeitalters, wie zu dem des unseren die Milliardenbevölkerung. Es beruht auch nicht auf dem besseren Klima und seiner Fruchtbarkeit. Wohl dürfen wir hier an Gewächse denken wie an den Brotbaum Polynesiens, der eine Familie ernährt, an die Banane, Musa paradisiaca, deren Früchte von den Entdeckern auch Adams- oder Paradiesfeigen genannt wurden, auch an den Mais mit seiner Riesenähre – an Zeugen eines reicheren Wachstums, die wie Zweige über die Mauer eines alten Gartens in unsere Zeit hereinragen. Wir müssen aber auch die unerschöpflichen Herden an den waldlosen Rändern der großen Vereisungen dazurechnen. Auch sie ragen in die Gegenwart hinein, als die gewaltigen Büffelherden der nordamerikanischen Prärien, die Rentierherden der Tundren und die Vogelberge der Arktis; dazu passen die Ströme, in denen der Lachs Rücken an Rücken steht.

Auch hier kommt es bei der Begegnung mit dem historischen Menschen zur Ausrottung. Der Grund ist weniger darin zu suchen, daß er überlegene Waffen besitzt – denn die Dronte und die Seekuh der Arktis wurden vom Schiffsvolk mit Knüppeln erschlagen – als darin, daß er das Tier aus einem anderen Nomos heraus betrachtet und mit einer anderen, und zwar schäbigeren, Ökonomie, die ebenfalls die geistige Verarmung bezeugt.

Wahrscheinlich kannte der Mensch jener frühen Zeiten noch nicht die Jagd in unserem Sinne und auch nicht die Jagd der ihm folgenden magischen und heroischen Zeitalter. Das leuchtet ein, wenn wir die Bilder gegenüberstellen, die erhalten geblieben sind – wie etwa den »Bildersaal« von Altamira und Friese, die den König von Assur zeigen, der im Kampfwagen zur Löwenjagd fährt. Mit dem Auftreten des heroischen Menschen verändert die Jagd ihren Sinn. Sie wird zum Privilegium, zum ritterlichen Handwerk, zum Regal, als welches Ortega sie in seiner schönen »Meditation über die Jagd« beschrieben hat.

Die Jagd in diesem Sinne ist mehr als ein Vergnügen der Könige, das oft und bis in unsere Zeiten ihr Tagwerk füllt. Sie ist eine Erinnerung an Zeiten, in denen jeder König und Jagdherr war. Das Auftreten von Pferd und Wagen, vor allem die Viehzucht und der Landbau, tragen zur Minderung des Urjagdrechtes bei. Damit beginnen die »Wildschäden«. Den Mythos durchwebt die Schilderung gewaltiger Jagden, wie der von Meleager und Atalante, und auch der Händel, die sich daran anschließen. Herakles als der Urfürst ist auch ein mächtiger Jäger vor dem Herrn. Gewisse Distrikte, bestimmte Tiere bejagt der Fürst allein. Wahrscheinlich ist dies der Zeitpunkt, von dem an das Areal des Löwen sich zu mindern begann, das damals noch Europa und Asien einbegriff. Seine Ausrottung in Nordafrika fällt erst in unsere Zeit.

In den Anfängen muß die Jagd etwas anderes, von uns nur zu Vermutendes gewesen sein. Hinweise gibt uns die Ethnographie, und neue Aufschlüsse sind zu erwarten von den Höhlenfunden, deren Zahl immer noch anwächst und deren Deutung sich vervollkommnen wird. Als die Jagd noch kein Regal war, war sie ein Erdrecht, das magisch gehegt wurde. Nicht nur die Erlegung eines Tieres, sondern auch die Fällung eines Baumes setzte eine Entschädigung, setzte Opfer voraus, und auch das, was wir heute als Kunst der Eiszeit bezeichnen, gehörte wohl im wesentlichen zum magischen Dienst. Schon daß Höhlen gewählt wurden, in denen diese Jäger ebensowenig wohnten wie der Buschmann, der Lappe, der Indianer in unseren Zeiten, weist darauf hin. Anzunehmen ist ferner, daß das Tier als erdgeistige Macht geehrt wurde und daß eine große Zahl von Tabus zu beachten war. Das spiegelt sich noch heute in den Jagdrechten und -bräuchen sowie im Aberglauben der Waidmänner.

63

Jagd, Fischfang und Ernte vom Wildwuchs – so darf man sich die Nutzung des frühen Überflusses vorstellen. Die Haltung von Herden, die Landbebauung sind bereits Zeichen dafür, daß der Überfluß sich mindert, sei es, daß die Nahrung ab- oder die Zahl der Esser zunehme. Damit treten bislang unbekannte Arten des Zwanges auf, ja Grenzen überhaupt. Der Nomos des Hirten und des Bauern ist ein anderer als der des Jägers, der dem Wilde folgt.

Daß der Landmann Kain den Hirten Abel erschlägt, erscheint zunächst als befremdender Zug. Dennoch ist es sinnvoll, denn Grenze und Krieg sind urverwandt, und der Landmann ist ein strengerer Wahrer der Grenze als der viehtreibende Hirt. Dieser ist freizügig, hat größeren Spielraum auf dem Erdgrunde. Er kennt weniger Grenzen als Richtungen. Abraham sagt zu Lot: »Laß doch nicht Zank sein zwischen mir und dir und zwischen meinen und deinen Hirten, denn wir sind Gebrüder. Steht dir nicht alles Land offen? Scheide dich doch von mir. Willst du zur Linken, so will ich zur Rechten; oder willst du zur Rechten, so will ich zur Linken.« (1. Mose 13, 8, 9)

Da ist also noch Freiheit zwischen Rechts und Links. Noch freier ist der Jäger, und daher ist er der erste, der weichen muß, wenn die Freiheitsminderung beginnt. Das ist die Reihenfolge: der viehzüchtende Herero verdrängt den Buschmann, der landbebauende Farmer den Herero. Aber der frühe Jäger verdrängte nicht das Wild. Daher hat ihn die Erde durch viele Jahrtausende gehegt.

Daraus, daß Grenze und Krieg urverwandt sind, lassen sich auch für unsere Zeit Schlüsse ziehen, wie etwa der, daß, um die Kriegsgefahr von Grund auf zu verringern, zunächst die Idee der Grenze geschwächt werden muß. Das kann nicht durch Negation geschehen. Es setzt eine neue Konzeption der Erdheimat voraus, die gewiß nicht auf die des Jägers, wohl aber auf die des Goldenen Zeitalters zurückgreifen kann.

Auch hier verbirgt sich ein Sinn des Blutzolles, der nicht den Grenzen, sondern der Erde gebracht wurde. Er öffnet Schranken, hinter denen sich sowohl das Bild der Völker als auch die Bestellung und Nutzung des Erdgrundes verändern wird. In diesen Zusammenhang ist auch die Technik einzuordnen, als Form und Ansatz einer neuen Erdvergeistigung am Abschluß der historischen Zeit, des Eisernen Zeitalters.

64

Der frühe Überfluß reicht noch sichtbar in die Zeit hinein, in der sich jene Völkerschaften abgrenzen, auf die wir heute die Kultur zurückführen. Mesopotamien, wo man das Paradies vermutete, und Ägypten galten seit jeher als Kornkammern. Kanaan ist das Land, wo Milch und Honig fließen; das ist eine Vorstellung von Hirten und Wildbauern.

Solche Berichte werden am deutlichsten dort, wo sie märchenhaft klingen; das hat seinen Grund. Vor allem ist hier zu denken an die vorpersischen Königreiche und Gaue Kleinasiens, wie Phrygien, Mysien und Lydien, die noch ganz im Frühglanz der Goldenen Zeit liegen. Da ist Midas, der König, dem alles zu Gold wird und den bereits der Mythos mißdeutet. Krösos lebt schon in einer Zeit, in der der Reichtum sichtbar und meßbar wird und in der man seiner beraubt werden kann. Herodot läßt uns einen tiefen Blick in jene Reiche tun.

65

Bei dieser Betrachtung des Goldes und Goldener Zeitalter ist noch einmal daran zu erinnern, daß Absolutes weder in der Zeit noch im Raume anzutreffen ist, daß es weder datiert noch begrenzt werden kann. Im Golde schätzen wir das Unvergängliche und Unzerstörbare, im Frieden den »Ewigen Frieden«, in den Reichen des Goldenen Zeitalters das Paradies. In die Schatzkammern selbst dringt kein erschaffener Geist. Aber die Schätzung kommt von dort.

Das ist zu bedenken beim Rückblick und Ausblick auf große und glückliche Zeitalter. Ihr Bild darf nicht ins Absolute gehoben werden: überall, wo es Menschen gegeben hat und geben wird, gibt es auch Allzumenschliches. Der erste Mord, von dem die Bibel berichtet, schloß sich dicht an die Austreibung aus dem Garten Eden an. Auf den glückseligen Inseln, auf denen man den guten Menschen Rousseaus entdeckt zu haben glaubte, fand sich auch Menschenfresserei. »Hinrichtungen« erscheinen nicht nur auf Bildern der frühesten Dynastien, wie auf der Schminktafel des Königs Menes, sondern auch schon in Eiszeithöhlen, wie in der Cueva Remigia der Provinz Castellón. Dort findet sich der erste von Pfeilen durchbohrte »heilige Sebastian«.

In dieses Zeitalter gehört wohl auch die Steinigung als erste Art der Tötung, die sich sowohl in formaler als auch in sozialer Hinsicht über den kainitischen Totschlag erhebt. Sie ragt noch in die Zeit, in welcher Römer Recht sprachen, hinein und wird durch Berichte des historischen Menschen anschaulich – so in dem über die Steinigung des Stephanus (Apg. 7, 58). Wir nehmen hier an einem archaischen Vorgang teil. Das Urteil gründet sich nicht, wie bei Pilatus, auf ein Verfahren, bei dem kausale Verknüpfungen ermittelt werden, sondern auf einen consensus omnium. Man wird »hinausgeführt« von der Familie, der Sippe, dem Stamm oder von Teilen des Volkes, die in deren Rolle eintreten. Wenn Christus vom »ersten« Stein spricht, der geworfen wird, so entstammt das schon einer späteren Welt, einer neuen Verantwortung.

Daß es kein Licht ohne Schatten gibt, ist also zu bedenken, wenn man der Vermutung nachgeht, daß die Steinzeit ein Goldenes Alter gewesen sei. Bilder eines Überflusses, wie er nie wieder erreicht wurde, dürfen wir mit Recht annehmen, auch eine Freiheit des Einzelnen, die nur beim Jäger anzutreffen ist und die bereits dem Hirten verloren geht.

Man kannte nicht den Krieg, weder in den heroischen Formen des mythischen noch in den strategischen des geschichtlichen Zeitalters. Feindschaft und Streit gab es gewiß, aber keine Grenzen im heutigen Sinn.

66

Vom Blutvergießen, wie im »männermordenden« Streit der homerischen Helden oder gar unserer Schlachten, konnte noch nicht die Rede sein. René Quinton bezeichnet in seinen »Maximes sur la Guerre« einen Verlust von fünfzig Prozent und darüber in der Materialschlacht als normal; er darf die Widerstandskraft nicht beeinflussen.

Jene frühen Begegnungen aber stellt man sich besser so vor, wie Weule in seinem Werk über die Ursprünge des Krieges die Händel zwischen »Wilden« des 19. Jahrhunderts gezeichnet hat. Nach einem großen Zeremoniell, nach Kriegstänzen und Kriegsrufen endet der Streit, wenn ein oder zwei Männer erschlagen sind. Es mag auch sein, daß er nur unter Vorkämpfern, unter Häuptlingen, ausgetragen wird. Das reicht noch als ältere Schicht in das Epos hinein. Wenn bei Homer die Großen sich begegnen, schweigen die Waffen; Menschen und Götter harren des Ausganges.

Aber es ist noch ein Stärkeres, das sich neben dem Frieden und Überfluß der menschlichen Morgenröte vermuten läßt: magische Sicherheit. Es lebt noch etwas Ungebrochenes im Menschen, ein unmittelbarer Erdglanz, der später sich im Unsterblichen sublimiert. Diese Einheit mit der Schöpfung konnte danach nur örtlich und zeitlich, als Erinnerung, wieder erreicht werden: auf dem Sinai, bei Propheten, im Allerheiligsten, in außergewöhnlichen physischen und geistigen Zuständen.

Es konnte daher auch in den Anfängen weder Priester noch Wissende geben – wenigstens nicht im qualitativen, durch besondere Weihen geschaffenen Sinn. Wohl gab es ein Wissen, das allen gemeinsam war, wie der Instinkt den Tieren, und auch im Einzelnen sich schärfer ausprägte. So führt ein Vortänzer den Reigen an. Später tanzt er allein; er allein kennt die Riten und Umgänge. Dennoch bleiben bis in die spätesten Zeiten Reste des ersten Gemeingeistes. Mann und Frau spenden sich das Sakrament der Ehe, und es gibt Weihen und Zugänge, die keine Dogmatik kennt. Die ersten Bilder wurden auch nicht von Künstlern in unserem Sinne gemalt. Kunst war, nach Hamanns schönem Worte, Ursprache des Menschengeschlechts.

Wie etwas Heiligtum wird, Ort tiefer, eingeweihter Zugänge, die auch ihre Zeiten und ihren Periodus haben – das ist ein Werden, das sich nur ahnen läßt. Es ist auch mit einem Verlust verbunden, insofern es Zonen minderer Bedeutung schafft. Im Garten Eden gibt es kein Heiligtum.

Dem gegenüber sind der historische und auch der mythische Mensch »gebrochene« Erscheinungen im Zeitspektrum. Die Macht, mit der sie eintreten, darf darüber nicht hinwegtäuschen. Sie gleicht der eines Wasserfalles, in den sich ein See ergießt, der sich in Jahrtausenden aufstaute. Dem Zeitalter, in dem die Pyramiden aufwuchsen und das die Astrologen als das des Stieres bezeichnen, muß eine lange Aufstauung vorausgegangen sein, auch Inkubation. Wir können es ahnen, aber wir wissen nichts darüber – hier gilt das Wort: »Der Tau fällt auf das Gras, wenn die Nacht am tiefsten ist.«

67

Bei der Verwendung des Wortes »magisch« ist Vorsicht geboten, nicht nur an sich, sondern auch deshalb, weil es als bequeme Abstellkammer für Erscheinungen dient, die befremden, aber wenig oder nichts miteinander zu tun haben. Hier wird es in einem ungesonderten Sinn verwandt, zur Bezeichnung einer nicht weiter zu erläuternden Erdkraft, zu der in der physikalischen Welt die Elektrizität eine Analogie bietet. Nach Möglichkeit soll es durch »erdgeistig« ersetzt werden. Im engeren Sinne magisch wird Erdgeist erst in der Wiederkehr. Wir sehen ihn dann gerinnen, kristallisieren, sich verhärten wie in den ersten Städten, den Städten des Silbernen Zeitalters.

Das Erdgeistige ist nicht sacrum; es hat keinen gehegten, umfriedeten Platz. Eher darf man sich vorstellen, daß es sich an bestimmten Orten oder auch in gewissen Menschen verdichten und sichtbar werden kann, ähnlich wie elektrische Kräfte Teile der Materie zum Leuchten bringen können, etwa die Mastspitze eines Schiffes im Sankt-Elms-Feuer.

Auch Erdgeistiges kann wiederkehren, sowohl im Menschen wie in Institutionen; Kulte, Kunstwerke, Städte, Landschaften können magischen Charakter annehmen. Die magische Wiederkehr hat mit der mythischen gemeinsam, daß sie schwächere, unglaubwürdigere Figuren zeitigt – schon wo Wörter wie »glaubwürdig« auftauchen, ist ihre Kraft geschwächt.

In ihrem Wesen liegt es, daß die magischen Kräfte unsichtbarer, aber auch zäher haften als die mythischen und historischen. Das erklärt die Langlebigkeit gewisser Völker und die Starre anderer. Man möchte meinen, daß die Erde hier Reserven ihrer alten speziesbildenden Macht behalten hat. Daher ist zu vermuten, daß magische Mächte in unvorherzusehendem Maße Raum gewinnen können, wenn dem Menschen nicht nur als weltgeschichtlichem, sondern als erdgeschichtlichem Wesen, also als Spezies, Katastrophen drohen. Sie können auch in die Technik eindringen. Materie und Bios sind magisch ungetrennt.

Im Einzelnen ist nicht nur Mythisches, sondern auch Magisches stets lebendig, in Ausnahmen bedeutende Phänomene hervorbringend: Natursicht, Fernsicht, unmittelbare Heilkraft und prophetische Begabung – die Fähigkeit, zu wissen, was die Erde will.

68

Das Silberne Zeitalter wird von Hesiod flüchtig behandelt, als Abschwächung des Goldenen. Seine Menschen, noch immer glücklicher, gesünder und reicher als die von heute, leben als Selige unterirdisch fort.

In unserem Zusammenhange wird das Silberne Alter verstanden als Ort erdgeistiger Wiederkehr, die magisch erstarrt, sei es in Landschaften, Dingen oder der Person. Das Silberne Zeitalter kann ausfallen, also erzene oder mythische Zeit unmittelbar der Urgeschichte, dem Goldenen Alter folgen. Entsprechend kann die Städtegründung sowohl magischen wie heroischen Ursprung haben, sich entweder an ein Heiligtum oder eine Burg anschließen. Hier bilden sich zwei Grundformen der Macht. Von nun an gibt es geistige neben den natürlichen Ahnen, Erbfolge nicht nur in der Blutlinie, sondern auch durch Adoption, gibt es Heroon und Heiliges Grab.

Das Silberne Zeitalter hat einen magmatischen, erstarrenden Zug. Die magische Bildung, die es hervorbringt, wird von der Zeit kaum angegriffen, verändert sich wenig bis zum Untergang. Die Priesterschaften haben ihre große Zeit. Nun wird die Formel zwingend, auch die Gebetsformel; sie tritt für das Unaussprechliche ein.

Magische Kräfte können auch in die Technik einfließen, die dafür ein gutes Substrat bildet, und sie verhärten; das erfordert besondere Aufmerksamkeit. Hieronymus Bosch hat solche Möglichkeiten früh gesehen. In »Tausendundeiner Nacht« ist das Märchen, seiner Natur nach erdgeistig und die Kunstform des Goldenen Alters, magisch gebannt. An vielen Stellen tritt deutlich die zeitlose Starre, die zwingende Macht der Formel hervor.

69

Es läge nahe, anzunehmen, daß der Steinzeit eine Holzzeit vorausgegangen sei. Durchdenken wir diese Möglichkeit, so kommen wir jedoch bald zum Schlusse, daß zwischen Holz- und Steinzeit kein Unterschied sein kann. Die zu treffende Unterscheidung beschränkt sich ja nicht auf die Materialfrage. Es handelt sich vielmehr um Stufen innerhalb der Geschichte der Werkzeuge. Das Werkzeug aber setzt nicht nur Verwendung, sondern auch Verarbeitung voraus.

Wenn ein Primat einen Ast ergreift, um sich seiner als

Waffe zu bedienen, so hat er ihn zwar verwendet, aber nicht, und sei es in noch so roher Form, bearbeitet. Das gleiche gilt für einen Stein, den er aufhebt, um mit ihm zu werfen oder eine Frucht aufzuschlagen. Der Stein ist dann ein Mittel, aber kein Werkzeug im eigentlichen Sinn. Er wird noch nicht »steinzeitlich« verwandt.

Diese Einschränkungen müssen wir auch dort aufrecht erhalten, wo unter Verwendung von Holz und Stein Werke entstehen, wie es bei der Anlage von Nestern zu beobachten ist. Der achtarmige Tintenfisch schleppt Steine zu einer ringförmigen Zuflucht herbei. Den laubenbauenden Paradiesvögeln gelingen erstaunliche Kunstwerke. Überhaupt ist zu sagen, daß die Affen uns hinsichtlich der reinen Zweckmäßigkeit des Handelns am nächsten stehen mögen; im Reiche der Kultur, in allem, was Kunst, Schönheit und musisches Leben betrifft, sind uns die Gefiederten enger verwandt. Man kann das nicht gegeneinander ausspielen. Die Tierwelt führt nicht linear auf uns zu. Sie umschließt uns ringförmig.

Das Zeitalter der Werkzeuge beginnt nicht mit dem Gebrauch, sondern mit der Verarbeitung von Holz und Stein. Bis zur Zusammensetzung, etwa zur Axt, ist dann noch ein weiter Weg. Eine eigene Holzzeit kann es aber schon deshalb nicht gegeben haben, weil auch die einfachste Verarbeitung des Holzes, etwa zum Grabstock, ein härteres Medium voraussetzt, eben den Stein.

Was dann kommt, als nächste große Stufe, ist Schmiedearbeit an Metallen, die sich in immer weiterem Umfang, mit immer besseren Verfahren ausbreitet und bei der immer höhere Temperaturen erzeugt werden. Gold wurde von Anfang an verwandt, nicht als gegossenes, sondern als getriebenes, gehämmertes Gold. Die älteste Schmiedekunst ist Goldschmiedekunst. Möglich wäre, daß die Schmelzbarkeit der Metalle zunächst am Gold entdeckt wurde und nicht am Kupfer, um so mehr, als die Schmelzpunkte der beiden in der Natur gediegen vorkommenden Metalle benachbart sind. Da die Methoden der Zeitbestimmung sich immer mehr verfeinern, wird mit genauen Datierungen zu rechnen sein.

Auch das von ihm hochgeschätzte Silber wußte der Mensch früh zu bearbeiten. Öfen zur Silberverhüttung waren schon bei den Hethitern in Gebrauch.

Noch ein abschließendes Wort zu den Werkzeugen. Es gibt unmittelbare und mittelbare Werkzeuge, organische und anorganische, natürliche und künstliche, erschaffene und geschaffene. Der Specht ist Zimmermann, der Maulwurf Gräber, die Seidenraupe Spinnerin. Die natürlichen Werkzeuge verweisen auf ein Genie, das die Grenzen unserer Vorstellung übersteigt. Die Hand bleibt das Werkzeug der Werkzeuge. Ihr gegenüber gehört jedes mechanische Hilfsmittel in die Welt der Prothesen, wie fein es auch ersonnen sein mag.

70

Die Nachahmung des Erschaffenen durch das Geschaffene läßt sich auf verschiedene Arten in Stufen, denen wahrscheinlich große Zeiträume entsprechen, einteilen. Wir beschränken uns hier auf einige Andeutungen, die thematisch anfallen.

Bei der Verwendung einfacher Gegenstände, wie eines Astes oder eines Steines, spielen jene Kräfte noch stark mit, die wir triebhaft oder instinktiv nennen. Wenn wir heute dergleichen Dinge ergreifen, etwa während eines Wald- oder Strandganges, geschieht es zum Spiel. Das Apportieren-Lassen, wie wir es mit Hunden und Katzen treiben, geht wohl auf sehr frühe Stufen zurück. Zu den ältesten Spielen werden Wurfspiele gehört haben. Daß es hier eine Art Kultur gegeben haben muß, verraten gewisse Wurfinstrumente, wie der Bumerang. Unendlich lange, unendlich oft muß geworfen worden sein, ehe das Gesetz solcher Flugbahnen in den Schatz der Erfahrungen aufgenommen worden ist.

Ein bedeutend höherer Grad intelligenter Überlegung spricht sich in den zusammengesetzten Werkzeugen aus. Hier finden wir im Tierreich keine Analogie. Der Stein, mit einem Schaft verbunden, wird zum Hammer, zum Beil, zum

Speer. Der Bogen mit seiner Sehne, der Pfeil mit seiner Spitze und Befiederung – das ist bereits ein System.

So folgt Zusammensetzung auf Zusammensetzung unter immer stärkerem Einstrom abstrahierender Intelligenz. Unser Maschinenpark ist undenkbar ohne die Hand, die zum ersten Mal einen Stein mit einem Stock verband. Einen Sprung in der Entwicklung stellt das Rad dar, dessen Bewegung in der organischen Natur nicht vorkommt und dessen Auftreten notwendig mit jener Unruhe zusammenfällt, die im Erzenen Zeitalter die Welt zu erfüllen und zu verändern beginnt. Tief in der Sahara, auf den Fresken des Tassili, finden sich, auf die Kunst der Stierhirten folgend, Gravuren von Kampfwagen. Um aber auf unser eigentliches Anliegen zu kommen: all diese Werkzeuge, wie kompliziert sie auch zusammengefügt sein und eine wie starke kollektive Bedienung sie auch erfordern mögen, sind Prothesen, die Glieder nachahmen und ihre Tätigkeit ersetzen, verfeinern, vervielfältigen. Der Hammer ist die Faust, die Schaufel die Grabhand; die Mühle, die das Korn mahlt, nimmt den Zähnen die Arbeit ab. Der Motor, der Wagen und Flugzeuge treibt, leistet, was Beine und Flügel, wenngleich langsamer, dem Wesen nach auch leisten.

Ganz jungen Datums dagegen sind Werkzeuge, sind Apparate, die nicht mehr die dienenden Glieder, sondern die Befehle empfangende und gebende Zentrale nachahmen, also das Nervensystem. Damit werden Leistungen möglich, die nicht mehr dynamisch multiplizieren, sondern höhere Kräfte, sei es der Wahrnehmung, sei es ihrer Übermittlung, nachahmen. Das ist etwas qualitativ anderes.

Eine Dampfmaschine, auch wo sie zur Turbine von hoher Leistung entwickelt worden ist, wird immer nur mechanische Leistung steigern, vermehren, beschleunigen. Sie schafft in hohen Potenzen das, wozu wir auch Arme und Beine beauftragen, ersetzt die Muskelkraft.

Anders ist es mit einem Telefon. Wir sehen dort Membranen, die Ohr und Mund, wir sehen Drähte, die Nervenstränge nachahmen. Der Film, die photographische Platte sind rezeptiv wie die Netzhaut des Auges; im Lichtbild wird eine Arbeit sichtbar, die nicht mehr an die mechanisch, sondern an die künstlerisch schaffende Hand erinnert: an Gemälde und Zeichnungen.

Kurz darauf tauchen Apparaturen auf, die offensichtlich nicht mehr Leistungen der peripheren Sinnesorgane spiegeln, sondern die des zentralen Nervensystems. In dieser Richtung dürften bald Überraschungen zu erwarten sein. Es ist dabei nicht an die großen Rechenmaschinen zu denken, die man als Gehirnprothesen bezeichnet hat und die im Grunde nur zur Entlastung von primitiven logischen Operationen dienen, deren Reichweite sich auf die Ziffernwelt und ihr Koordinatensystem beschränkt. Ihr Vorteil liegt in der reinen Beschleunigung. Wie ein Motor die Fahrt beschleunigt, so beschleunigen diese Apparate den arithmetischen Kalkül, allerdings auf phantastische Art.

Gedacht ist vielmehr an Oberflächen, Membranen und andere Systeme, in denen Zellen, Chromatophoren, Kristalle, Gitter Reize empfangen und verarbeiten, Reize photogener, elektrischer, magnetischer oder anderer Natur. Es ist mehr als wahrscheinlich, daß es dabei auch zur Verwendung organischer Substanzen und Gewebe kommen wird. Übrigens gehört zu den großen Nivellierungen der Geisteswoge auch die von belebter und unbelebter Welt. Sie wird hinfällig, wenn wir über die Moleküle hinaus vordringen: Das Universum lebt.

Endlich sei angedeutet, daß die Technik bereits auf dieser Stufe Geisteskräfte nachzuahmen beginnt, die verloren gegangen sind. Wie nämlich der Telefondraht den Nervensträngen verglichen werden kann, so die drahtlose Emission jener hellsichtigen Übertragung von Bildern und Botschaften, wie sie noch heute nicht nur bei Primitiven, sondern auch in Ländern von alter Geisteskultur zu beobachten ist. Selbst inmitten der Hochzivilisation sind Rudimente dieser Fähigkeit nicht zu verkennen, falls nur ein wenig darauf geachtet wird. Wohl jeder hat hier noch seine Anschlüsse, wenngleich ihm das nur in ganz seltenen, aber hoch bedeutsamen Augenblicken zum Bewußtsein kommt.

Wir haben eine Stufe der Ausrüstung gewonnen, auf der wir uns das Instrumentale nur um eine Kleinigkeit verändert zu denken brauchen, damit hervortritt, daß unsere Technik nicht nur eine Welt der Abstraktionen ist, sondern auch erdgeistige Wirklichkeit unmittelbar. Dort sind wir an der Nabelschnur. Die Technik ist projizierter Geist, wie das Steinbeil verlängerte Faust gewesen ist.

Hier ist Vorsicht geboten, da Mißverständnisse auf der Hand liegen. Nur im Sinne der Analogie soll deshalb ein Befund hier seine Stelle haben, der hin und wieder in den Vermischten Nachrichten zu lesen ist: daß es Zeitgenossen gibt, die auf Grund einer Anomalie, sei es der Schädelknochen, sei es des inneren Ohres, Funksendungen unmittelbar hören. Daß es sich um eine Anomalie handelt, wollen wir festhalten. Wir könnten auch von einer Mutation sprechen, wenn wir uns von Wertungen frei machen.

71

Zuweilen hat man den Eindruck, daß das ungemein komplizierte Vorgehen unserer technischen Anstrengung eine Art von Zoll ist, der für unkomplizierte Erfüllungen geleistet wird. So kann ein Verliebter die ganze Welt in Bewegung setzen, bevor er die Geliebte umarmt. Dafür spricht auch die Tendenz der technischen Formenwelt zur Vereinfachung. Den Segelflug etwa würde man sich akademisch gern als die Frucht vorstellen, die aus Leonardos theoretischen und Lilienthals praktischen Bemühungen hervorgegangen ist. Tatsächlich aber schiebt sich eine motorische Phase ein, die nicht nur zu technischer Entfaltung, sondern auch zur Beherrschung ikarischer Gesetze führt. Ein Umweg offenbar.

Ebenso ist anzunehmen, daß die ungeheuren Mittel und Mächte, die wir zur Überwindung der Schwerkraft investieren, eine Art von Zoll darstellen. Das ist nur die Hülle einer geistigen Schwereüberwindung, die ihren Weg zwar noch nicht kennt, doch seiner sicher ist. Erfahrung im absoluten Raum wird hinzukommen.

Das Bild unseres Planeten ist bereits sonderbar genug. Er hat eine neue Haut bekommen, eine Aura, die aus Bildern und Gedanken, aus Melodien, Signalen und Botschaften gewoben ist. Das ist, auch abgesehen von den Inhalten, eine Stufe der Erdvergeistigung – ja trotz den Inhalten. Es geht über die Nationen und ihre Sprache, es geht über Wort und Zeichen, über Krieg und Frieden hinweg.

Das Erstaunen, das dieses so klein gewordene und doch in einem neuen Lichte schimmernde Gestirn erregt, hat weder mit dem Fortschrittsoptimismus mehr zu schaffen noch mit dem Pessimismus, der ihn schattiert. Es ist metahistorisch, eröffnet Einblicke in eine hinter der Geschichte liegende Welt.

72

Hier mögen wir einen Augenblick verweilen, zugunsten einer kritischen Anmerkung. Wir sind heut nicht mehr naiv genug, um einem historischen Porträt, einem Zeitbild, absolute Realität zuzubilligen. Wir wissen, daß wir mit Zurechtlegungen arbeiten. Es sind Ansichten des Vergangenen, Enthüllungen des Gegenwärtigen, Prognosen des Zukünftigen. Geschichte, Vorgeschichte, Urgeschichte sind zugleich in uns Geschichtetes. Unsere Vermutungen sind daher auch Mutungen.

Wenn wir im Laufe der Betrachtung »Zeiten« zuweilen als »Epochen« und zuweilen als »Schichten« behandeln und wenn die Unterscheidung nicht scharf genug hervortritt, so gleicht das den Influenzen zweier Ströme durch die Isolierung hindurch. Es soll aber nicht korrigiert werden, da es tief in der Wirklichkeit gegründeten Identitäten entspricht. Auch in der Geologie hat das Wort »Schicht« einen sowohl stratographischen wie chronologischen Sinn.

73

Wenn Hesiod vom Goldenen Zeitalter spricht, so trägt dieses Altertum theologische Züge, betrifft ein dichteres, ruhendes Sein, ist dem Garten Eden verwandt. In unserer Wissenschaft gehört die »Steinzeit« in eine chronologische Einteilung. Gesittung ist für Hesiod ein Absinkendes, für die Wissenschaft ein steigend sich Entwickelndes.

Es bleibt ein heikles Unterfangen, Vermutungen über einen Kulturstand anzuspinnen, der sich unserer Erfahrung entzieht. Wir müssen dann mehr in die Schicht als in die Epoche gehen; dort springen die Quellen lebendiger.

Die Ethnologen sind sich darüber einig, daß die Beobachtung der heutigen Primitiven kein Bild einer Urkultur vermitteln kann. Es handelt sich bereits um abgeleitete Formen, um korrumpierte oft.

Wenn wir etwa angesichts der Höhlenbilder von der »Kunst der Steinzeitmenschen« sprechen, so enthält eine solche Formulierung eine Reihe kühner Voraussetzungen. Ebenso können wir nicht wissen, ob es sich bei den kleinen und höchst erstaunlichen Statuetten, wie deren einige gefunden worden sind, wirklich um »Muttergottheiten« handelte. Bereits die Deutung der sardischen Bronzetten ist fragwürdig. Auch liegen irrige Schlüsse nahe auf Grund der Idolwelt, die uns aus viel späteren Zeiten bekannt wurde. Was da möglich ist, von noblen Formen bis zu grauenhaften Fetischen, lehrt ein Gang durch den »dunklen Kontinent«, wie man ihn etwa im Musée Tervuren bei Brüssel oder im Pariser Musée de l'Homme wagen kann.

Wenn man das recht bedenkt, wird man dem Urteil zustimmen, daß der Dichter überzeugendere Bilder gegeben hat. Sein Hinweis, seine Deutung ging ja auch immer der Wissenschaft voraus. Es ist kein Zufall, daß man von ihm am ersten erfahren kann, wie es »damals« gewesen ist. Von allen Menschen nämlich hat er in jenem »Damals« das größte Heimatrecht. Er herrscht dort früher als der König und der Priester, und dahin deutet der Ausspruch Hamanns von der

Poesie als der Muttersprache des Menschengeschlechts. Er steht in der »Aesthetica in nuce«, einer Schrift, die noch tiefer hinabführt als Herders Geschichtsphilosophie.

Herder sagt: »Ewig wird Patriarchengegend und Patriarchenzelt das Goldene Zeitalter der kindlichen Menschheit bleiben.« Hamanns Goldenes Alter liegt vor der Patriarchenzeit. Als Abraham Mesopotamien verließ, war Ur bereits eine ehrwürdige Stadt. Sie lag schon im Silbernen Zeitalter. Und gewiß hat das Goldene Zeitalter noch keine Mauern und keine Städte gekannt.

Der Dichter lebt, wie Herder sagt, im Genuß seiner selbst »auf die unzergliederlichste Weise«. Auch Schiller zählt den Dichter zum Uradel der Erde. Die Goldene Zeit ist für ihn der Himmel: »So oft du kommst, er soll dir offen sein.«

Der Dichter des Goldenen Zeitalters ist namenlos und früher als der Sänger des Erzenen. Hamann drückt das in der erwähnten Schrift aus mit den Worten: »Gesang ist älter als Deklamation«. Für diese Dichtung gilt:

Ich singe, wie der Vogel singt,
Der in den Zweigen wohnet.

Natürlich ist Homer auch Dichter, zugleich aber schon Künstler in unserem Sinn. Auch das Metron kann ohne Begeisterung nicht gedacht werden. Doch ist seine Bewegung bewußter als die des frühen Gedichts. Im Epos wird deutlich, daß es nun Grenzen gibt und Grenzwahrungen. Für die frühe Poesie gilt, um nochmals den Magus anzuführen: »Ein tieferer Schlaf war die Ruhe unserer Urahnen; und ihre Bewegung ein taumelnder Tanz.«

Auch die Poesie ist ein Zeichen des Überflusses; er ist der eigentliche Stil des Goldenen Zeitalters. Wo von Ökonomie auch nur die Rede ist, hat der Schwund bereits begonnen; er triumphiert, wo das ökonomische Denken den Vorrang gewinnt. Dort versiegt, neben anderen Zeichen des Überflusses, auch die Poesie.

Andererseits ist der Dichter nicht nur Künder, sondern auch Spender des Überflusses; daher ist er notwendiger als alle Ökonomen, und das Gedicht ist wichtiger als jede Wissenschaft. Der Dichter schöpft noch aus dem Unaufgeteilten; er leidet früher, wenn es sich vermindert, spürt aber eher auch seine Wiederkehr. Denn auch der Überfluß – das ist ein tröstlicher Gedanke – hat Wiederkehr. Es kann nicht anders sein, da ja das Universum sich nicht vermindert, stets unerschöpflich bleibt.

74

In jener Schicht des Überflusses dürfen wir auch den Tanz vermuten und ferner das Narrentum. Im Einbruch der närrischen Welt, wie wir ihn noch heute in voneinander sehr entfernten Landschaften erleben, bietet sich uns eines der ältesten Schauspiele. Wenn die Christen meinen, daß hier die heidnische Welt durchbreche, so ist das eine zu geringe Schätzung; auch in der Antike feierte in solchen Festen Älteres Wiederkehr.

Das Narrentum ist viel älter; es geht vor die Zeit der Götter und auch der Idole zurück. Daher fühlen wir in ihm eine der großen Befreiungen. Es gehört wie die Jahreszeiten, wie der Frühling mit seiner Blüte und das Liebesspiel der Tiere mit seinen Sprüngen und Tänzen, wie das Schwärmen der Bienen und das Gären des Mostes zu den naturhaften Verwandlungen. Kein Priester, kein Zauberer steht ihm vor. Wo sich Personales aus ihm hervordrängt, ist es nicht dem Wesen, der Weihe oder dem Stande nach verschieden, sondern durch Stärke des Impulses, durch Zustrom von ungesonderter, erdgeistiger Kraft. So unterscheiden sich Wind und Sturm, im Wesen gleich, nur in der Macht des Ausbruches. Nicht Ordner, nicht Stellvertreter, nicht durch Weihen und Tracht Hervorgehobene sind dort zu finden, sondern stärker Ergriffene im Tanz, Spiel und Gesang. Den Chor hat noch kein Spielleiter erfunden, die Schritte kein Tanzmeister, obwohl es Vorsänger und Vortänzer gibt. Die Tracht ist die der Gattung und des Geschlechts, auch die der Hochzeiten. Von dort kommen die alten Schritte und Sprünge, das tripudium des Triumphes, der Narrensprung, die Nachahmung der Balzgänge. Demgegenüber sind die Dionysien schon Abgeteiltes, Feste im späteren Sinn, Durchbrüche.

Eine Verwandlung, die dem Blühen der Pflanzen oder dem Schwärmen der Tiere gleicht, hat ihren Rhythmus, ihre kosmisch gegründete Wiederkehr. Sie hat gewiß auch ihre Orte gehabt, die aufgesucht wurden, vielleicht nach Art der Zugvögel über große Entfernungen.

Es ist jedoch zu unterscheiden zwischen solchen Plätzen und den Kultstätten, obwohl es wahrscheinlich ist, daß spätere Tempel und Wallfahrtsziele dort erbaut wurden. Wenn aber der Mensch einen Platz aufsucht, um in besonderer Weise froh und frei zu sein, so ist das etwas anderes, als wenn seine Nachfahren sich an denselben Platz begeben, um dort zwei Götter zu verehren, die Fro und Frei heißen und die er inzwischen aus sich und seiner ungesonderten Lebensfülle entlassen hat. Er kann ohne Götter, nicht aber können Götter ohne ihn sein.

Das ist wohl zu beachten bei den Verwandlungen. In einer durchaus wunderbaren, vom Überfluß durchfluteten Welt ist die Verwandlung eine Phase, eine Welle, nicht aber etwas durchaus anderes. Sie bleibt innerhalb der Identität des Menschen und verändert sie nicht. Sie ist weder Wunder noch Sakrament. Als Wunder kann sie erst empfangen werden, wenn das Wunderbare als Weltcharakter verloren gegangen ist. Dann wird die Verwandlung selbst zum Wunder oder gar zum bloßen Symbol, das auf ein unerreichbar oder unerklärlich gewordenes Wunderbares verweist.

Wo daher in den frühesten Abbildungen Masken auftreten, müssen wir auf eine veränderte Potenz schließen, nicht auf ein verändertes Sein. Der Mensch, der in diesen Höhlen oder vor ihrem Eingang sich in ein Tier verwandelt, ist etwas ganz anderes als der tierköpfige Gott der ägyptischen Grabkammern, obwohl beide sich sehr ähnlich sind. Tiergötter gehören nicht mehr zur ungeteilten Kraft des Innersten, aus dem sie entlassen worden sind. Sie haben die Verwandlung usurpiert und üben sie durch Priesterschaften aus. Inzwischen hat es von Göttern zu wimmeln begonnen, und will der Mensch der alten Seligkeit teilhaftig werden, so muß er bei ihnen zu Gaste gehen, damit sie ihn verwandeln; oder er muß heimlich vor ihnen tun. Das kostet viel und fordert besondere Formen der Ökonomie. Auch in diesem Sinne ist Hesiods Wort, daß die Götter dem Menschen die Nahrung verbergen, zu verstehen. Der ungeheure Aufwand für sakrale Bauten ist nicht nur als Götterehrung aufzufassen; der Mensch sucht hier um jeden Preis, und sei es auch nur zum Teil, etwas wiederzugewinnen, das ihm verloren gegangen ist.

75

Große Freiheitsverluste, die ja auch immer Blutverluste bedeuten, müssen dem vorausgegangen sein. Die Geschichte des Goldenen Kalbes gibt eine Vorstellung, obwohl sie einen viel späteren Übergang kennzeichnet. Inzwischen mußten auch die Götter Substanz abgeben. Das Allerheiligste wird unbetretbar, wird unsichtbar. Das Volk hat Sehnsucht nach der alten Sichtbarkeit, es drängt zu ihr zurück. Selbst Aaron wird abtrünnig. Wie Moses vom Sinai zurückkehrt und den Reigen sieht, das Geschrei des Singetanzes hört, ergrimmt er und zerbricht die Gesetzestafeln, die er empfangen hat. Er ruft die Leviten auf, die Freunde und Brüder erschlagen, dreitausend Mann. Ein bedeutender Zug ist, daß das Bild, zu Pulver zermahlen, in Wasser gestäubt und so dem Volk zu trinken gegeben wird.

Dem Goldenen Kalb, das eigentlich ein goldener Stier war, ist es gegangen wie dem Goldkönig Midas und wie den Besiegten überhaupt, die für alle Zeiten in üblen Geruch kommen.

Die Hörner des Moses sind Widder- und nicht mehr Stierhörner. Eher sind sie denen des großen Alexander verwandt. Aber das Ereignis greift auf eine ältere Zeit als die der Tiergötter zurück.

76

Moses ist nicht Prophet, nicht Priester wie sein Bruder Aaron und sein Schwiegervater Jethro, nicht Fürst, Völkerführer und Gesetzgeber – das alles sind wirkende Elemente einer Verdichtung, die ihresgleichen sucht. Er ist Gefäß der Offenbarung; es gibt kein Medium zwischen ihm und ihr. Seine Gestalt ragt von einer der großen Bruchstellen durch die Jahrtausende. Er ist umringt von Zeichen unmittelbaren Wissens, unmittelbaren Auftrages. Da ist der Flammende Busch, der Sinai, der Mannaregen, das Wasser des Lebens aus dem toten Felsen, das Wasser des Todes im Roten Meer, das leuchtende Antlitz von unerträglichem Glanz. Es ist kein Zweifel, daß hier ein früherer Schöpfungsglanz sich wiederholt.

Erdgeistigkeit verdichtet sich hier noch einmal zu schöpferischer Macht. Doch ist sie nicht mehr ungesondert ausgebreitet, obwohl sie noch Fragmente zum Glühen und Strömen bringt. Vor allem ist sie gerichtet, kennt eine Schöpfungsquelle, einen Schöpfer, ein höchstes Ziel. Auch greift die Zeit schon mächtig ein. Daher die Starre, die magischen Charaktere, die große Fortdauer. Es ist schon Wüstenwanderung, die Wunder unterstützt und möglich macht, nicht Traum in einer wunderbaren Welt. Sakrales und Profanes heben sich scharf voneinander ab. Es gibt Unreines. Die alte Erdschlange wird zur erzenen Schlange, die irdische Unsterblichkeit verleiht.

Auch das ist ein Bild des Erzenen Zeitalters. Es ist schon weit von der Morgenröte entfernt. Inzwischen sind pflügende, wagenlenkende, kriegführende Völker mit ihren Dynastien alt geworden, schriftkundige, sogar buchstabenkundige Völker auch. Moses' Blick reicht weit über jene Zeiten zurück, bis zur Genesis.

Hesiod sagt wenig über jenes Zeitalter, das er das Silberne nennt und das er bereits als Minderung begreift. Das läßt annehmen, daß schon hier die Götter den Menschen die Nahrung verbergen und daß die Arbeit beginnt, mit Pflug, Schrift und dem Bau fester Wohnsitze. Moses greift auf das Ungesonderte zurück; Offenbarung und Wunder weisen es aus. Aber es erstarrt schnell in seiner Hand. Auch der stete Ungehorsam des Volkes zeigt, daß der Gemeingeist der Frühzeit geschwunden ist. Nicht jeder kennt mehr das Notwendige, daher das Gesetz. So bewegen sich ein Hirt, der den Weg kennt, und eine Herde, die gehütet wird.

Längst gab es Sklaven, Fronknechte auf der Welt, wie auch schon zu Herders Patriarchenzeit. Lassen wir das dahingestellt. Uns beschäftigt weniger das Bild vergangener Zeitalter als die Möglichkeit metahistorischer Zeiteinteilung überhaupt, in der Absicht, Gegenwärtiges zu beurteilen.

77

Die Berichte über das Goldene Zeitalter stimmen darin überein, daß es ein schuldloses Zeitalter gewesen sei. Es muß also notwendig nicht nur ohne Theologie, sondern auch ohne Wissenschaft gewesen sein, nicht nur ohne Buchstaben-, sondern auch ohne Bilderschrift. Der ungebrochene Mensch hat Wissen, doch keine Wissenschaft. Er kennt weniger die Eigenschaften der Steine, Pflanzen und Tiere als ihre Tugenden. Sie sprechen zu ihm.

Daher ist anzunehmen, daß sich die Heilkunst auf einer höheren Stufe befunden hat als etwa heute, wenn überhaupt in diesem Zusammenhange von Stufen gesprochen werden kann. Auch heute kann der Arzt nur hören, was ihm der tiefste Grund des Kranken zu sagen hat und wonach er verlangt. Dort ist die unzerstörbare, die wunderwirkende Gesundheit zu Haus. Erst dann kommen die Hilfsmittel, die sonst »eher verwirren«.

78

Das Sprechen und Hören der frühen Menschen trennt noch nicht Ursache und Wirkung und geht nicht auf Eigenschaften aus. Es faßt nach Art des Magneten oder des elektrischen Stromes den Zusammenhang. In unserer Zeit hat es sich tief zurückgezogen, obwohl es auch unser Denken instrumentiert. So instrumentiert der elektrische Strom ja auch unsere Botschaften. Wenn Heidegger sagt, daß jedem Sprechen ein Hören vorausgeht und ihm Bahn bricht, so trifft das hier zu.

Dennoch haben sich einige Felder erhalten, die diese Art des unmittelbaren und ungeteilten Sehens voraussetzen. Zu ihnen gehört eben die Astrologie, und schon aus diesem Grunde lohnt sich ihr Studium.

Besonders zu erwähnen ist hier das Märchen, wie es bei allen Völkern und über den ganzen Erdball verbreitet ist. Es enthält unsere älteste Kunde, ist von Mund zu Mund gekommen, und zwar durch die Großmütter, die Großen Mütter der Sippenfamilie. Im Märchen ist der Mensch noch ungeteilt und ungetrennt vom Weltzusammenhang. Tiere, Pflanzen, Gegenstände sprechen zu ihm noch unmittelbar. Mächtige Bilder des Überflusses, traumhafte Wunschverwirklichungen wurden von dorther sprichwörtlich. Dort leuchtet große Fülle, ein tiefes Lebensglück. Was in späteren Zeiten Magie wird und dann, wie etwa in »Tausendundeiner Nacht«, im Märchen Einschlüsse bildet, gehört zu den Verhärtungen.

Mit großer Schärfe hebt der Mythos sich vom Märchen ab. So ist die »Sage« vom Hörselberge ohne Zweifel ein Märchen, und zwar aus sehr früher Zeit, in späteren Verkleidungen. Das Märchen kennt noch keine Namen, und auch die Autorschaft ist namenlos. Daher kann sich auch jeder mit seinen Figuren identisch fühlen, wie es die Kinder tun. Ein Knabe, ein Zwerg, ein Riese, ein Bruder und eine Schwester, ein Jäger – das ist noch etwas anderes als Siegfried oder Herakles.

Das Märchen kennt noch nicht den mythischen Helden, geschweige denn die historische Persönlichkeit. Es kennt den bösen Menschen, den Riesen, den tückischen Zwerg, den Totschlag, aber es weiß noch nichts vom Kriege, dem großen, ja einzigen Thema der mythischen Welt, nichts von Heeren und Feldherren, von Sklaven und Kriegsbeute. Es hat wohl Überfluß, doch keine Götterwelt. Der Mythos, die Sagas sind Männersache, sie kündet der Sänger in der großen Halle; das Märchen wird von den Müttern am Bett oder vor der Herdflamme erzählt. Noch freilich ist auch der Sänger vates, begeisterter Seher und Künder, nicht poeta, nicht Künstler im späteren Sinn.

Der König, »ein« König des Märchens, ist nicht der historische König, auch nicht ein Urfürst wie Herakles. Der König des Märchens ist Schätzespender, ist Herr des Überflusses, Vater, vor allem Vater der Königstochter; die Mutter ist Erdmutter.

Am Märchenkönig ist kein Zweifel; sein Rang gründet sich völlig im Sein. Den mythischen König dagegen stützt schon die Ordnung, daher wird auch bereits sein Charakter beurteilt und oft fragwürdig befunden, wie bei Eurystheus und Gunther, die Schwächlinge sind, aber Helden beauftragen. Agamemnon nimmt kraft seines Amtes die Briseis dem Achilles, der sich trotz seiner Götterstärke beugen muß.

Die Taten der Märchen- und der mythischen Helden sind sich oft ähnlich und werden durch die Kunde häufig ununterscheidbar verschmolzen sein. Es sind indessen verschiedene Stufen des Bewußtseins, die sich abzeichnen. Der Märchenheld hat Erdsinn, besitzt Natursicht, obwohl und weil er ein Tor ist; er ist der Erde teuer, und wir hören nie, daß er untergeht. »Und wenn sie nicht gestorben sind, so leben sie heute noch« – das muß eine sehr alte Wendung sein.

Der mythische Held ist solarischer oder halbsolarischer Abkunft, oft Göttersohn. Er hat eine Genealogie. Noch historische Fürsten führen sich auf Götter zurück. Den Heros umstrahlt helles, oft blendendes Licht. Er lebt nicht mehr im vollen, ungebrochenen Genuß der Erde und ihres Überflusses; er muß ihn ihr abzwingen. Ströme werden aus ihrem Bett geleitet, Sümpfe getrocknet und die in ihnen hausenden Ungeheuer erlegt. Vordem war die Erlegung von Drachen, Löwen, Ebern, Hydren in diesem Sinne nicht Aufgabe. Eher ist wahrscheinlich, daß die Orte, an denen sie hausten, respektiert wurden.

Die »Schädlichkeit« hängt eng mit der Bewirtschaftung zusammen, sie folgt dem Hirtenleben und, deutlicher noch, dem Ackerbau. Dem Mythos ist zu entnehmen, daß die Erde ökonomische Eingriffe als Frevel betrachtet. Sie mußten gesühnt werden. Noch heute haben Unterfangen wie die Austrocknung der Moore oder die Schädlingsbekämpfung ihre Schattenseite; sie greifen ins Gleichgewicht ein.

Ein Frevel gegen die Schlange, das Erdtier vor allen anderen, ist uns im Mythos des Melampus überliefert, eines Sehers und Arztes von großer, erdsichtiger Kraft. Vor seiner Wohnung stand ein Eichbaum, in dem Schlangen ihr Nest hatten. Während einer Abwesenheit des Melampus töteten seine Diener die Alte; er aber nahm die Jungen in Schutz und zog sie auf. Einmal, als er schlief, umstanden ihn die Tiere aufgerichtet und reinigten ihm mit der Zunge das Ohr. Darauf bemerkte Melampus, daß er die Stimmen der Vögel verstand, die ihm zukünftige Dinge voraussagten.

Diese Reinigung des Ohres und auch des Auges durch die Schlange im Zusammenhang mit dem Orakel, ebenso der Gewinn weissagender Kraft durch den Genuß von Schlangenfleisch, ist ein in den Märchen und Sagen der Völker immer wiederkehrendes Motiv.

79

Besonders sichtbar wird der Eingriff neuer Kräfte in das alte Bild der Erde und seine Ordnung in der Niederzwingung ihrer Ureinwohner, und hier wiederum in der Erwürgung des Antaios, dem die Erdmutter unmittelbar ihre Kraft spendet. Er stirbt, von ihrem Grund emporgehoben, in einem neuen Licht.

Daß eine alte Ordnung und altes Wissen nun untergehen, wird auf erstaunliche Weise durch die Berichte über die Ausrottung der Kentauren bezeugt. Sie werden nicht als plumpe

Tiermenschen geschildert, sondern als Träger einer verloren gegangenen Weisheit, die sich nicht auf die Kenntnis kausaler Verknüpfungen gründete. Wir müssen uns diese Erdsicht als beseelten Strom vorstellen, der die Welt durchfließt und sie durchdringt. Er ist noch ungetrennt von ihr. Er ist auch heute noch bei allen Diagnosen und Voraussagen eine zwar unbewußte, doch unentbehrliche Kraft.

Diese Kraft war Maurice de Guérin eigen, als er die Welt der Kentauren schilderte. Wir haben in seinem »Kentauren« ein großes Beispiel dafür, daß der Dichter mehr als der Forscher sichtbar machen kann, in andere Zusammenhänge dringt. Von ihm kommen die Aufträge.

Wenn Sainte-Beuve Guérins »Centaure« einem kostbaren Stück »antiken Marmors« verglichen hat, so ist das ebenso abwegig wie das Urteil »pantheistisch«, das gleich zu Anfang, 1840, gefällt wurde und immer wiederkehrt. Götter, und zwar viele, oft schon halb zu Kräften wieder eingeschmolzene Götter, haben mit dieser Kentaurenwelt und ihren Grotten noch nichts zu schaffen, wobei man sich auch dadurch nicht beirren lassen darf, daß Guérin selbst Apollon erwähnt. »Elektrisch« wäre schon besser als »pantheistisch«, wie denn auch unsere Elektrizität eine entseelte, spezialisierte und abstrahierte Erdkraft ist, ein Beleg dessen, was Erdgeist vermag. Man könnte auch sagen, daß bei Guérin Nacht herrscht, eine besondere, magnetische, hellsichtige Nacht im Sinne von Novalis, der ohne Zweifel Guérins nächster Verwandter ist. Verwandt ist ihm auch der Goethe der »Urworte«.

Pan könnte uns dort begegnen, und der Kentaur sah ihn von den Bergen in die Täler hinabsteigen, in denen die Flüsse als Silberadern die Nacht durchglänzten – das war der uralte Pan als einer jener Erdunmittelbaren, die später zu Göttern promoviert wurden und so schlecht in den Olymp passen.

Guérins Kentaur erzählt sein Leben jenem weisen Melampus, der oben erwähnt wurde. Eines Tages, als er ein einsames Tal durchstreifte, entdeckte er auf dem anderen Ufer eines Flusses den ersten Menschen, den er sogleich verachtete. Sein Anblick stimmte ihn traurig; er sah ein halbes, ein verstümmeltes Wesen in ihm. Das Wesen auf der »anderen Seite« des Lebensstromes kündet ihm auch seinen eigenen Untergang, das Ende des Goldenen Zeitalters.

Es muß eine große Trauer über die Welt gekommen sein, als der Mensch sich von diesem Teil seines Wesens trennte oder von ihm getrennt wurde. Beides bedingt sich ja, man muß dann zum Untergang im Innersten Ja sagen, ihm zustimmen. Der Mensch sucht sich auf neue Weise zu ergänzen: er wird zum Halbgott und kämpft im Bündnis mit den Göttern gegen die Söhne der Erdmutter. Daß die Götter ohne die Hilfe des Herakles die Titanen nicht besiegen können, ist eine Weisheit des Mythos; auch können sie sie nicht vernichten, nur einschließen. Bei jeder Wende klopft es aus der Tiefe an.

80

Wir finden immer wieder, daß solche Wenden zugleich Aufgang und Untergang sind, zugleich die Abenddämmerung des alten und die Morgendämmerung des neuen Zeitalters.

Die Morgendämmerung wird zunächst empfunden, zunächst sichtbar auf den Zinnen der alten Massive: daher kommt es, daß die Aristokratie in ihren geistigen Repräsentanten den Umwälzungen vorausschreitet. Die Dinge sind längst abgehandelt, wenn es zum Umsturz kommt. Das kann den Eindruck des Mannes machen, der den Ast absägt, auf dem er sitzt.

Gerade das zeigt aber die unwiderstehliche Gewalt der Dinge, die heraufdrängen. Es fällt ja mehr als ein Zweig des Lebensbaumes; es fällt auch eine Frucht, die reif geworden ist und Samen trägt. In den höchsten Typen wird das erkannt.

Einen solchen Typus unter den Kentauren verkörpert Chiron, der in einer Höhle des Pelion heimisch war. In ihm kulminiert die kentaurische Welt und ihre erdsichtige, mantische Kraft. Zugleich ist Chiron der Lehrer und Erzieher der Heroen, die diese Welt vernichten und ablösen. Auch er wird in Guérins Gedicht als Meister erwähnt.

Die spärlichen Nachrichten, die gleich erratischen Blöken die große Erdbewegung überdauert und sich in der Erinnerung erhalten haben, sind ungemein aufschlußreich. Chiron unterwies nicht nur den Asklepios in der Heilkunst und den Apollon im Saitenspiel; er ist auch der Lehrer des Achilles, Jasons und zahlreicher anderer Heroen. Daß diese Schüler in voneinander weit entfernten Zeiten lebten, erklärt sich durch Chirons Unsterblichkeit. Bei einer Kentaurenverfolgung trifft ihn ein vergifteter Pfeil des Herakles. Die Wunde ist unheilbar; Chiron verzichtet zugunsten des Prometheus auf seine Unsterblichkeit. Er wird als Sternbild an den Himmel versetzt. Lange noch wurde er in Thessalien und anderen Landschaften verehrt. Hölderlin hat ihm ein Gedicht geweiht; er hat ihn erfaßt. Dort erinnert sich auch der blinde Seher der frühen, vorheroischen, friedlichen Erde und des Überflusses in ihr:

> Du auch, o Erde, friedliche Wieg, und du
> Haus meiner Väter, die unstädtisch
> sind, in den Wolken des Wilds, gegangen.

Chiron tritt also die Unsterblichkeit ab an Prometheus, der nach der Sage den ersten Menschen bildete. Vielleicht war Chiron dann der letzte Mensch in einem inzwischen verloren gegangenen oder tief verschütteten Sinn, der sich nur noch zuweilen in uns regt. Unmittelbares Wissen, unmittelbares Handeln, Weissagung und Heilkraft in allen, seitdem immer mehr vereinzelten Fächern kommen uns von dorther. *Chiron* leitet sich von »Hand« ab; Prometheus ist »vorbedacht«.

Der Kentaur wurde schon in der Antike vielfach als roher Roßmensch gesehen. Eigentlich war er ein Stiermensch, wie schon der Name sagt. Der Stier ist Erdtier wie die Schlange, Herakles mußte beiden feindlich sein. Darin, daß eine absolut andere Gestalt wie Moses diese Feindschaft teilt, erweist sich die zwingende Macht eines Weltalters.

Roheit gibt es zu allen Zeiten, doch muß damals die Kultur vollkommener gewesen sein, da der Geist noch im ganzen Haus wohnte. Daher war auch das Tier noch in ihn eingeschlossen und konnte verehrt werden.

Hölderlin sieht diese Welt als »unstädtisch«, das bedeutet vor allem: ohne Staat. Zu ihm legen Heroen die Grundfesten. Die Frage, ob der Mensch, indem er sich zum staatenbildenden Wesen, zum zoon politikon, entwickelt, nicht eine Nebenlinie der eigentlich humanen Bildung einschlug und von da an Vollkommenheit, Genie und Glück nur noch vereinzelt, nicht aber als Zustand möglich waren – diese Frage soll an einer anderen Stelle wenigstens gestreift werden.

81

Eine der Meinungen, die fast dogmatisch die Ethnologie, die Religionsphilosophie und andere Wissenschaften durchflechten, ist jene, die dem »Primitiven« ein besonders furchtsames Wesen andichtet. Die Furcht soll in beherrschender Weise sein Verhalten bestimmt und seine Sicht gefärbt haben, wahrscheinlich auch Quelle der Verehrung sein.

Ohne Zweifel werden Furcht und Angst, wie alle menschlichen Gefühle, in jeder Epoche anzutreffen sein. Indessen kann man auch das Urteil, das ein bedeutender Forscher wie Paul Radin in seinem Werk über die primitiven Religionen fällt, nicht unbesehen annehmen: »Der Mensch ist mit Furcht geboren, daran kann kein Zweifel sein. Doch existierte diese Furcht nicht ins Leere; sie war das Produkt eines besonderen ökonomischen Zustandes.«

Ein solches Urteil erweckt den Verdacht, daß dieser Primitive als Spiegel dient, den sich der Mensch von heute zur Betrachtung seiner eigenen Sorgen geschaffen hat. Auch das sind Ausgrabungen. Und in der Tat sind sogleich unsere größten Nöte getroffen: die Furcht und die Ökonomie.

Es gab wohl keine andere Zeit, in der beide den Menschen in solchem Maß beschäftigten.

Demgegenüber ist anzuführen, daß es Zeiten gegeben hat, in denen die Ökonomie in diesem Sinn überhaupt keine Rolle gespielt haben kann. Zu ihnen gehören die Hochzeiten der Jägerkulturen, wie sie noch in unsere Sicht hineinragen. Es waren Zeiten, in denen der Mensch in kleinen Verbänden ungeheuren Massen von Tieren folgte, ja zwischen ihnen sich bewegte wie in Hölderlins »Wolken des Wilds«, und sie als seine Herde behandelte. So folgte der Indianer dem Büffel, der asiatische Nomade dem halbwilden Ren.

Unwichtig ist demgegenüber, daß die Waffen, verglichen mit den unseren, primitiv waren. Sie genügten vollauf zur Erlegung des Wildes, das viel zutraulicher war. Der Bogen war damals »fernhintreffend«. Und was helfen die besten Gewehre, wenn kein Wild mehr erscheint? Beides steht in Zusammenhang. Im Verlauf der menschlichen Geschichte hat sich die Bedeutung der Jagdwaffen immer mehr vermindert zugunsten jener der Kriegswaffen. Immer eindeutiger wird der Mensch zum Wilde, die Jagdbeute zur Kriegsbeute. Es kann daher eine der Hauptquellen unserer Furcht, die Kriegsfurcht, noch nicht oder nur in viel geringerem Maße vorhanden gewesen sein.

82

Das ungebrochene Leben auf den frühen Gründen kennt weder Furcht noch Ökonomie. Einen Abglanz des Überflusses und des Behagens, das ihn begleitet, konnte der Europäer noch vor hundert Jahren verspüren, wenn er jungfräuliche Böden aufsuchte. Ihn vermitteln viele Berichte, wie etwa Armands »Amerikanische Jagd- und Reiseabenteuer«, ein früher viel gelesenes, jetzt in Vergessenheit geratenes Buch. Man sieht dort freilich auch, wie sogleich die Vernichtung nicht nur der Tiere, sondern auch der Menschen beginnt. Armand erwähnt auch, daß die Gesundheit schwindet; bisher unbekannt gewesene Krankheiten folgen dem Pfluge nach, steigen, wie der Autor meint, aus der Erde empor.

Auch die Ansicht, daß dieses Leben mühsamer gewesen sei, sogar mühsamer als das unsere, ist ein Vorurteil. Die Jagd auf den großen Gründen war das freie Vergnügen, wie es später der Adel und die Fürsten sich reserviert haben, und der Lebenswunsch lag darin, wie Orion, der Liebling der Eos, ewig Jäger zu sein. Nur der Jäger will auch nach dem Tode weitertreiben, was sein Leben ausmachte: in den Ewigen Jagdgründen. Das gibt es in keiner anderen Zeit.

Der Mann, dem die Seinen Pfeil und Bogen in die Hand gaben, wenn sie ihn unter einem Hügel oder in einer Steinhütte beisetzten, muß vom Jenseits eine konkrete Vorstellung gehabt haben. Ein besseres Jenseits in unserem Sinne gab es für ihn nicht. Der Tod war ein tieferer Schlaf, und das Erwachen würde besonders frisch, besonders köstlich sein. Der Tote erschien ja auch den Seinen wieder; daran konnte kein Zweifel sein. Auch heute noch ist das Erscheinen von Toten, etwa in Träumen, nicht ganz so einfach zu erklären, wie man gemeinhin glaubt.

Konkrete Vorstellungen vom Jenseits hatte man auch später in der Zeit der großen Grabmäler. Doch nun sind Diesseits und Jenseits schon durch eine ungeheure Kluft geschieden, die schwer zu überbrücken ist. Das Sterben und vor allem das Verhalten nach dem Tode wird eine Kunst, wird Wissenschaft. Es wird auch kostspielig. Der Tote bekommt Opfergaben und eine förmliche Brautausstattung, auch Wagen und Boote mit. Er muß Texte und Formeln beherrschen, und was er auf Erden getrieben hat, unterscheidet sich vom Erhofften, kann sogar schädlich sein. Da sind die bewachten Tore, die Strafen, das Totengericht. Da hat die Furcht nicht nur ganz andere Ansätze, sondern sie wird auch trächtig und gebiert von Ungeheuern wimmelnde Höllen und Abgründe.

Die Idee des Gerichts ist geblieben, und das sogar dort, wo die Vorstellung vom Jenseits sich stark zurückbildete. Das Totengericht mit seinen Schrecken ist eines der besten Mittel, den Menschen in Zucht zu halten, es gehört zum

Staatsfundament. Wenn der Materialismus damit aufräumte, so hat er Prospekte abgerissen, die den Blick hemmen. Wo er als Staatsdoktrin auftritt, müssen freilich sogleich die diesseitigen Schrecken erhöht werden. Um Weiteres sichtbar zu machen, müßte er zunächst seinen Namen verdienen, das heißt: in den tiefsten Grund der Materie eindringen, der Urgrund ist. Dort ist der Mensch mehr als der christliche Nächste; er wird mit dem Nächsten identisch: »Das bist Du.«

Hierher gehört auch Nietzsches berühmtes: »Gott ist tot.« Es ist ein Schlußwort, das dem dreifachen Pochen des Heroldsstabes gleicht und den Eintritt neuer Mächte ankündet.

83

Furcht brauchen wir nicht beim Primitiven zu suchen; wir finden sie in zahlreichen Schichten sowohl der mythischen und magischen als auch der historischen Welt viel handgreiflicher, besonders in unserem gegenwärtigen Zeitalter. Und es fehlt auch an Gründen nicht. Der muß schon stark sein, der heute furchtlos ist. Nichts ist wahrscheinlicher, als daß im frühen Überfluß der Welt, in einem Leben ohne Sparsamkeit und Grenzen, die Furcht geringer gewesen ist als je in Zeiten, die jenen folgten, in denen der erste Pflug die Erde ritzte und die erste Mauer eine Stätte umgab. Romulus, der den Remus erschlägt, weil er über die Stadtmauer springt: das ist eine der Arten, auf die es mit der Freiheit zu Ende geht.

Furchtloser Geist einer frühen Freiheit wirkt in den Germanen bis über die Völkerwanderung nach. Wer keine Todesfurcht kennt, steht mit den Göttern auf vertrautem Fuß. »Schön ists, ihnen gleich zu sein.« Die Berichte über die Landung einer Handvoll Nordmänner, die an einer südlichen Küste eine Stadt erobern oder ein Reich gründen, erinnern an die Gesänge Ariosts. Den städtischen, gezähmten Menschen faßt hier ein tiefer Schrecken vor dem noch Ungesonderten. Hierin auch unterscheiden sich Reich und Imperium. Aber schon ist die Erde verteilt. Landnahme wird Raub, wird

Wegnahme. Immerhin gibt es noch Unberührtes, wenngleich als Insel, wie Island und Grönland, und oft auf dem Fluchtweg erreicht. Man muß über See gehen. Das Meer gewährt noch viel alte Freiheit, auch Überfluß.

Die Zähmung des Menschen wiederholt sich in den Einzelnen. Das Kind lebt noch im Märchen, im alten Überfluß. Der Knabe tritt in das heroische Zeitalter ein, das sich auch im Wechsel der Spiele, in seinen Plänen und seiner Lektüre abzeichnet. Wenn er davon träumt, auf See oder zu den Indianern zu gehen, wird eine alte Sehnsucht, eine vorbabylonische Erinnerung in ihm wach. Hierher gehört auch die Anziehungskraft des Kriminalromans, dessen tragischer Held nicht der Polizist, sondern der Verbrecher ist. Viele Verbrechen junger Menschen, auch ökonomisch gefärbte, sind ihrem Sinn nach Protestakte. Daß auch der Verbrecher nicht Urfreiheit hat, sondern im Rahmen spielt, zeigt sich, wo er zur Macht gelangt. Da versteht er sich gut mit dem Staat. Es gibt nur *eine* Freiheit, die dem Schach bieten kann, die des Dichters, der daher auch keinen Platz im platonischen Staat findet.

84

Was nun, um damit abzuschließen, die Theorie des Ursprunges der Religion aus der Furcht betrifft, so ist das ein Problem, das ebensowenig wie alle unsere großen Streitfragen geklärt werden wird. Die Unlösbarkeit ist ein Hinweis auf den Rang.

Ebenso triftig läßt sich begründen, daß die Religionen aus der Freude entstanden sind. Sie ist der Götterfunke: »Zu den Sternen leitet sie, wo der Unbekannte thronet.« Unter den Menschen jedenfalls verehren wir den stärker, den wir lieben, sind freudiger bereit, »für ihn durchs Feuer zu gehen«. Die Macht, die die Märtyrer in der Arena dem Imperator und seinem Weltreich entgegenstellten, war höhere als stoische Furchtlosigkeit, war Heiterkeit. Ihr hält kein Schrecken stand.

Merkwürdig ist, daß viele Götter freudige Namen tragen oder daß ihr Name mit einem Jubelruf beginnt. Aber gewiß ist auch, daß die Furcht früh auftrat und große Systeme bildete, die sie wie Randmeere vom freien Ozean abschnürte. Sie färbt die Welt der Opferkulte und der Totendienste und gibt den Wissenden die Macht. Wahrscheinlich hat der Anblick der Mumienversorgung einen klaren und morgenfrischen Geist wie Heraklit zu dem Ausspruch veranlaßt, daß der Leichnam weniger als Mist zu achten sei; das war pädagogisch gemeint. Indem Christus in die große Residenz der Furcht hinabstieg, hat er den Menschen zugleich von einem ungeheuren Zeremoniendienst erlöst.

Furcht ist Erziehungssache; sie wird hervorgetrieben und gefördert durch beschränkten, herrschsüchtigen Geist. Daher war sie seit jeher die pièce de résistance der Regierung – das gilt besonders heute, wo sie atmosphärisch geworden ist.

SIDERISCHE EINTEILUNGEN

85

Mit dem Wort »atmosphärisch« wollen wir von den Möglichkeiten der Geschichtseinteilung in große Abschnitte unter humanen Aspekten zu den siderischen übergehen. Sie betreffen die Erdgeschichte als Gestirnsgeschichte und lassen sich einteilen in die kosmogonischen, geologischen und meteorologischen Abläufe.

Die kosmogonischen Vorstellungen der Gegenwart beschäftigen sich mit dem Entwurf dynamischer Weltmodelle von ungeheurer Ausdehnung, die jedoch zeitlich und räumlich meßbar sind. Es gibt schon präzise Angaben. Das entspricht dem zugleich dynamischen und exakten Wesen des Arbeiters. Die Explosion spielt eine Rolle, sowohl im größten wie im kleinsten und sowohl was den Ursprung als was das Ende betrifft.

Das Ende scheint durch Hitze wie durch Kälte möglich, auch durch das Schwinden der Energie. Die Annahme des Weltendes durch Wärmetod, der auf Degradation der Energie beruht, entspringt einer besonders unangenehmen und phantasielosen Anschauung.

Die »Edda« läßt dem Weltende einen dreijährigen Winter, Fimbulweter genannt, vorausgehen. Bruder- und Völkerkriege begleiten ihn.

Kriegszeit und Mordzeit,
Schilde spalten,
Windzeit und Wolfzeit,
Eh die Welt fällt.

Heimdals Horn weckt die Götter, die sich mit den Einheriern verbünden, das heißt: mit allen, die je auf Erden tapfer gekämpft haben. Odin sah ihren Zwist gern, als Vorübung und Stärkung der Kräfte zum Bestehen des Weltbrandes. Die Weltesche bebt, die Regenbogenbrücke bricht, die Midgardschlange entrollt sich und wird frei. Der Kampf der Götter und Einherier mit den Riesen und kosmischen Ungeheuern endet damit, das Surturs Lohe die Erde verbrennt. Zuvor schon verschlangen zwei Wölfe, Skoll und Hati, Sonne und Mond. Die Götter fallen durch die Midgardschlange und ihren Anhang und durch Surturs heller als die Sonne leuchtendes Schwert. Auch hier, wie beim Kampfe der Olympier gegen die Giganten, sind die Götter auf die Hilfe des Menschen angewiesen, während die Erde sie entbehren kann.

Dann aber erneuert sich der Kosmos, und aus dem Urmeer steigt eine junge Erde, die bald von einem neuen Menschengeschlecht bevölkert wird. Diese Neuschöpfung oder Auferstehung findet sich überall im Mythos und in den Religionen wieder – neue Gestirne, neue Götter, neue Menschen steigen auf. Der Schleier der Maja verblaßt und erstrahlt in neuem Glanz. Dabei werden unvorstellbar große Zeiträume angenommen; so dehnt das Leben des Brahma sich über Milliarden von Menschenjahren aus.

Gemeinsam ist wohl die Ansicht, daß auch das Universum

sich verjüngen muß. Von Zeit zu Zeit erneuert sich der Kosmos, wie die Griechen sagten, indem er ins Feuer taucht. Der Stoff wird brüchig, wird abgetragen; es hilft kein Wenden, kein Umlauf mehr.

Dennoch bleibt etwas Erschreckendes im Bilde des ewig dahinrollenden Rades – es bleibt die Frage nach der Achse, um die es kreist oder, wenn wir beim Bild des Kleides bleiben wollen, nach dem Körper, den der wechselnde Zeitstoff verhüllt. Hier können befriedigende Auskunft nur die Religionen geben; und das ist einer der Gründe, derentwegen sie nicht »wegzudenken« sind. Ob die Zeit einmalig zwischen Schöpfung und Gericht beschlossen ist oder ob die Geschöpfe nach vielen Wiedergeburten sich aus ihr befreien können – gemeinsam ist die Ansicht, daß sie Grenzen hat. Dem stimmt das Denken auf seinen höchsten Stufen bei.

86

Apokalyptische Visionen begleiten die Menschheit auf ihrem Wege, wenngleich die Stimmung wechselt, mit der sie geschaut werden. Die Aussicht auf »das Ende der Dinge« kann eine große Erleichterung, eine mächtige Befreiung hervorrufen. Es kommt darauf an, was der Mensch dem Untergang gegenüber in die Waagschale zu werfen hat. Das Mindeste ist Unerschrockenheit. Für die ersten Christen bedeutete, was »über ein kurzes« erwartet wurde, das Sichtbarwerden des Gottesreiches – und sein Ausbleiben einen Hoffnungsverlust. Die Aussicht auf das Ende der Dinge ist hier das einzige, das die Dinge erträglich macht.

Der Untergangsstimmung, wie sie sich in unseren Tagen entwickelt hat, fehlt jedes Gegengewicht. Sie zeichnet sich durch konkrete Züge aus. Daß etwas brüchig geworden war, daß Ungeheures drohte, wurde schon während des 19. Jahrhunderts von bedeutenden Geistern gesehen, und diese Einsicht macht oft ihr Schicksal aus. Der Versuch, geistige Substanz, sei es aus dem Märchen, dem Mythos oder der Geschichte, zurückzuholen, mußte scheitern; die romantischen Positionen wurden unhaltbar. Zwischen Nietzsche und Wagner handelt es sich nicht nur um Vergangenes, um Götterprüfungen, sondern mehr noch um Zukünftiges.

Nietzsche sieht weit in das Kommende. Er gehört nicht mehr zu den klassischen Philosophen; die denkerische Kraft schlägt unversehens, wie durch eine brüchig gewordene Isolierung, in dichterische um. Die Isolierung ist impressionistisch: »Abgerechnet nämlich, daß ich ein décadent bin, bin ich auch dessen Gegensatz.« (»Ecce homo«) Den Eintritt in die Dichtung darf man auch so auslegen, daß der Gedanke nicht mehr genügt. Nietzsche sagt einmal, daß, wo er noch gehe, bald niemand mehr werde gehen können; später, in Turin, hätte er sagen können: Wo ich jetzt gehe, ging niemand mir voraus. Dort ist sichtbarer Überfluß, sind Midas und Danae.

87

Der Mechanismus des Unterganges wird verschieden gesehen – es ist viel Temperamentssache dabei. Die Neptunisten haben andere Vorstellungen als die Plutonisten; im Ergebnis ist kein großer Unterschied. Die Unterhöhlung, etwa durch Auslaugung oder Auswaschung, kann lange unbemerkt bleiben. Wenn sie genug gewirkt hat, kommt es zum Einsturz, zur Katastrophe von tektonischer Gewalt. Nun sucht man die Schuldigen und hält sich an Strohmänner.

Die Untergangsvorstellungen anläßlich des Erscheinens des Halleyschen Kometen, 1910, unterschieden sich durch ihre rational-astronomische Fassung von den Spekulationen, die seit jeher an die Wahrnehmung von ungewöhnlichen Himmelszeichen geknüpft wurden. Der Schock, den zwei Jahre später der Untergang der »Titanic« hervorrief, war bereits anderer, spezifischer Natur. Hier stellt sich zum ersten Male der Untergang in Formen vor, die uns inzwischen vertraut geworden sind. Technische Katastrophen hat man schon früh gekannt; ein Beispiel bietet der Einsturz des großen Amphitheaters zu Tiberius' Zeit. Das Neue sind die automatischen Züge, die hinzutreten und zum Scheitern des Planes beitragen. Daß es sich bei der »Titanic« wirklich um einen großen Vorgang handelt, um ein Zeichen oder ein Omen, wie man früher gesagt hätte, verrät schon seine Symbolträchtigkeit. Jede Einzelheit wird sprechend, und in unserer neueren Geschichte hat nur die Dreyfus-Affäre ein ähnliches spezifisches Gewicht. Der Untergang der »Titanic«: das ist *der* Untergang, wie die Dreyfus-Affäre *die* Affäre ist. Das sind Modelle unserer Technik und unserer Politik und werden es bleiben, obwohl seitdem mehr und größere Schiffe gesunken sind und Ungerechtigkeiten wie Sand am Meer sich gehäuft haben.

Um diese Zeit muß Spengler den Satz konzipiert haben: »Der Untergang des Abendlandes ist nichts Geringeres als das Problem der Zivilisation.« Seitdem hat sich die Bedrohung durch die technische Katastrophe immer enger dem Bewußtsein der Völker und der Einzelnen verknüpft. Ununterbrochen ist die Zahl der Opfer angewachsen, die so gebracht werden. Auch kollektive Vorgänge wie Kriege, Bürgerkriege und Großexperimente nehmen die Form der technischen Katastrophe an. Da liegt es nahe, daß auch der Weltuntergang in dieser Form begriffen wird.

Das Eigenartige dieser Aussichten liegt in ihrem Mangel an Gegengewicht. Es fehlt die Kenntnis oder auch nur die Vermutung der anderen Seite bei den atheistischen oder in ihrer Substanz geschwächten Gremien. Freilich ist auch der Anhauch der durch die Gestalt des Arbeiters entfesselten Schrecken ungeheuer stark. Um eine so tief eingewurzelte Macht wie den Shintoismus zu fällen, bedurfte es kaum mehr als einer Diversion. Nur die Gestalt des Arbeiters selbst sehen wir aus jedem Brande mächtiger emporsteigen. Das läßt vermuten, daß feuerfeste Elemente in ihr verborgen sind und daß sie ihren reinen Guß noch nicht gefunden hat. Viel Hohlform ist noch dabei.

88

Zum ersten Male ist eine Untergangsstimmung in materieller Hinsicht dem Menschenwerk verknüpft. Der Weltuntergang erscheint möglich als unmittelbare Folge menschlicher Arbeit, menschlichen Tuns. Das ist bei den Katastrophen, von denen die Genesis berichtet, der Sintflut, dem Untergang von Sodom, der babylonischen Zerstreuung, nicht der Fall. Dort ist Gericht.

Der Bau von Babel wird verlassen, aber der Turm stürzt nicht ein. »Sie mußten aufhören, die Stadt zu bauen.« Die Hybris wird in ihrer Potenz getroffen, in ihrer Absicht, und es erscheint unnötig, daß sie an ihren materiellen Konsequenzen scheitert, etwa durch Verplanung oder Konstruktionsfehler. Offenbar wird sie bereits in der Vereinigung der Völker und in der Weltsprache erkannt; sie widersprechen dem Schöpfungsplan (Sirach 33, 16).

Demgegenüber trägt die moderne Untergangsstimmung eindimensionale Züge; sie wird mit einem menschlichen Handeln verknüpft, dem das Mit- und Gegenspiel fehlt. Die Therapie kann daher, auch wo Moralisches erwogen wird, nicht durchgreifen. Ein Moralismus ohne archimedischen Punkt, das heißt, ohne transzendentalen Ansatz, kann nur um sich selbst kreisen: im Menschlichen und Allzumenschlichen. So hört man heute selbst Denker sagen: »Wenn das und das nicht wäre, würde alles in Ordnung sein.« Vermutlich würden aber, wenn das und das nicht wäre, die Dinge sich noch fürchterlicher darstellen – ganz abgesehen davon, daß, wenn ein Schreckensbild verraucht ist, sich sogleich ein neues an seine Stelle schiebt.

Solche und ähnliche Thesen speisen sich aus der Gleichsetzung von Vernunft und Moral. Die Welt ist von Vernünftigen erfüllt, die sich gegenseitig ihre Unvernunft vorwerfen. Die Dinge nehmen trotzdem ihren Gang, und zwar offensichtlich einen ganz anderen, als alle beabsichtigen. Wer ihn beobachtet, ist näher an den Quellen, als wenn er den Parteien zuhört, gleichviel ob sie die Lage in ihren Fraktionen oder in pleno abhandeln.

Daß die Dinge unprogrammäßig verlaufen und daß nach Programmen höchstens laviert wird, ist weniger betrüblich, als gemeinhin angenommen wird. Die grauenvollste Aussicht ist die der Technokratie, einer kontrollierten Herrschaft, die durch verstümmelte und verstümmelnde Geister ausgeübt wird.

89

Ein Weltuntergang ohne transzendentale, metaphysische Aspekte und ohne das mächtige Licht, das von dort kommt und die Furcht vernichtet – das ist ein trauriges Bild. Es entstammt einer Zeit des Schwundes, einer bereits verkümmerten Phantasie.

Wir kommen daher weiter, wenn wir, anstatt uns mit einer Ausmalung der Schrecken zu beschäftigen, die Gegenüberstellung mit ihnen als eine notwendige Station unseres Weges auffassen. Hier ist der Einzelne nicht mehr hilflos, nicht mehr eine schwache Stimme inmitten der Millionen, sondern Herr über große Entscheidungen, falls er sich seiner Freiheit bewußt wird, die ihn unabhängig von der Geschichte, ja von den Dingen und ihrer Fessel macht. Hier hat er die Welt in der Hand.

In dieser Hinsicht führt Herder weiter als Hegel; die Weltgeschichte dient bei ihm der menschlichen Erziehung: sie ist ein pädagogischer Kurs. Daß Untergangsvisionen auftauchen, ist sowohl ein Warnungszeichen als auch ein Vorzeichen großer Verwandlungen, für die es sich zu rüsten und auch zu läutern gilt. Bereits wenn diese Schicht erreicht ist, kann die Welt nicht mehr »untergehen«.

Es ist oft bemerkt worden, daß der Einzelne an sich vernünftiger ist als dort, wo er als kollektives Teilchen in Rechnung steht. Daher muß er auch an sich und in sich ansetzen. Es gibt Probleme, die extensiv unlösbar scheinen, aber intensiv lösbar sind, indem der Einzelne mit ihnen »fertig wird«. Das ist im besonderen dort der Fall, wo der Untergang unvermeidlich scheint. Der Einzelne kann sich von ihm nicht ausschließen, doch kann er aus der bloßen Zahl und ihrer

Statistik austreten in Bereiche, in denen ein anderes Gesetz regiert.

Diese Aufgabe wird dem Menschen gestellt und ist ihm von jeher gestellt worden. Mit dem Abscheiden jedes Einzelnen vollzieht sich ein Weltuntergang; die Welt als seine Vorstellung erlischt. Sie bleibt sein Eigentum. Es fragt sich, wie er sich mit dem Untergang abfindet, etwa beim Ausbruch einer tödlichen Krankheit oder in der Nacht vor seiner Hinrichtung. Das Alleinsein mit der eigenen Endlichkeit gehört zu den großen Begegnungen. Weder Götter noch Tiere haben an ihr teil.

90

Der Einwand liegt nahe, daß sich so die Teilnahme privatisiert. Er ist zu billig, da im Triumph des Einzelnen sich eine Macht befreit, die unermeßlich ist, Freiheit im tiefsten Sinne, die jeder Ziffer trotzt. Da ist der Ölberg, ist die Zelle des Sokrates. Sie sind immer ganz nah.

Am Maß und an der Art, in der ein Geist sich auf die Panik einläßt, erkennt man seinen Rang. Das ist eine Notiz, die nicht nur ethisch und metaphysisch, sondern auch in der Praxis gilt, auch in der Zeit. Bei jeder Katastrophe, etwa bei einem Theaterbrande oder einem Schiffsuntergang, kann das Auftreten eines Einzelnen, der den Kopf behält, nicht nur das eigene Unversehrtbleiben zur Folge haben, sondern auch das aller anderen. Es ist gut, wenn dieser Einzelne der Theaterdirektor oder der Schiffskapitän ist, aber es ist nicht notwendig. Es ist ja nicht die schärfere Einsicht in die technischen Zusammenhänge, die aus einem solchen Geist spricht, sondern es ist das Unversehrbare in ihm. Auch dort, wo das Entkommen ausgeschlossen ist, beim einsamen Kentern in der Arktis, wird ein solcher Chef dafür sorgen, daß sich die Dinge menschlich und nicht nach dem Muster der tierischen Panik oder der Kannibalenhorde vollziehen.

Während wir praktisch bemüht sein müssen, die Katastrophe auszuschließen, müssen wir theoretisch mit ihrer Wahrscheinlichkeit rechnen, sogar mit ihrer Unabwendbarkeit. Alles ist ja vergänglich in der vergänglichen Welt. Der Kranke ruft Ärzte, nimmt Medizin, und er tut gut daran. Ebenso gut tut er daran, mit seinem Tode zu rechnen und sich für die große Reise zu rüsten, gleichviel ob er meint, daß sie ein Ziel habe oder nicht. Er ordnet, bevor er es segnet, das Zeitliche. Erst wenn er diese Begegnung mit dem Vergänglichen und der Furcht, die dort haust, vollzogen hat, ist er Herr der Krankheit, wohin sie auch führt.

Daß Krankheiten sinnlos seien, ist ein Vorurteil. Krankheiten sind Prüfungen.

91

Wir sind nicht ohne Maßstäbe. Wenn sie die Nacht in den Verliesen des Zirkus geschmachtet hatten, waren ihre Kräfte verzehrt. Schrecken waren vorausgegangen, Verfolgungen, Festnahmen, Verhöre, Folterungen, Schändungen. Während der Nacht hatten die Bestien an den Gittern gerüttelt; ihre Unruhe, ihr Heulen schnitt tief in die Wahrnehmung ein. Fürchterlicher noch war das Stimmengewirr, mit dem seit dem Frühlicht die Menge die Ränge zu füllen begann. Es war heiter, erwartungsvoll. Man stritt sich um die Plätze; Ausrufer priesen Erfrischungen an. Spät kamen die Notabeln, die Ritter und Senatoren, zuletzt der Cäsar selbst. Die anders dachten und fühlten, waren in ungeheurer Überzahl.

Dann wurden die Gitter aufgezogen; man stieß die Handvoll Menschen in die Arena hinaus. Die Sonne blendete. Doch war sie schwächer als das innere Licht. So stürzen Imperien, ändert sich die Welt.

92

Das Bild des Weltunterganges, der in die Hand des Menschen gelegt ist und von seiner Entscheidung abhängt, ist ein Novum – selbst in dem Fall, daß diese Möglichkeit nur der Vorstellung angehört. Die Welt als brennbares Haus, als große Scheuer, die Menschen als Kinder mit Streichhölzern darin – auch das gehört zum Austritt aus dem historischen Raum, zu seinen Indizien.

Früher war diese Dimension der Gottheit vorbehalten; es war ein Feuer, das von oben und nicht von unten kam. Zebaoth überlegt immer wieder, ob er die Menschen nicht mit Stumpf und Stiel ausrotten soll, und er hat Gründe dazu. Es ist sinnvoll, daß der Mensch, indem er die Gottheit angreift, Titan wird – ja diese Absetzung mußte notwendig seiner neuen Machtbefugnis vorausgehen. Eine andere Frage bleibt es, welche Mächte ihm dabei behilflich sind.

Verglichen mit den in der Genesis geschilderten Katastrophen gab es bei uns nur Warnungen. Vorläufig erscheint das Menschengeschlecht eher durch Übervölkerung als durch Ausrottung bedroht. Aber hier wie dort werden die statistischen Voraussagen fallieren; es handelt sich nicht um Vorgänge, denen mit Zahlen beizukommen ist.

Je beschränkter, je mehr durch die bloße Ziffer geblendet ein Geist ist, desto sinnloser muß die Katastrophe ihm vorkommen. Die Katastrophe hat aber ihren Platz und ihre Aufgabe in der Welt. Sie ist nicht nur ein Zeichen dafür, daß die Ordnung gestört ist, sondern auch dafür, daß sie sich wiederherstellen will. Wir dürfen annehmen, daß es immer einen Ort gibt, von dem aus gesehen sie im Plan liegt, selbst wenn es sich um Ausbrüche in einer unvorstellbaren Größenordnung handelt, einer Supernova etwa.

Die alten Theologen hatten für diese Lenkung ein Gewissen, daher hatte auch die Furcht ihren Ort und konnte nicht überhandnehmen. Auch sind die Bilder, mit denen sie die Größe des Alls zum Ausdruck bringen, überzeugender als die Lichtjahrentfernungen. Keine Astronomie reicht an den ersten Gesang des »Messias« hinan.

Hier füllen nur Sonnen den Umkreis,
Und, gleich einer Hülle, gewebt aus Strahlen des Urlichts,
Zieht sich ihr Glanz um den Himmel herum. Kein dämmernder Erdkreis

Naht sich des Himmels verderbendem Blick. Entfliehend und ferne
Geht die bewölkte Natur vorüber. Da eilen die Erden
Klein, unmerkbar dahin, wie unter des Wanderers Fuße
Niedriger Staub, von Gewürme bewohnt, aufwallet und hinsinkt.
Um den Himmel herum sind tausend eröffnete Wege,
Lange, nicht auszusehende Wege, umgeben von Sonnen.

Als Beispiel einer großen dichterischen Vision des Weltalls, in die bereits Ziffern und Maße eindringen, sei Edgar Allan Poes »Heureka« genannt.

93

Der Weltuntergang ist kein Problem. Er würde auch die Probleme auslöschen. Die Weltuntergangsstimmung dagegen, die Furcht vor der kosmischen Katastrophe, bietet dem Nachdenken Angriffsflächen dar. Sie ist ein Zeichen dafür, daß wir eine Station erreicht haben, an der das Schicksal der Erde als solches in Frage steht. Daher betrifft die Entwicklung nicht nur jeden Menschen, der den Planeten bewohnt, sondern zugleich auch die belebte und die unbelebte Natur. Entsprechend muß es Anzeichen geben, die nicht nur aus der Menschengeschichte, sondern auch aus der Erdgeschichte ablesbar sind.

Hinsichtlich des Schicksals des Menschen speziell, als eines staatenbildenden Geschöpfes, eines politischen Wesens, sind verschiedene Prognosen möglich, darunter folgende:

1. Es kommt zu großen Zerstörungen. Die Maschine wird zerschlagen oder gerät ins Stocken, sei es durch Kriege oder auf andere Art. Es fehlt an Mitteln, vielleicht auch an der Neigung, sie wieder aufzubauen. Der Schleier der Maja hat sich bewegt. Stark verminderte Populationen mit neuen Ideen und andersartiger Ökonomie erscheinen als nachsintflutliches Geschlecht. Sie sind kräftiger, naturhafter, denn die Ausmerzung hat gerade jene Gebiete betroffen, die der homo faber in seinen schärfsten Ausprägungen besiedelte. Er

hat sich, wie es sich in der Naturgeschichte oftmals wiederholte, durch hypertrophe Bewaffnung ad absurdum geführt. Diese Aussicht ist am unwahrscheinlichsten.

2. Welteinheit wird durch Verträge konstituiert, sei es durch friedliche Vereinbarung, sei es unter Zwang oder durch beide zugleich. Das setzt ein oberstes Gremium voraus. Es könnte erreicht werden:

a) Durch Rationalisierung in Form von Zusammenlegung: Die Staaten verzichten auf Teile ihrer Souveränität. Diese werden zugunsten der Gesellschaft, der societas humana, abgebaut. Die Armeen werden zu Polizeikräften, die Großkampfmittel zum Weltregal. Sie liegen, ähnlich wie das Gold, im Depot, ohne de facto zu erscheinen, und garantieren die Ordnung existentiell. Die Konkurrenz erlischt sowohl auf dem Gebiete des Krieges als auch auf dem der Ökonomie. Formen und Mittel werden perfekt, die Staatspläne durch Erd- und kosmische Pläne ersetzt.

b) Durch einen dritten Weltkrieg ohne umfassende Folgen, wie sie oben erwähnt wurden. Eine Macht bleibt im Besitze der Souveränität und der entsprechenden Ausstattung. Sie gibt nach Ermessen Teile davon ab. Sie müßte Staat bleiben. Im Ersten Weltkrieg wurden die Monarchien ausgeschieden, im Zweiten die Nationalstaaten, im dritten bliebe einer der kontinentalen Großräume intakt. Die so gewonnene Ordnung wäre schwächer als die durch Evolution erreichte, das Risiko enorm.

c) Durch Überanstrengung. Gesteigerte Rotation und innere Schwächung wirken derart zusammen, daß Teile der Maschinerie verschleißen oder in die Luft fliegen. Pressionen, Unterdrückung, Propaganda, Rüstungsaufwand auf Kosten der Lebenshaltung, Drohung, Panik, Unruhen erledigen einen oder mehrere Partner auf kaltem Wege und lassen sie aus der Konkurrenz ausscheiden. Die großen Parolen büßen an Zugkraft ein. Es kommt zu einer mehr oder minder nachdrücklichen pénétration pacifique. Im Grunde hat man ja dasselbe gewollt. Der Sog wirkt von vorne, vom zukünftigen Ergebnis her. Dort liegt die Einheit des Vorganges, nicht in der Verständigung. Nicht die klügste Ideologie ist die beste, sondern jene, die am leichtesten der Erdströmung folgt, mit ihr harmoniert.

d) Durch Positionsgewinn. Hier nähert sich der Krieg, wie das Schachspiel, den reinen Intelligenzakten. Der Feldherr erkennt die strategische Überlegenheit an und zieht die Konsequenzen, wie in gewissen Händeln der Renaissance. Die besten Aufstellungen sind tangential, flankierend – prinzipiell gesehen: aus dem System fallend. Sie liegen außerhalb des umkämpften Objekts.

94

Nicht nur hat jedes Licht seinen Schatten, sondern jeder Schatten hat auch sein Licht. Wir leben in einer Zeit großer Spannungen, aber gemeinsamer Tendenz. Diese Spannungen haben zwar ihre Geschichte, erklären sich aber nicht durch die Geschichte allein, gleichviel ob man sie in ihrer geistigen, politischen oder technischen Entwicklung zurückverfolgt.

Daß etwa Raumfahrt in der Spanne praktisch wird, in der sich der Planet mit einer neuen, einheitlichen Garnitur und ihrer Formensprache ausstattet, gehört nicht nur zu den weltgeschichtlichen, sondern darüber hinaus zu den erdgeschichtlichen Überraschungen. Es ist ein Zeichen der Aufladung. Daher greift die Tatsache, obwohl politisch von hoher Bedeutung, über die Staatengeschichte und ihre Probleme hinaus. Sie betrifft den Menschen an sich als den zur Zeit mächtigsten Sohn der Erde, und nicht ihn allein.

Es hat seine Logik, daß hier weder Mühen noch Milliarden gespart werden. Der Wettlauf wird auf größte Entfernungen und um geringsten Zeitgewinn geführt. Die Raumfahrt ist eines der Indizien dafür, daß der Arbeiter in den Herrenstand getreten ist. Sie gehört zu seinen Vergnügungen, wie früher Krieg und Architektur zu denen der Könige.

Die Faszination des Mannes auf der Straße, ja der Kinder,

nach den geglückten, die Depression nach den mißglückten Abschüssen, die Art, in der das heroisiert, moralisiert und kritisiert wird – das alles ist außerordentlich, vor allem in Bereichen, in denen gleichzeitig so viel Furcht regiert. Es treten Momente auf, die sonst nur auf der Jagd zu beobachten sind. Wenn kultivierte Geister das als primitiv empfinden, so ist das richtig, bleibt aber ein Stockwerksurteil: auch die Jagd ist primitiv.

Man muß den Anteil sehen, der hier gefordert, und die Lust, mit der er gespendet wird. Das läßt sich nur in großen Zusammenhängen würdigen. Hier wird die Technik auch elegant, verliert den Gigantencharakter der Anfänge; ihre mathematischen, logischen, aber auch ihre spielerischen Elemente treten sichtbar hervor. Der Scharfsinn richtet sich auf die Bewegung kleiner, ja winziger Objekte durch den schwere- und schattenlosen Raum. Daß sie dort mühelos und schweigend die vorausbestimmte Bahn verfolgen, ist ein Sinnbild möglicher Entwicklung überhaupt: die ungeheure Anstrengung mündet in ein leichteres und freieres Prinzip. Ergreifend bleibt es, den Wetteifer von Hundertmillionenvölkern sich summieren, kristallisieren zu sehen in Gebilden, die mit den Händen zu umspannen sind. Daß das trotz allem rationalen Aufwand mit Leidenschaft erfaßt wird, steigert die Bedeutung; der Anblick der auf der Straße tanzenden Massen kündet andere Bastillestürme an.

95

Will man den Anteil des Weltvermögens, der so verwandt wird, zu den Rüstungskosten schlagen, so muß man sich vom überkommenen Schema des Krieges fernhalten. Neues zeigt sich schon darin an, daß die Anstrengungen nicht »gegeneinander« gerichtet sind, sondern in gleicher Richtung gehen. Das erinnert an die Entdeckerzeit.

Auch überwiegt der qualitative Charakter den quantitativen; die Absicht zielt auf Modelle, die kombinatorische

Überlegenheit durch Positionsgewinn ankünden. Man zeigt nicht mehr die Arsenale, sondern die Schlüssel dazu. Das bloße Vorweisen eines solchen Schlüssels kann tiefe Entmutigung auslösen. Auch die Kühnheit gewinnt einen anderen Ort; sie verlagert sich ins Experiment. Das alles nähert sich stark, wenngleich auf unerwartete Weise, den »Kriegen ohne Pulver«, die Nietzsche vorhersagte.

Auf einem anderen Blatte steht, daß dieser Stand nur durch die klassischen Kriege erreicht werden konnte; es ist ein ungewendetes Blatt. Das gehört zur Beschleunigung, ist eine Frage des Antriebes. Sich ad absurdum zu führen, war eine der Aufgaben des klassischen Krieges, aber nicht seine einzige. Er war zugleich pädagogischer Unterricht im Herderschen Sinne, war Vorspann, List der Idee, wenn man sich an Hegel halten will. Ohne ihn hätten wir die Punkte nicht gewinnen können, die wir erreicht haben und an denen sich neue Einsichten abzeichnen. Das alte Wort Heraklits gilt.

96

Die eigentliche Gefahr liegt weniger in der Existenz neuer Machtmittel, die zum Stil der Zeit gehören und unvermeidlich sind; sie liegt vielmehr darin, daß transhistorische Mittel im historischen Sinn verwandt werden, das heißt: in der Form des historischen Krieges und seiner Wiederkehr, und das womöglich in seiner geistlosesten Form, in der des Materialkrieges.

Die Vermutung, daß hier ein Denkfehler, ein Mangel an Phantasie vorliegt, ist dabei fast allgemein geworden und führt zu paradoxen Vorstellungen wie etwa der, daß sich der Krieg mit klassischen oder halbklassischen Mitteln isolieren läßt. Das ist in Weltfragen ebensowenig möglich wie ihre Lösung auf der moralischen Ebene, ohne Beachtung der Tatsachen.

Von einer rationalen Behandlung der Tatsachen dürfen wir uns auf alle Fälle mehr versprechen als von der moralischen. Daß das Moralische sich von selbst verstehe, ist ein gutes Wort. Außerdem liegt das Moralische dichter an den Leidenschaften als die Vernunft. Der Mensch hat zu allen Zeiten ziemlich genau gewußt, was gut und was böse ist, aber durchaus nicht immer das Vernünftige erkannt. Das gilt vor allem dort, wo der Gang der Tatsachen schneller ist als ihre Erfassung und wo eine Überraschung die andere jagt. Wenn der Geist sie als unsinnig empfindet, bekennt er, daß er nicht Schritt gehalten, daß er die Herrschaft verloren hat.

Das bedeutet nicht, daß die Tatsachen nicht auch ihr Ziel haben. Daher werden sie auch heute unterhalb der Konflikte, unterhalb der moralischen Erwägung und der Panik vom Menschen bejaht. Sie sind objektivierter Geist, und daher genießen sie mehr oder minder verborgene Sanktion.

Daß die Mittel zu stark geworden seien, ist ein Halbzeiturteil; sie immer mächtiger zu machen, ist offensichtlich die Welttendenz. Der Energiehunger ist heute stärker als jeder andere. Angesichts dieses Schauspiels erhebt sich die Frage, ob es seiner Konsequenz und innersten Absicht nach zur Explosion führen soll, ober ob es in sich Genüge finden wird.

Begrenzung kann sich erst ergeben, wenn die Gestalt des Arbeiters den Rahmen, den die Welt bietet, ohne Hohlraum ausfüllt, das heißt: zur Weltherrschaft gekommen ist. Dem entspricht eine auch heute noch unvorstellbare Energiefülle, die um ein Zentrum geordnet ist. Die Mittel verlieren ihren unheilvollen Glanz nicht etwa dadurch, daß ihre friedliche Kapazität entwickelt, herausgezüchtet wird, sondern dadurch, daß sie in ihrer Gesamtpotenz den legitimen Souverän gefunden haben, auf den sie angelegt gewesen sind. Damit erfahren sie zugleich in ihrem energetischen Charakter eine Änderung. Sie können gehegt werden.

97

Wir betrachten hier die Furcht, und insbesondere die Untergangsstimmung, als einen unserer notwendigen und unvermeidlichen Durchgänge. Durch sie wird nicht nur etwas verloren, sondern auch gewonnen; sie wirkt in bestimmten Bereichen entleerend, verdichtend in anderen.

Dabei müssen wir zunächst davon absehen, daß sich die Furcht weithin an meßbare Objekte und Vorgänge knüpft. Das ist der Zeitstil, hinter dem sich Erdgeistiges verbirgt. Die Objekte wechseln; früher sah man die Pest als Schwarze Frau, heute sieht man Mikroben und feinere Gebilde und fürchtet andere Arten des Landsterbens.

Aber es ist eine ungesonderte, eine wiederkehrende Furcht, die sich ausbreitet und uns im Banne hält. Wenn man sie als apokalyptisch bezeichnet, wie es häufig geschieht, so mag das hinsichtlich des Umfanges gelten, insofern als kosmische Drohung einbezogen wird. Es herrscht aber gewiß nicht, oder nicht nur, die Furcht einer Endzeit, sondern zugleich die Unruhe großer Aufbrüche, und beides zusammen gibt Licht und Schatten einer Zeitwende. Durch diesen Aspekt wird der Untergang nicht seiner Schrecken, wohl aber seiner Aussichtslosigkeit beraubt. Er behält seinen Ort. Wo Sinn geschaut wird, können Opfer gebracht werden.

Die herrschende Furcht ist uns besser aus längst vergangenen Zeiten und von sehr entfernten Völkern vertraut: als Weltangst gnostischer Einbrüche. Doch wenn wir die Augen ein wenig schärfen, bemerken wir sie mitten unter uns. Sie ist Erwartungszwang, Initiationswehe.

Zu ihr gehört das Nebeneinander von überschwenglicher Hoffnung und der Gewißheit, daß alles verloren ist, wie auch der jähe Wechsel von Licht und Schatten, in dem vexierende, beängstigende Objekte auftreten, zuweilen in ungeheurer Zahl. Man weiß nicht, ob sie gut oder böse, erfunden oder wirklich sind. Die physiognomische Starre, das Maskenwesen, der Eindruck, daß an die Tür geklopft wird, gehört hierher, die Zunahme von häßlichen, unheilverkündenden Geräuschen überhaupt. Symptomatisch vor allem ist das ununterbrochene Wachsen der Monotonie, ihr Hämmern und Trommeln, ihr pausenloser Gang. Die Welt wird von Uhren erfüllt, wird selbst zum Uhrwerk; die Zeit wird kostbarer und unerträglicher. All diese Uhren zählen und messen, aber sie sind auch, wie die Furcht vermutet, auf eine Stunde gestellt.

Die Technik ist in diesem Sinne Umstand, Kulisse, ist, nach dem Ausdruck von Martin Heidegger, Gestell. Ihre ökonomische, lokomotorische und ihre Machtseite ist ohne innere Bedeutung für den Menschen; ihre eigentliche Aufgabe ist einweisend und hinleitend. Dazu rechnet auch die Zerstörung, die man ihr vorwirft, die Verflachung, das Entleerende. Es hängt eng mit der Monotonie zusammen, jedoch im Sinne einer Umgruppierung, eines Schwundes, dem nachzuforschen ist. Der Raum wird ohne Zweifel leerer, unfreundlicher – zugleich verstärkt sich das Pochen an der Tür.

98

Bei dieser Umgruppierung ist zu unterscheiden zwischen einer bloßen Verschiebung des Gleichgewichtes und absolutem Wertverlust. Wenn die Individuen unter dem Zwang der Monotonie zugunsten von Kollektiven Substanz abgeben, so bleibt das eine Gleichgewichtsverschiebung innerhalb eines größeren Systems. Es gehört zur Uniformierung und Typisierung, die mit der Monotonie verbunden ist, zur ersten Phase des Arbeiters, zu seinem Austritt aus der bürgerlichen Welt.

Der Verdacht, daß sich das nicht auszahlt, daß damit ein Verlust verschleiert wird, ist ebenso berechtigt wie allgemein. Wäre dem anders, so müßte nicht nur ein Macht-, sondern auch ein Wertgewinn des Kollektivums festzustellen sein. Es müßten also Dichter, Theologen, Philosophen innerhalb des Kollektivums auftreten, und zwar nicht als Nachzügler oder Propheten, sondern als seine gewachsenen Organe und Fürsprecher. Das ist aber nicht der Fall. Was als

Ersatz geboten wird, kann nicht überzeugen; es hält weder dem historischen Vergleich noch einem unausrottbaren Bedürfnis stand. Der Hunger nach Substanz ist zwingender und weniger einfach zu befriedigen als der nach Brot. Was der »höhere Mensch« zu bieten hat, genügt nicht – ein ander Ding ist, daß es im Zuge der Bewegung nicht genügen kann und, was wichtiger ist, nicht genügen darf. Das gäbe nutzlosen Aufenthalt.

99

Der Schwund, bis zum Überdruß als Nihilismus gesehen, bezeichnet und beschrieben, ist also durchgehend. Er betrifft nicht nur die Individuen, sondern auch ihre Konfigurationen und Bildungen.

Unbestreitbar und nicht zu übersehen ist nur der technische Gewinn. In ihm verbergen sich andere Gefahren als die grob auf der Hand liegenden – so etwa die, daß der metaphysische Hunger in der Tat abstürbe und mit ihm die enge Verknüpfung von Glück und Freiheit, die heute noch unabdingbar scheint. Der »Letzte Mensch« würde dann als intelligenter Insektentypus die Welt bevölkern; seine Bauten und Kunstwerke würden Perfektion gewinnen, als Ziel des Fortschrittes und der Evolution, auf Kosten der Freiheit; sie würden wie Falterflügel oder Muschelschalen in großer, aber unfreier Pracht aus dem technischen Kollektiv hervorwachsen, vielleicht für Jahrtausende. Auch die Kunst würde sich von der Freiheit ablösen, könnte technisch produziert werden. Diese Absicht kündet sich unverkennbar in einer der Sprossen, der Augentriebe unseres Stammbaums an. Wir werden bei der Erwägung der biologischen Möglichkeiten darauf zurückkommen.

100

Hier wollen wir zunächst die Frage der Substanzabgabe abschließen, der wohl sozial, technisch und ökonomisch, doch nicht dem Wert nach ein Äquivalent entspricht. Daß dem so ist, wird auch von Kräften nicht bestritten, die mit den Arbeitsplänen einverstanden sind. Die Entschädigung wird meist in die Zukunft verlegt. Daran ist etwas mehr als ein utopisches Versprechen, wenngleich die Fata morgana zur Wüstenwanderung gehört. Und was wäre der Mensch ohne die Utopie?

Daß die Substanzabgabe sich nicht voll auszahlt – auf diese Tatsache muß sich die Aufmerksamkeit schärfer richten als auf den nihilistischen Schwund. Für ihn gilt der Spruch, daß, wo nichts ist, auch der Kaiser sein Recht verloren hat: daß also die Konstatierung genügt. Und wirklich ist darin mehr als genug geschehen. Anders ist es mit der Substanzabgabe. Hier sind Leistungen, und sogar Vorleistungen. Der Schmerz ist unsere Währung, unser Zoll.

Der technische Gewinn, den die Verlagerung abwirft, ist, wie gesagt, eminent. Nicht nur die Individuen, sondern auch ihre Verbände, bis zur Familie hinab, geben Potenz ab, die sich als technische, ökonomische und militärische Macht speichert und konzentriert. Es wird aber mehr als Potenz, es wird zugleich geformtes So-Sein abgegeben, Originalität. Die Ecken und Kanten werden abgeschliffen, und diese Prozedur ergänzt sich durch große Aussiebungen wiederum der Individuen und ihrer Gremien. Die Gleichheit nimmt ununterbrochen zu. Sie beschränkt sich nicht mehr auf die Rechtsform der Individuen, sondern dringt in ihr inneres So-Sein ein. Die Demokratien verändern sich unter der Hand. Damit wachsen Leitfähigkeit, Induzierbarkeit, Magnetisierbarkeit der homogenen Bestände, die sich weder aus Individuen mehr zusammensetzen noch Massen im Sinne des 19. Jahrhunderts sind, dessen Begriffe wie Vorhänge das Schauspiel verschleiern und abmildern.

Das können wir nicht als Gewinn anrechnen, wohl aber als Nachweis, daß die Substanzabgabe investiert worden ist. Sie wurde gewiß nicht ohne Zwang gefordert, doch auch nicht wie durch den Machtspruch eines Tyrannen, der nichts oder nur den Tod dafür gibt. Schon heute kennt unsere Welt

Orte und Tage, an denen ein repräsentativer Charakter nicht mehr zum reinen Willen, sondern auch zur Anschauung spricht, und dieser Sprache können sich auch ihre Kritiker nicht entziehen. Alles, was da aus der Taufe gehoben wird, ist ja mit Opfern erkauft, mit Blut besprengt worden, das sich nun sublimieren will.

Dieser Glanz kann wohl Abgabe an Freiheit, selbst Menschenopfer aufwiegen. Das Inventar, das uns umgibt, ist so bezahlt worden. »Opfer müssen gebracht werden«, sagte Lilienthal, unser erster Flieger; und in der Tat ist auch in dieser Hinsicht der Menschenflug kostspielig. Daß hier das Opfer, das oft so schauerliche Sterben, sinnvoll erscheint, bestätigt sich dadurch, daß es nur der technischen, nicht aber der moralischen oder religiösen Kritik unterzogen wird. Es sind Unfälle. Hier ist eine der blinden Stellen in der Wahrnehmung des Schmerzes; sie bezeugt die Stärke des Anliegens.

101

Der Abgabe von Freiheit, von Individualität und selbst dem Blutzoll entspricht also eine Gutschrift – das läßt sich nicht ableugnen. Trotzdem bleibt das Gefühl des Schwundes, nicht nur bei den Eliten, sondern bis in die Schichten eines dumpfen Unbehagens hinab. Es verliert sich auch dort nicht, wo der Komfort beträchtlich wird. Es gibt im Gegenteil Beziehungen zwischen dem Anwachsen des Komforts und der Zahl der Selbstmorde.

Die Unzufriedenheit, die beim Abwägen von Verlust und Gewinn herausspringt, erfordert eine noch schärfere Überprüfung der Abgabe. Es muß sich etwas in ihr verbergen, das durch den Zuwachs von Wissen und Wohlfahrt, von technischer und politischer Potenz nicht aufgewogen wird. Dafür ist das Ausbleiben höherer Manifestationen ein untrügliches Kennzeichen. Es hängt eng mit dem Glücksverlust zusammen, wie er seit der Romantik immer eingehender beschrieben worden ist. Er wurde oft mit der Technik verknüpft, aber es besteht hier eher eine Koinzidenz als ein ursächliches Verhältnis: man kann mit und ohne Technik glücklich und unglücklich sein. Das gilt für die Ratio überhaupt, der man gern das Unbehagen zur Last legt, die aber, wenn alle Stockwerke harmonisch besetzt sind, die Gehilfin und nicht die Widersacherin des Lebens ist, wie Klages behauptete.

Das Unbehagen hat viel mehr mit Dingen, die fehlen, als mit vorhandenen zu tun. Insofern ist es auch notwendig, denn es verweist auf einen Anspruch, der über jeden Komfort- und Machtzuwachs hinausführt und der befriedigt werden will. Es verweist darauf, daß die Abgabe größer ist als der Zuwachs; daß wir also Gläubiger sind. Es ist etwas geopfert worden, es hat eine Hingabe stattgefunden, deren Gegenwert noch nicht in Erscheinung getreten ist.

102

Der so entschwundene Teil der Abgabe, der durch den Glücksverlust, das Schwinden der Heiterkeit spürbar und durch das Ausbleiben höherer Manifestationen belegbar ist, entzieht sich freilich unserer Wissenschaft, wie sich ihr jede nicht meßbare Größe, jede unabhängige Realität entzieht. Daher mußte sie Newtons Licht den Preis geben.

Goethe hat nicht nur ein anderes Licht gesehen; ihn hat auch als einen der ersten die Initiationswehe erfaßt. Das ist uns überliefert durch die oft zitierte Stelle, an der er den Schauder schildert, mit dem der Wanderer den ersten Pfiff einer mechanischen Werkstatt vernimmt. Er schneidet in eine Schicht ein, die tief unter jedem technischen, sozialen und ökonomischen Bewußtsein liegt. Da regt ein Ungeheuer, noch kaum geboren, die ersten Fühlhörner. Da kündet sich anderes an.

Wie und wo fernerhin das Geschehen als Initiation empfunden wurde, nicht selten den Geist zerbrechend, das bleibt ein Thema für sich. Die Monotonie, mit jenem Pfiff beginnend, ist eins ihrer Kennzeichen. Sie beraubt im historischen

Raum, doch pocht sie zugleich immer stärker, immer beängstigender an – aus dem Transhistorischen heraus Zukünftiges ankündend. Das ist das furchtbare Wechselspiel an der Zeitmauer.

Daher müssen die Schrecken der äußeren Bildwelt und muß die Furcht im Inneren zunehmen, aber das andere draußen auch, das zugleich Erhoffte und Gefürchtete, vielleicht, nach Hölderlins Wort, das Rettende. Dort eben weilt der entschwundene, der unquittierte Teil der Abgabe, der als Verlust empfunden wird, und dort summiert er sich. Abgegolten wurde ja nur, was an Individualität, an Freiheit, an Blut dargebracht worden ist. Dafür hat der Mensch eine neue Welt eingetauscht, vorerst als Konstruktionsschema, als Bauhütte. Sie wächst mächtig empor.

Das kann den Verlust nicht wettmachen. Keine gewonnene Welt ersetzt, was der Mensch als Mensch im eigentlichen Sinne, was er als metaphysische, transzendentale, sakramentale Person hingeben mußte, was er also aus jener Schicht einbrachte, in der sich die ihm verliehene Schöpferkraft verbirgt.

Das bleibt auf seinem neuen Hause als Darlehen, als ungelöschte Hypothek. Auch in den großen Blutströmen verbirgt sich ein Opfer, ein Anteil, der vom historischen Menschen nicht wieder gutzumachen ist und den kein Mahnmal, kein Heroon versöhnt. Er ist gerade dort zu vermuten, wo die Tötung sich im Unerklärlichen, im schlechthin Widersinnigen gefällt, wo ein dämonischer Hunger die Opfer aufsucht, nicht obwohl, sondern weil sie unschuldig sind, wie Klopstock es im zweiten Gesang des »Messias« geschildert hat. Das stellt kein Gericht wieder her.

103

Zur Initiation gehört die Entleerung, während die Spannung wächst. Zuletzt wird auch ein Sandkorn schmerzhaft; es fällt wie auf ein gespanntes Trommelfell. Das Haus wird geweißt; wo Neues einzieht, muß Leere sein.

Auch das Grab wird geweißt. Das Sterben gehört zur Initiation. Das ist die Krisis, die vor der Wandlung liegt. Ihre geistige, ihre moralische Durchleuchtung führt nur bis in den Vorraum: sie muß erlebt werden. Der Tod muß durchgeschritten sein, muß das Haus geweiht haben.

Dem Tief, das sich durch wachsende Depression ankündet, kann man nicht ausweichen, weder tatsächlich noch moralisch noch intellektuell – gleichviel ob es sich um die persönliche Katastrophe handelt oder um die kosmische, den Weltuntergang. Nur so lassen sich beide bestehen. Der Weg führt über den Nullpunkt hinweg, führt über die Linie, über die Zeitmauer und durch sie hindurch.

In der Krisis schwinden die Dimensionen; auch das ist Augentrug. Die Todesnähe verändert Zeit und Raum. Selbst in der kahlen Zelle der Thebais, in der nordischen Denkhütte, im Zelt der Tundra, um das der Eissturm heult, kann das Wort der letzten Entleerung fallen: »Gott ist tot.«

104

Der große Einschnitt wird nicht nur in allen Schichten des Bewußtseins und vornehmlich durch Leiden wahrgenommen, sondern es fehlt auch an sichtbaren Zeichen und Hinweisen nicht. Verschieden sind die Ausdeutungen.

Würden die Veränderungen als Einleitung einer kosmischen Katastrophe aufzufassen sein, so würden sie einem Abschnitt zuführen, in dem mehr zu bedenken wäre als das Wohl und Wehe der empirischen Person. Darin eben liegt der pädagogische Wert der Konfrontierung mit dem Weltuntergang und seinen Schrecken – liegt, eingeschlossen in die Krisis und ihre Überwindung, Gewinn auch für die empirische Welt.

Es war daher notwendig, sich mit der Möglichkeit zu beschäftigen. Indessen, auch wenn der Einschnitt nicht absolut ist, bleibt die Vermutung, daß er mehr trennt als das, was wir als »weltgeschichtliche Epochen« bezeichnen, selbst unter

Einbeziehung der Vor- und Urgeschichte, also des Auftretens des Menschen auf dem Planeten überhaupt.

Es bleibt die Vermutung, daß andere Größen einspielen, etwa astronomische. Dabei sei wieder auf die Astrologie verwiesen, nicht etwa deshalb, weil diese Lehre buchstäblich genommen wird, sondern weil sie solche Größen zugleich praktisch messend und unter Beziehung auf metaphysische Qualitäten anwendet. Damit gibt sie nicht ein Verfahren, aber das Modell eines Verfahrens, das sowohl unserer historischen als auch unserer naturwissenschaftlichen Methodik überlegen ist, ja dessen Synoptik ihnen auf verhängnisvolle Weise fehlt.

105

Die nunmehr zu stellende Frage ist die, ob der Einschnitt zwei geologische Abschnitte trennt und ob eine in diesem Sinne neue Epoche mit ihren Mustern auf uns übergreift.

Nach entsprechenden Anzeichen wurde früher, als noch eine ausgeprägte Mantik bestand, schärfer Ausschau gehalten. Man bemühte sich, jede Veränderung, und vor allem solche, die am Himmel beobachtet wurden, im Zusammenhang zu sehen. Hierfür ist der Blick immer mehr verloren gegangen. Auch in der Naturwissenschaft weichen Theorien von harmonischem Charakter solchen von mechanistischer Rasanz. Daher kommt es, daß großartige Zusammenfassungen wie Humboldts »Kosmos« nicht mehr möglich sind.

Das Leben wohnt im Haus der Welt. Geologische Zeitalter bilden die Fluchten, die es durchschreitet, gleichviel ob die Säle merklich oder unmerklich ineinander übergehen. Auf diesen Unterschied der Wahrnehmung gründen sich die Argumente von Katastrophen- und Entwicklungstheorien. Beide sind »richtig« – das geologische Bett des Lebens verwandelt sich zuweilen aus einer Ruhestatt zum Prokrusteslager, auf dem sich nicht nur die Erscheinungen verändern, sondern auch Organe zum Opfer gebracht werden. Jede biologische Synopsis muß daher auch die geologische Lage berücksichtigen. Das ist auch immer der Fall gewesen; Lamarcks Hauptwerk ging ein elfbändiges »Jahrbuch der Meteorologie« voraus. Die berühmte Diskussion von 1830 zwischen Cuvier und dem Lamarckisten Geoffroy Saint-Hilaire, die Goethe mit Spannung verfolgte, wurde unter geologischen Voraussetzungen geführt.

Katastrophentheorien gelten unter allen Umständen. Nur hält sich offensichtlich Cuvier an viel zu kurze Zeiträume, wenn er innerhalb des paläontologischen Spektrums absolute Brüche und völlige Neuschöpfungen erkennen will. Zu vermuten sind eher indische Maßstäbe, gewaltige Großjahre.

Wahrscheinlich dagegen sind Teilkatastrophen, die das Leben nicht total, sondern speziell und regional betreffen, wodurch es dann freilich wiederum auch im Gesamtbild, im Stil verändert wird. Man pflegt solchen Katastrophen gern vulkanische Requisiten zuzuordnen; sie können sich aber fast unsichtbar abspielen. Man denke etwa an geringfügige Abweichungen des Golfstromes.

106

Das Wort »Katastrophe« verbirgt bereits eine Unterstellung insofern, als der Mensch sich durch jene Seite der Lebensveränderung, die ihm als Tod und Untergang erscheint, weit stärker betroffen fühlt als durch ihr Äquivalent: das Eintretende.

Aber auch hier gilt das Gesetz von der Erhaltung der Energie. Wahrscheinlich ist das Eintreten neuer Typen und ihre Ausbreitung immer mit mehr oder minder sichtbaren Katastrophen verknüpft, die ihnen die Tür öffneten. Die Erdschichten sprechen dafür, als Blätter eines Bilderbuchs. Mit den verfeinerten Methoden der Zeitmessung und Datierung müßte das auch in der Wissenschaft hervortreten. Die Stammbäume, die heute in der Zoologie und Anthropologie entworfen werden, gleichen, wie gesagt, nicht mehr wie früher einem System von Linien, sondern man sieht die Äste sich zuweilen jäh ausbauchen und dann wieder verschmälern oder auch absterben. Die Schemata erinnern an jene Buchsbäume, die vom Gärtner auf groteske Weise zurechtgestutzt sind. Sie deuten auf Einschnitte.

Diese, oft explosionsartige, Ausdehnung und Beschneidung ist schwer denkbar ohne geologische Einrahmung. Der struggle for life bleibt ihr gegenüber sekundär, ja reines Symptom. Ein Positionsgewinn geht ihm voraus. Wenn etwa die Durchschnittstemperatur um wenige Grade stiege, so daß in Norwegen und im Feuerland die Palmen und an den Polen die Mandelbäume blühten, so würde das nicht nur botanische, sondern auch zoologische und ethnische Invasionen zeitigen. Nicht nur eine Summe von Veränderungen, sondern eine neue Harmonie, ein neuer Weltstil würde die Folge sein. Die weißen und die schwarzen Historiker würden den Vorgang verschieden beurteilen.

Es ist anzunehmen, daß das Leben selbst auf Extreme noch eine Antwort, noch Reserven hat. Wir finden es in den Wüsten, in kochenden Quellen, an Eisrändern. Natürlich könnte auch die Vernichtung seiner organischen Formen das Leben nicht beeinträchtigen. Das Universum lebt.

107

Die geologische Einbettung des Lebens, der Sinn der Erde, bleibt, wie die meisten großen Geschenke, fast unbemerkt. Sie wird in den Wurzeln empfunden, als unbewußte Heimat, und findet Ausdruck im Gedicht. Wissenschaften, die sie in Rechnung ziehen, wie die Geopolitik und die Geopsychologie, sind jungen Datums; aber vielleicht sind solche Einflüsse um so stärker, je weniger von ihnen gesprochen wird.

Auf Kalkböden gedeiht ein anderes Leben als auf Urgestein. Man hat dort andere Wälder, anderes Wasser, anderen Wind. Daß Wein und Kultus zusammengehören, ist oft bemerkt worden, doch andere in den Zusammenhang fallende Dinge nicht. Das ist auch unnötig, denn es verhält sich mit dem Sinn der Erde wie mit der Gesundheit; sie ist am besten, wenn man nicht von ihr spricht.

Das hat sich geändert; es ist eine Art von Gewissen, eine Unruhe aufgekommen, die sich auf geologische Dinge bezieht. Der Mensch beginnt auch in dieser Hinsicht unsicher zu werden; man hat den Eindruck, daß er der alten Mutter nicht mehr traut.

Wir dürfen das nicht einfach den verfeinerten Meßapparaten zuschreiben. Das hieße, die Dinge umkehren. Diese Verfeinerung ist vielmehr bereits ein Ausdruck der Unruhe, ist deren Organisation. Die Unruhe ist bei feiner organisierten, bei mantisch und erdsichtig begabten Typen längst zu beobachten. Von Nietzsche läßt sich sagen, daß er auch hinsichtlich der Böden, die er mied oder aufsuchte, eine seismographische Existenz führte. Auch Goethe ist hier wieder zu nennen; bekannt ist seine hellsichtige Wahrnehmung des Erdbebens von Messina, die Eckermann am 13. November 1823 aufzeichnete. Léon Bloy sieht im Ausbruch des Mont Pelée, der durch glühende Gase zwanzigtausend Menschen in Sekunden tötete, das erste sichtbare Glied einer Kette von erwarteten Erscheinungen, einen Fingerzeig. Bloy hatte die Eigenschaft, derartige Beobachtungen auf höchst paradoxe, »désobligeante« Weise auszudrücken. Das pflegt seine Leser zu verblüffen und auch abzustoßen; die Lektüre setzt ein besonderes Wohlwollen voraus.

Die geologische Beunruhigung ist bedeutsamer als ihr objektiver Befund. Sie geht ihm voran. Es ist damit ähnlich wie mit den Ausgrabungen. Auch deren Funde sind nicht zufällig. Sie sind zunächst in anderen Schichten als den archäologischen erlebt worden, die sie bestätigen. Das heißt, auf die geologische Beunruhigung übertragen, daß die Apparate Fühlhörner sind. Auch für sie gilt Goethes Bemerkung, daß sie »eher den reinen Menschensinn verwirren«. Auf dessen Reinheit freilich kommt es an.

108

Zudem braucht die geologische Beunruhigung nicht durchweg zum unangenehmen Befund zu leiten, obwohl die Tendenz ihr anhaftet. Wenn wir, um im Bereiche der Messung ein Beispiel zu wählen, uns der des Eises zuwenden, so gibt es zwei Hypothesen: Die Masse des als Eis auf dem Planeten gebundenen Wassers kann quasi konstant bleiben, oder es lassen sich Veränderungen beobachten. Veränderungen sind wiederum nach zwei Richtungen hin möglich: Die Vereisung kann, grob gesprochen, zu- oder abnehmen. Wenn wir der Wissenschaft, die sich mit der Messung der Meerestiefen, der Gletscher und Poleismassen beschäftigt, glauben wollen, und es besteht kein Grund, an ihr zu zweifeln, so sind Anzeichen einer Abschmelzung zu beobachten.

Dürfen wir nun daraus auf eine Besserung des Klimas schließen und auf eine Zunahme des Reichtums, wie er etwa in einem Gewinn an Ackerboden sich ausmünzen kann? Ohne Zweifel sind solche Schlüsse zulässig, belegbar sogar. Offenbar ist eine Wiederbesiedlung Grönlands im Gange, das während des Mittelalters eine Anzahl blühender Kirchspiele aufwies und dann durch eine Klimaschwankung verödete.

Ein solcher Zuwachs ist erfreulich, um so mehr als er sich ja auf viel weitere Gebiete erstreckt als auf die Randflächen, an denen er so deutlich sichtbar wird. Wir dürfen jedoch vermuten, daß jede Zunahme des Reichtums zugleich von einer Minderung begleitet ist, die uns auf recht entfernten Feldern, und ohne buchmäßig faßbar zu werden, betreffen kann. So könnte hier einem Gewinn auf Gebieten des Acker- und Bergbaus ein Verlust auf dem des Fischfangs entgegenstehen. Der Dorsch, der in unserer Ernährung eine große Rolle spielt, ist empfindlich für recht geringe Temperaturschwankungen.

Sollte die Abschmelzung weiter zunehmen, so hätten wir auch mit Überflutungen zu rechnen oder mit Ausgaben für ungeheure Dammbauten. Der Landgewinn und der Landverlust würden sich vielleicht ausgleichen. Wir würden überhaupt zu eng sehen, wenn wir das Eis unserer Gletscher und Polkappen als tote Masse betrachteten. Es ist ein gehorteter Schatz der kosmischen Ökonomie.

109

Wir befinden uns auf hypothetischem Feld. Das Beispiel ist auch nur als Beitrag zur Kritik der geologischen Unruhe gewählt. Wir wollen darin noch einen Schritt weitergehen und annehmen, die Gelehrten würden das Gegenteil, nämlich eine wachsende Vereisung, feststellen.

Die Aussicht auf eine neue Eiszeit wäre prima vista ein ungünstiger Aspekt. Vielleicht würde sie aber auch kaum zu berechnende günstige Möglichkeiten einschließen? In der Tat sind die Anthropologen der Meinung, daß wir ohne die großen Winter nicht da stünden, wo wir stehen. Sie vermuten, daß gerade die Eiszeit eine entscheidende Rolle spielt in dem Prozeß, den sie die »Hominisation« nennen. Sie wäre also, wenn wir progressiv, und vor allem, wenn wir dynamisch werten, ein Glücksfall für uns.

Freilich erhebt sich hier sogleich die Frage: »Was ist Glück?« Die Wanderung einer reichen Flora in Richtung auf den Äquator läßt sich als Ausdruck einer großen Veränderung deuten, die man als Glücksverschiebung bezeichnen kann. Damals muß in den Keimen ein Prozeß begonnen haben, der bis in unsere Tage fortläuft: Umwandlung des Glückes in Aktion. Wahrscheinlich läßt sich das auch an den Schädeln ablesen. Aber wir suchen anderes in diesem Mosaik, das wir aus Scherben zusammensetzen, und unser Blick ist uns willfährig.

Das Eis war einer unserer großen Lehrmeister, wie es der Winter noch heute ist. Er hat unseren ökonomischen, technischen, moralischen Stil bestimmt. Er hat den Willen gestählt, uns denken gelehrt. Wahrscheinlich gehören die Zeiten, seit denen es auf unserem Planeten Eis gibt, und jene, seit denen hier in unserem Sinn gedacht wird, demselben Weltstil an. Er mag eine Minute des Weltjahrs ausfüllen. Wo heute das Eis in Bergen ansteht, grünten vor kurzem subtropische Wälder, und warum soll nicht, noch ein wenig früher, die Victoria regia dort geblüht haben, die vielleicht wiederum, weil es ihr auf der Welt zu kühl wird, entschwindet in den platonischen Raum.

Es hat jedenfalls seine Gründe, warum wir uns nach Süden wenden, wenn wir das Glück suchen. Uns treibt da eine alte Erinnerung, und es ist ein Wiedererkennen, was uns am Südmeer beglückt. Das sind Tertiärbäder. Aber auch Mussolini wußte, warum sich sein ungestümer Sinn beim Anblick eines Schneegestöbers erheiterte. Die Welt ist im Menschen mit ihrer Geschichte und Vorgeschichte; in ihm ist das Labyrinth und ist die Sphinx, die ihm die Fragen stellt.

110

Wozu diese Betrachtungen? Sie sollen zeigen, daß es über dem Tode noch eine Großmacht gibt: die Harmonie. Beiden entrinnen wir nicht. Jeder Untergang, jede Disharmonie hat ein begrenztes Spielfeld, das von unermeßlicher, unerschöpflicher Harmonie umschlossen wird, von unzerstörbarem Sein. Das gilt auch für den Menschen und sein Geschichtsfeld: sowie er es durchstößt, gerät er in den Spielraum unerwarteter, vielleicht auch unverhoffter Harmonie. Dort werden seine Pläne korrigiert. Sie werden gerichtet – das Wort hat eine Fülle von Auslegungen.

Der menschliche Plan wird umgrenzt, umfriedet von einem größeren: dem Schöpfungsplan. Die Originalität, die Autorität und Dauer des Menschenplanes sind abhängig von dem Maße, in dem er dem Schöpfungsplan entspricht. Dort sind die Grenzen von »Vernunft und Wissenschaft«.

Der menschliche Plan wirkt in den Schöpfungsplan hinein. In diesem Wirken erreicht er zugleich die Grenze und die Höhe des Bewußtseins, auf der das Wissen der Verehrung weicht. So leuchtet das Gewebe der Kulturen, schimmern die Städte: sie bilden den Weltenteppich nach.

Das Hineinwirken des menschlichen Planes ist eigentlich ein Hinauswirken; es ist ein Mit- und Gegenspiel, in dem auch das gewaltige Schauspiel der Freiheit sich ausdrückt, das Hegel auf geniale Weise durchdrungen hat. Diese Freiheit beruht auf der Vorgabe eines mächtigen Schachspielers: er verzichtet auf die stärkste Figur.

Wenn der Staatsplan in den Weltplan hinauswirkt und, wie wir es jetzt erleben, sprunghaft die Grenzen des Geschichtsfeldes und der dort erlernten Regeln überschreitet, so führt er in einen neuen Limbus der Harmonie und erfährt dort seine Ausrichtung. Er zahlt auch Eingangszoll.

Während der menschliche Plan begrenzt ist, ist der Weltplan grenzenlos; er ist immer und überall. Das bedeutet, daß er auch *innerhalb* der Menschenpläne und ihrer Wissenschaft wirkt. Das ist ein verborgener Anteil der Pläne, der sich der Planung entzieht. Der Mensch treibt und erfindet Dinge, deren Bedeutung sich ihm versteckt. Die Alten pflegten das einfacher auszudrücken: »Der Mensch denkt und Gott lenkt.« Man braucht indessen die Theologie noch nicht zu bemühen, wenn man feststellt, daß in jedem Plan ein Regulativ verborgen ist, ein Anteil an jener Weltvernunft, die gerade das Unerwartete, ja das Absurde zu bevorzugen scheint, den Ausgang, den keine Phantasie sich erträumt hätte – indem sie etwa bei einem Tier, das das Wasser verläßt, die Kiemen nicht, wie der Verstand der Verständigen es täte, zu Lungen, sondern zu ganz anderer Verwendung umbildet.

Hierher gehört, was man als das Kentern, aber auch, was man als die Metamorphose des Planes überall und in unserem Zeitalter im besonderen beobachtet. Es ist zu unterscheiden zwischen dem Ziel und der Absicht des Planes; das Ziel kann in ganz anderer Richtung und auch Entfernung liegen, als der planende Geist beabsichtigte.

Auch wir verlassen ein Element. Wir werden Organe einbüßen, andere werden sich umbilden. Das Kleid der Erde ändert sich. Daß eine Harmonie gestört und eine neue noch nicht gewonnen ist, verrät sich auch in der antaiischen Beängstigung. Die Gefahren wachsen; es wächst aber auch Sicherheit zu. Sie kann nur jenem Potential entspringen, das sich als unsichtbarer Anteil des Weltplans im Menschenplan verbirgt.

III

Im meßbaren Befunde fehlt es der antaiischen Unruhe, dem geologischen Mißtrauen, gewiß nicht an Begründungen. Ebenso wie das Unbehagen haben sich objektive Symptome seit langem angedeutet und jäh komprimiert. Offenbar hat die Progression ein kritisches Stadium erreicht.

Von außerplanetarischen Stationen und von Beobachtern, die über zeitraffende Methoden verfügten, denen »hundert Jahre wie ein Tag« wären, würde diese Progression deutlich wahrzunehmen sein. Man würde etwa feststellen, daß sich die Färbung des Erdballs verändert hat. Es verschwanden die Jagd- und Weidegründe, die die Sahara bedeckten, und auch Nordafrika, noch zu historischen Zeiten ein üppiger Fruchtgarten, ist von der Dürre bedroht. Die hohen Wälder der Mittelmeerküsten sind niederer Macchia gewichen; der mächtige herzynische Wald, in den Drusus und Tiberius eindrangen, schmolz bis auf Inseln dahin. Die Wildnis schwindet; sie kehrt auch zu Zeiten und an Orten wieder, wie es von den Propheten und Dichtern, oft mit Jubel, beschrieben wird. Der Mensch zehrt an der Wildnis, wie alles Vermessene vom Unvermessenen lebt. Wir schürfen nur seine Krume an.

Offenbar nimmt das Vermessen zu. Auch dieses Wort ist vieldeutig. Gleichzeitig muß die Meßkunst, das geometrische Vermögen, zunehmen. Seine Gebilde erscheinen zunächst an Punkten des Silbernen Zeitalters, überziehen dann Länder und haben sich heute über den Planeten einschließlich der Meere, Wüsten und Eisgebiete ausgedehnt.

Wenn wir nach einem gemeinsamen Kennzeichen dieser Gebilde fragen, so drängt sich uns die Tatsache des Winkels auf. Meßkunst und Winkel stehen in Zusammenhang. Im

Vermögen, den Kreis beliebig, und nicht etwa gezwungen wie die Blüten und die Bienen, aufzuteilen, vollzieht sich eine entscheidende Ablösung, ein erster Freiheitsbeweis. Wo Gräber und Wohnstätten Winkel aufzuweisen beginnen, erscheint ein Neues auf der Welt. Dazu kommt die Führung der Verbindungswege, seien es Wasser- oder Landstraßen.

Ein zweites Grundelement ist die Reihung, möge sie nun in der Vervielfältigung von Bauwerken auftreten oder als Segmentierung innerhalb des Baukörpers. Dort müssen Wesen wohnen, denen Maß und Zahl nicht aufgegeben werden, sondern die sich Verfügungsgewalt darüber eroberten. Daher sucht man auch heute, will man die Spuren menschlicher Tätigkeit verbergen, vor allem den Eindruck von Winkelmaß und Reihung zu zerstören; das ist der Sinn der Tarnfärbung.

112

Unter den Winkeln nimmt der rechte eine besondere Stellung ein, wie schon sein Name sagt. Er ist in der Natur kaum anzutreffen, überwiegt dagegen in den menschlichen Siedlungen. Ein Wohn- und Arbeitsraum mit seinen Wänden, Fenstern, Möbeln, Bildern, Büchern ist, geometrisch gesehen, eine Anhäufung von Rechtecken. Das gleiche gilt für den Grundriß von Städten und für die Fluraufteilung, das Katasterblatt. Ein Flug in mittlerer Höhe macht das anschaulich.

Eine alte Stadt, in der noch andere Maße gelten, nennen wir ein Nest. Die Nester müssen weichen, sei es der Intelligenz des Planes, sei es seiner Gewalt. Der faustische Plan zerstört in seinem Fortschreiten die Hütte von Philemon und Baucis mit den Linden davor.

Diese Vernichtung ist hinreichend beschrieben, beklagt, als unvermeidlich erkannt worden. Wir wissen heute, wie es schon Goethe wußte, daß auch Philemons Rat sie nicht aufhalten kann:

> Laßt uns läuten, knieen, beten
> Und dem alten Gott vertraun.

Fausts Mißbehagen an der Hütte ist nicht nur rational, es ist spezifisch, ihn verdrießt die alte Art. Mephisto als sein Gehilfe vernichtet sie. Fausts Absicht ist, anstelle der alten Linden eine Warte zu errichten, »um ins Unendliche zu schaun«.

Den Kulturstilen haftet mehr oder minder ausgesprochen die Tendenz an, sowohl Winkelmaß wie Reihung zu durchbrechen und damit auch die Symmetrie. Das führt immer wieder, bis zum Jugendstil, zu organischen Einschüben.

Sollten, was zu vermuten ist, in der Werkstättenlandschaft radiale Bauten sich vermehren, so würde das auf einen anderen Bezug weisen. Bestimmt wird Umfang und Bedeutung unterirdischer Anlagen zunehmen.

113

Die antaiische Unruhe hat weniger mit dem Verlust an historischem Bestand zu tun als mit Veränderungen, die den faustischen Plan selbst bedrohen.

Das Mißtrauen hat zwei Wurzeln: es gründet sich einmal auf die geologischen Veränderungen, die der Plan bewirkt hat und fernerhin zu bewirken sich vermißt, und es gründet sich außerdem auf meßbare Vorgänge, die von der menschlichen Tätigkeit unabhängig sind.

Beide gehören enger zusammen, als es auf den ersten Blick scheinen mag.

Es sind Kennzeichen ein und derselben Unruhe in einem kritischen Stadium. Eine Feststellung wie die, daß die Erdrinde sich gleich einer Haut zu bewegen vermag, hätte ein Römer niemals treffen können – er hätte sie als grauenvoll abgelehnt. Ihn erschreckten bereits zutiefst die Vulkane. Martial meinte nach der Katastrophe von Pompeji, das müßte selbst Göttern verboten sein. Eine solche Theorie kann nur gefaßt, eine solche Beobachtung nur getroffen werden von einem Geiste, dem alles, was Eigentum, was Grenze, was Sicherheit angeht, »von Grund auf« zweifelhaft geworden ist.

114

Hier muß eine Zwischenfrage zum mindesten gestreift werden: Ist es angängig, die Veränderungen, die der menschliche Plan anrichtet, in die Geologie einzubeziehen? Gehört nicht etwa, um ein Beispiel zu nennen, die Trockenlegung oder Neuschaffung eines Randmeeres durch menschliche Tätigkeit, durch Ingenieurkunst, in einen anderen Zusammenhang als im Ergebnis gleiche Vorgänge, die durch reine Naturgewalt bewirkt werden? Haben wir nicht das eine in die Geschichte, das andere in die Naturgeschichte zu verweisen, das eine in ein Reich der Freiheit, das andere in eines der elementaren Notwendigkeit?

Die Frage wird diesseits und jenseits der Zeitmauer verschieden beantwortet. Sie berührt den Standort oder die Standfläche unserer Untersuchung, vor allem die Idee der Freiheit, die ihr innewohnt. Sie läßt sich in zwei Unterfragen aufteilen: Was ist Erdgeschichte, was ist Geologie? Und was ist menschliche Tätigkeit hinsichtlich der in ihr zum Ausdruck kommenden Freiheit – in welchem Umfang also ist der Plan selbstherrlich, souverän?

Was die Geologie angeht, so kann man sich über ihren Umfang nicht nur verständigen, sondern man ist sogar dazu gezwungen, da alle Ausschnitte aus dem menschlichen Wissen Übereinkunft voraussetzen. Sie teilen das Wissen nicht nur auf, sondern überschneiden sich auch gegenseitig, verzahnen sich auf eine Weise, die sowohl auf einen gemeinsamen Sitz des Wissens hinweist als auch der Bewegung des Wissens, seinem Schreiten durch die Wissenschaften, förderlich ist.

In der vorliegenden Frage handelt es sich um eine Überschneidung von eigentlich geologischer und von biologischer Kompetenz, wie sie ja weite Gebiete betrifft und stereoskopisch macht, etwa die Paläontologie. Biologisch gesehen, ist zwischen einer Schicht, die durch das Absinken von Diatomeen oder durch eine Aufstockung von Korallen entstanden ist, und einem der großen Hügel, wie ihn menschliches Siedeln im Laufe vieler Geschlechter aufwarf, kein Unterschied. Hier wie dort finden sich Reste von Lebensbehausungen, vermischt mit dem Staube der Einwohner. Eine Weltstadt, unter deren Pflaster sich Katakomben, Gräber, Ruinen, Wohn- und Bauschutt von fünfzig Generationen häufen, erinnert an ein Korallenriff. Das Leben besiedelt die oberste, flüchtige Haut, auf der es seine Tentakeln regt, sich nährt und seine Kampf- und Liebesspiele treibt.

115

Der Umfang der menschlichen Tätigkeit war allerdings bislang derartig, daß ihre geologische Betrachtung als Spielerei erschien. Das ändert sich. Wenn in einem unermeßlichen Waldgebiet wie dem des Amazonas kahle Stellen erscheinen, auf denen einige Hütten Platz finden, so ist das für den großen Haushalt bedeutungslos. Eine einzige Insektenart kann tiefer eingreifen. Wenn diese Flecke sich aber in einer Weise ausbreiten, die den Wald verschwinden läßt, so hat die Axt, haben Werkzeuge das Bild der Oberfläche bestimmt.

Die Ausgrabung wird der Domäne der Geschichtswissenschaft zugewiesen und richtet sich auf einen historischen oder prähistorischen Befund. Sie ist ein interhumaner Akt: Fiorelli gräbt das Pompeji des Plinius aus. Man gräbt nicht beliebig, sondern an Orten, die durch Überlieferung, Kunde oder Merkzeichen bestimmt werden. Anders ist es mit dem Menschen als paläontologischem Wesen, auf das man nicht durch Ausgrabung, sondern durch Grabung, und meist durch Zufall stößt.

Bei der Schicht, die wir bilden, wird beides möglich sein. Man wird historische Objekte aus allen Jahrhunderten ausgraben können, die zum Teil stark flächenhaften und uranischen Charakter tragen, wie etwa das Gelände der Somme-Schlacht. Außerdem wird jede Grabung auf eine vom Menschen geschaffene und mit seinen Zeugnissen besäte Schicht hinabführen. Damit bedeckt sich die Erdoberfläche, einschließlich des Meeresgrundes, in den sich Wracks von Schiffen, Flugzeugen und Raketen einbetten.

Dieser Übergang nun, von dem ab man den Menschen nicht nur in einer Schicht, sondern als schichtbildendes, schichtbestimmendes Wesen findet, ist eines der Symptome seines Austrittes aus dem Geschichtsfeld, es liegt an der Zeitmauer. Von nun an stellen historische Plätze gewissermaßen Knotungen, Primärstadien dar. Hierher gehört das Schwinden des Unterschiedes von Stadt und Land, das eine Bewußtseinsänderung nicht ankündet, sondern ihr folgt. Hierher gehört vor allem die überraschende, ja bestürzende Vermehrung des Menschengeschlechts, die nicht nur der Zahl, sondern auch der Art nach Veränderungen bringt.

116

Die Menschenvermehrung wird gern zur Maschinentechnik, insbesondere zur Erfindung der Dampfmaschine, in Beziehung gesetzt. Wir dürfen darin aber nicht ein reines Verhältnis von Ursache und Wirkung sehen. Allerdings steht diese Vermehrung mit der Steigerung der dynamischen Leistung und überhaupt der Arbeitswelt in engem Zusammenhang, jedoch in Hinsicht auf ein Drittes, Gemeinsames, das den explosionsartigen Prozeß bestimmt, an dem wir teilhaben. Wahrscheinlich geht die Bevölkerungsbewegung, gehen die Anfänge der Massenrevolution sogar der industriellen Revolution voraus. Das dürfte auch statistisch zu belegen sein. Die Masse im Sinne des 19. Jahrhunderts trat politisch und strategisch schon in Erscheinung, bevor sich das neue technische Potential industriell und ökonomisch auswirkte. Der Manufakturbetrieb kündet das Eintreten der Dampfmaschine an.

Daraus lassen sich Schlüsse, und zwar optimistische Schlüsse, auf unsere Gegenwart ziehen. Wir dürfen aus der Zahl der Werkleute, die sich vor den Toren der Zukunft drängen, auf den Umfang des Werkes schließen, das verwirklicht werden will.

Auch zoologisch und paläontologisch sind solche Massenvermehrungen bekannt. Sie lassen vermuten, daß eine Spezies ein optimales Verhältnis zu einem Areal gewonnen hat, das nun das ihre wird. Das bringt ihr große Vorteile und auch Gefahren ein. Der Vorgang wird sich auch nie isoliert vollziehen, sondern sich in einen Epochalstil einfügen, aus ihm hervorgehen, zu ihm beitragen. Kein Wesen bildet eine Schicht allein.

117

Beim Menschen als einem geistigen Wesen darf man auf einen Epochalstil schließen, der vergeistigt, etwa in dem Sinn, daß auch die Materie »intelligenter« wird. Natürlich hat sie diese Potenz seit jeher besessen und kann sie daher auch nicht gewinnen, sondern Geist muß aus ihr befreit werden. Das ist denkbar:

1. indem der Mensch als geistiges Wesen die in der Materie verborgene Potenz rein darstellt, verknüpft und nach Art eines Künstlers oder Handwerkers zum Weltstil verwebt,

2. indem Vergeistigung als Erdmacht den Menschen erfaßt und einbezieht, durch ihn und seine Werke wie durch Spitzen ausstrahlend. In diesem Falle würde die Materie sich in ihrer tiefsten Form, als Urgrund, des Menschen als ihres Werkmannes bemächtigen, ihn zur Vergeistigung der Welt in Dienst stellen. Monaden universaler und menschlicher Intelligenz würden in Harmonie treten, würden konform werden. Aus der Welt als geistiger Schöpfung, zu der auch ihr reiner Aspekt zählt, würde dann dem Menschen ein sehr tiefes Echo widerhallen: »Das bist Du.«

118

Das führt uns zur zweiten Unterfrage: dem Erdsinn menschlicher Tätigkeit. Daß es, wenigstens seit kurzem, angängig geworden ist, diese Tätigkeit als im geologischen Sinne schichtbildend zu betrachten, dürfte hinreichend ausgeführt sein.

Immerhin bleibt ein Unterschied zu den wunderbaren Gehäusen der Diatomeen und Ammoniten, zu den kunstreichen Bauten der Biber und Termiten bestehen. Für sie wirkt der Erdgeist unmittelbar.

Wohl darf man den Menschen als Leitfossil, als Typus für eine bestimmte und vielleicht eben erst ansetzende Schicht betrachten, doch ist er zugleich das erste Lebewesen, das Grabungen und Ausgrabungen unternimmt, mit Wißbegier nach seinen zoologischen, vorgeschichtlichen und geschichtlichen Ursprüngen. Er bildet nicht nur eine Schicht, sondern durchdringt sie auf geistige Art. Das verleiht seiner Erdschicht, vielleicht sogar seinem Planeten, ein besonderes Licht.

Hinsichtlich dieses Vorganges gibt es, wir wiederholen es, zwei Aspekte: Man kann annehmen, daß der Urgrund Vergeistigung anstrebt, indem er sich (unter anderem) des Menschen als Mediums bedient. Das wäre ein neuer Ansatz zur Erdvergeistigung, wie es deren bereits viele gegeben hat, und die Mitwirkung, die Verantwortung des Menschen hätte sich darauf zu richten, ihn in Fluß zu halten und zu verhindern, daß er magisch kristallisiert.

Oder man kann sich für die Theorie entscheiden, daß der Mensch mit ständig wachsendem, doch nicht mit Freiheit zu verwechselndem Bewußtsein durch eine Reihe von Schichten, deren oberste Geschichte genannt wird, sich zum Urgrund gewissermaßen durchbohrt und Teile von ihm vergeistigt, mobilisiert. Wo er ihn berührt, kommt es zu gewaltigen Antworten.

Wenn hier und im Folgenden das Wort »Urgrund« gewählt wird, so deshalb, weil es dem Menschen von heute zumutbarer als das Wort »Weltgeist« ist. Eine Kritik dieses Begriffes hätte an drei Punkten anzusetzen: er ist progressiv, er ist anthropozentrisch, er unterschätzt den Anteil, den die Natur- und Erdgeschichte an der Weltgeschichte hat. Auch Worte wie »Schöpfung« und »Schöpfungsplan« sind unter Berücksichtigung des Gesamtbildes zu verstehen.

Tatsächlich ist die Entscheidung längst gefallen und wirksam, gleichviel ob auf der Straße oder im Kabinett. Hinter jeder wissenschaftlichen und insbesondere hinter jeder materialistischen Theorie verbirgt sich heute der Glaube, daß das Sein im Urgrund und nicht im Geist wohnt und daß von dort aus der Zauberstab erhoben wird. Was immer das als Wahrheit aussagt: es ist bedeutsam und hochprognostisch hinsichtlich der Weltstimmung und ihrer wirklichkeitahnenden, wirklichkeitschaffenden Anbahnung. Auf diesem Wege gibt es Überraschungen.

119

Wir wollen den Menschen also zugleich als bewußt schichtbildendes Wesen und als Leitfossil seiner Epoche ansehen. Daß wir beides zugleich können, gehört zur Zwielichtigkeit an der Zeitmauer, es gehört auch zur Initiationswehe. So erklärt sich die seltsame Tatsache, daß ein und derselbe Vorgang als hochgeistig und plattmaterialistisch, als große Errungenschaft und als noch größerer Verlust gesehen werden kann. Ohne Zweifel wird sich die positive Komponente durchsetzen, das heißt: es wird zur Geburt kommen. Opfer werden gefordert: Schmerz und Einbuße.

Unter den Einbußen steht die Freiheitsminderung an erster Stelle. Sie ist begleitet von jener Stimmung, die Hegel scharfsinnig schon zu Beginn der Bildung der technischen Gesellschaft als Entfremdung bezeichnete. Es liegt nahe, sie als eines der Phänomene anzusehen, die der Austritt aus dem vertrauten Hause der Geschichte nach sich zieht. Doch kündet diese Entfremdung mehr an als den Einschnitt zwischen zwei Gesellschaftsformen, ja mehr als den Abschluß jenes Weltsinns, der mit Herodot begann. Schon Nietzsches »Gott ist tot« geht über diese Maßstäbe hinaus.

Der Sinn der Erde beginnt sich zu ändern, und dieser Einschnitt trifft, freilich nicht zufällig, in die Schicht, in der Menschen auf der Erde leben, mit ungeheurer Wucht. Er geht durch jeden Einzelnen, durch jedes Volk, durch jeden Kulturstand, und lägen sie ferner als im tibetanischen Hochlande. Er erklärt auch die Veränderung der Erde in ihrer geologischen Struktur – eine Veränderung, bei der der Mensch sowohl als freies Subjekt wie als ausführendes Medium erscheint.

So betrachtet, sind die großen Umwälzungen zwischen den Völkern und innerhalb der Staaten Symptome einer umfassenden Unruhe, die mit dem Seinsgrund zu schaffen hat. Sie betreffen weniger menschliche Einrichtungen als den Menschen an sich. Daher auch entfernen sich diese Bewegungen aus dem Rahmen der Geschichte und nehmen Formen an, die geologischen Prozessen ähneln und sich den Regeln entziehen, die der historische Geist in Jahrtausenden formuliert und verbindlich gemacht hat.

Dürfen wir aber die Frage nach dem Sinn dieser Umwälzungen mit dem Zitat beschließen, daß aus der Welt die Freiheit verschwunden ist? Ohne Zweifel nicht. Die Freiheit ist ewig in der Welt; sie will aber stets neu konzipiert werden.

Jenseits der Linie, jenseits der Zeitmauer kann als Freiheit empfunden werden, was heute als Zwang geduldet wird, und umgekehrt. Es gibt sowohl Punkte wie auch Flächen, auf denen eine neue Freiheit bewußt wird, und sie sind ebenso wohl zu beachten wie jene, auf denen die Furcht geringer wird, denn sie werden sich ausdehnen.

120

Dabei ist zu bedenken, daß geistige Souveränität zu allen Zeiten eine höchst seltene Ausnahme gebildet hat. Unabhängigkeit von den politischen und sozialen Massenschüben, ihren Gemeinplätzen und Schlagworten, ihren Revolutionen und Reaktionen, Unabhängigkeit von Göttern und ihren Priesterschaften, Unabhängigkeit von der Moral und Wissenschaft eines Zeitalters: das ist immer selten gewesen und heute vielleicht seltener als je. Die echten Vorurteile sind unsichtbar.

Diese Unabhängigkeit hat nichts zu schaffen mit dem Zweifel um jeden Preis, ausgenommen die eigene Haut, mit jener Freiheit, die sich zugleich vor den Altären belustigt und in den Maschen grobdrähtiger Theorien verfängt oder die vor Ludwig in einen Riesen und vor Marat in einen Zwerg verwandelt, wie wir sie wiederum in all ihren grotesken Schattierungen studiert haben.

Diese Unabhängigkeit hat nichts Aktives, Umstürzendes oder Weltverbesserndes, sie hat auch nichts mit Moral zu schaffen, obwohl man sie als geistigen Anstand bezeichnen kann. Dann aber sollte man das Wort in seinem weitesten Umfang fassen, in den auch der Anstand des Jägers hineinpaßt und seine Waidgerechtigkeit oder der eines Zollbeamten, der passieren läßt, was an seinen Schranken vorbeikommt – aber er muß es gesehen, muß es geprüft haben. Es muß deklariert werden.

121

Noch eine Unterscheidung: Wir leben in einem Zeitalter der Freiwilligen. Freiwilligkeit hat aber mit geistiger Freiheit nichts oder nur indirekt zu schaffen; ihr geht vielmehr die Zession eines geistigen Anteils voraus. Das kann im einzelnen betrübliche Ergebnisse zeitigen. Im ganzen aber lebt eine Zeit von ihren Freiwilligen. Wenn Nietzsche, der gerade diese Entwicklung scharf durchdacht hat, den »guten Krieg« für besser als die »gute Sache« hielt, so bedarf das, wie viele seiner Paradoxa, des unausgesprochenen Einverständnisses, daß »unsere«, das heißt, des Menschen, Sache gut und auf gutem Wege ist, und aus diesem Grundvertrauen, nicht aus der aufgeteilten Meinung, schöpft die Freiwilligkeit. Der Einsicht ist sie nicht bedürftig; das würde eher schädigen. Die »gute Sache« ist notwendig unsichtbar. Sonst würde sie gewußt, sie will aber geglaubt werden. Daher erscheint sie im Spektrum der Parteiungen.

In den Engpässen, an den Zeitgrenzen wird Freiheit abgefordert, vom Schicksal und seinen niederen Kontrolleuren, die in grotesken und oft schrecklichen Kostümen arbeiten. Hier wird ein großer Teil der Freiheit in Bewegung umgesetzt. Wenn aber die Zeit sich erweitert, die Wasser zur Ruhe kommen, mindert sich der Zwang. Darauf beruht die Erfahrung, daß die »großen« und die »guten« Zeiten nicht übereinstimmen. Ostern und Pfingsten können nicht auf einen Tag fallen.

Der Lachs steigt durch die Stromschnellen und Katarakte in den Bergsee auf. Er verliert an Gewicht und auch an Glanz der Farbe, aber dort oben wartet ein neuer Sinn auf ihn. Der Anstieg aus dem Meer und seiner Freiheit würde nicht gelingen, wäre undenkbar, wenn nicht bereits der See und seine Freiheit mithöben.

122

Es erübrigt sich, die Symptome der antaiischen Unruhe und ihre Objekte im einzelnen aufzuführen; Bibliotheken darüber entstehen, und die Zeitungen sind davon erfüllt.

Der Mensch fühlt sich unsicher auf der alten Erde; er traut den klassischen Elementen nicht mehr. Erde, Wasser und Luft werden verdächtig, das Feuer wird fürchterlich. Es ist ein guter, von Léon Bloy zum ersten Mal geäußerter Gedanke, daß sich hinter der rastlos gesteigerten Beschleunigung, der Erfindung immer schnellerer Maschinen, eine Fluchttendenz verbirgt. Man könnte hinzufügen, daß diese Tendenz ein fünftes Element, den Äther, sucht.

Das Paradoxe dieser Lage ist darin zu finden, daß der Mensch zum überwiegenden Teil durch die Konsequenzen seiner eigenen Tätigkeit geängstigt wird und daß er das erkennt. Er handelt also verantwortlicher als der Zauberlehrling des Gedichts: er könnte aufhören. Vernunftgemäß wäre es – wenn man seine Tätigkeit der eines Bergmannes vergleichen will – daß er jene Teile seiner Anlage stillegte, an denen es bedenklich wird. Er könnte die Bohrung einstellen, wenn es zu heiß wird oder wenn Wassereinbrüche und Schlagwetter drohen.

Offensichtlich geschieht das nicht. Vielmehr wird ein Hauptteil der Mittel und Energien gerade an jene Brennpunkte entsandt, und durchaus nicht nach Art der Feuerwehr.

Wir dürfen das nicht als humanes, sondern müssen es als epochales Kennzeichen ansehen. Wir wissen, daß der Mensch im allgemeinen behutsam vorging und daß er insbesondere vor Verletzungen der Erde zurückschreckte. Vor allem war die Freiheit der Forschung nicht immer ein unerschütterliches Dogma, ein sanctissimum. Sie muß ja auch, wie jede Freiheit, bezahlt werden.

Experimente, die in den geologischen, ja in den kosmischen Haushalt eingreifen, sind etwas Neues; nie nahmen Menschen sich Derartiges heraus. Wohl hatte man von Akten dieser Größenordnung eine Vorstellung, doch rechnete man sie bei allen Völkern den über- und außermenschlichen Sphären zu, insbesondere der titanischen und dämonischen Welt. Das Wettermachen galt als satanische Kunst der Hexen und Zauberer. Zur Abwendung der Un- und Mißwetter gab es den Opferdienst. In der Errichtung des ersten Blitzableiters darf man ein bedeutendes Datum sehen.

123

Das führt uns zu einer besonderen Art der antaiischen Unruhe: der meteorologischen. Sie ist die empfindsamste, ist eine tägliche, stündliche Unruhe. Sie trägt Züge, die an das instinktive Verhalten von Wesen erinnern, die »jeden Druck der Luft« spüren. Zugleich arbeitet sie mit feinsten Messungen, mit Apparaten, die schärfer als alle Sinnesorgane anzeigen.

Die Wettererforschung hat sich nicht nur in kurzer Zeit zu einer umfangreichen Wissenschaft entwickelt, sondern sie greift auch immer stärker in das tägliche Leben und seine

Praxis ein. Sie setzt bedeutende Aufwendungen voraus, wirft aber auch großen Nutzen ab. Die Zahl der bemannten und automatischen Stationen wächst in den bewohnten und unbewohnten Ländern, rings um die Pole, auf den Meeren und Berghöhen, innerhalb der Lufthülle und im kosmischen Raum. Sie strebt der exzentrischen Beobachtung zu.

Die Wetterberatung beeinflußt nicht nur die kleinen Pläne und täglichen Absichten innerhalb der Ökonomie, der Technik, der Reisen, Spiele und Vergnügungen. Sie sucht nicht nur auf immer längere Sicht zu wirken, sondern auch unmittelbar, etwa in der Warnung an Schiffe und Flugzeuge. Sie schafft auch Unterlagen für die großen Unternehmen, vor allem dort, wo scharfe Datierungen notwendig sind. In dieser Hinsicht tritt der Meteorologe in die Rolle des Auguren ein. Allerdings gewinnt man, wenigstens stellenweise, den Eindruck, daß zur vollständigen Bereitstellung auch das astrologische Gutachten gehört. In den Zeitungen findet man nebeneinander die meteorologische und die astrologische Voraussage.

Die Wetterkunde gehört zu jenen Wissenschaften, die der Erde als solcher zugeordnet sind. Sie läßt sich daher auch nicht begrenzen; die Nationen können ihren Beitrag dazu leisten, nicht aber sie beschlagnahmen. Das Wetter ist zwar überall verschieden und muß von vielen Punkten aus beobachtet werden, jedoch setzt diese Beobachtung, soll sie fruchtbar werden, ein planetarisches System voraus. Da das hier auf der Hand liegt, ist die Meteorologie nicht nur ein Muster, sondern auch ein Kristallisationspunkt humaner Wissenschaft.

124

Die Errichtung des ersten Blitzableiters, 1752, ist, wie gesagt, als wichtiges Ereignis anzusehen. Es ist nicht nur weltgeschichtlicher, sondern auch erdgeschichtlicher Natur. Die Kontroversen darüber sind vergessen; die Errichtung würde aber, auch wenn man sie als theologisches Datum wertet, nicht viel früher denkbar gewesen sein. Mythologisch gesehen, ist sie ein erstes Signal des titanischen Aufstandes, ein neues Aufbegehren der Urmutter gegen den Allvater. Warum die Erde sich zu diesem Aufstand der Intelligenz ihres mächtigen Sohnes bedient, dürfte im Vorausgeschickten hinreichend deutlich geworden sein. Sie ruft den historischen Menschen, weil diese Wandlung in jenen Abschnitt der Erdgeschichte fällt, die der Mensch als Weltgeschichte zu bezeichnen pflegt. Sie ruft aber nicht ihn allein.

Architektonisch gesehen, hat der Blitzableiter am Bild unserer Städte wenig geändert; er ist kaum wahrnehmbar, obwohl sein symbolischer Rang von nun an den der alten Türme und Mauern übertrifft. Ein wenig später werden die Stadtmauern geschleift. Eine neue Großmacht pflanzt ihre Zeichen auf. Ein dynamisches Alter beginnt.

Das unscheinbare Eintreten der Elektrizität und ihrer praktischen Verwendung steht in merkwürdigem Gegensatz zu dem der Dampfkraft, deren umwälzender Charakter sogleich bemerkt wurde. Ihm schlossen sich nicht nur starke Umschichtungen in der ökonomischen und sozialen Welt, sondern auch politische Theorien und Fakten an.

In diese Betrachtung der Dampfkraft kann man die Explosionstechnik einbeziehen. Ein Automobilmotor, ein Maschinengewehr, eine Rakete setzen Urheber voraus, die von der Dampfmaschine bereits einen Begriff hatten als von einer notwendigen Vorstufe.

Den großen Industrierevieren, die in der Nähe der Kohlen- und Erzlager im Laufe eines Jahrhunderts aufschossen, haftet ein brutal titanischer Charakter an. Daß hier die Ausbeutung als ein Hauptkennzeichen auftrat, kann nicht wundernehmen; der rücksichtslose Zugriff trifft nicht nur die am Werk Beschäftigten: er ruht in der Anlage. Er erstreckt sich auf die Ausschlachtung der Bodenschätze, die Aussaugung der Landschaft durch die Dynamisierung ihrer Kräfte und neue Formen der Konkurrenz. Die Anlage ist nicht nur häßlich, sondern häßlich sind auch die Theorien, die in ihrem Umkreis entstehen.

In Swifts außerordentlichem Roman »Gullivers Reisen«, 1726, könnte man die Dampfmaschine dem Land der Riesen zuweisen. Die elektrische Anlage dagegen erinnert an das Werk der Liliputaner, durch das der Riese mit tausend feinen, unsichtbaren Fäden gefesselt wird. Daß sich mit diesen beiden fast gleichzeitig eintretenden Kräften zwei Formen der Demokratie verknüpfen, und zwar eine sichtbare und eine unsichtbare, wurde im »Arbeiter« ausgeführt. Es sei hier nur daran erinnert, daß die Bildung der Massen und Individuen des 19. Jahrhunderts mit der Dampfkraft, die Einschmelzung der Individuen in das technische Kollektiv mit der Elektrizität in Beziehung gebracht wurde. Wenn Lenin einem der großen Staatspläne die Formel »Sozialismus plus Elektrifizierung« vorausschickte, so deutete er damit zwar primitiv, doch richtig zwei Hauptfunktionen der Gestalt des Arbeiters an.

125

Wir brachten Dampf- und Explosionstechnik in engeren Zusammenhang. Ähnliches läßt sich von der Elektrizität und der Strahlungstechnik ausführen. Beim Eintritt in diese Räume lassen wir die groben Apparate, die nach Art der Mühlen, Pumpen und Räderuhren arbeiten, weit hinter uns. Die Beherrschung der physikalischen Gesetze steigt aus der bloßen Mechanik in die feineren Regionen des Magnetismus, der Optik und der Akustik empor.

Die Materie wird nun nicht nur in Massen, sondern auch innerhalb der Massen bewegt. Der Geist dringt tief in ihre Kammern, in ihre Brunnenstuben, wo die Stoffe ihr Gewand ablegen wie Tänzer, die zur reinen Bewegung übergehen. Hier vollzieht sich ein neuer Akt der Selbsterkenntnis, der Selbstbefreiung, und zwar nicht nur des Menschen, sondern auch der Materie. Die Nahtstelle, ja die Identität beider Prozesse zu erfassen: das ist eine der Aufgaben, die uns an der Zeitmauer gestellt werden.

Wir besitzen kein spezielles Sinnesorgan für elektrische

Wahrnehmungen oder gar Sendungen. Die Natur war bei der Ausstattung der Geschöpfe in dieser Hinsicht überhaupt zurückhaltend, obwohl die Elektrizität im mikro- und makrokosmischen Haushalt eine Hauptrolle spielt. Als ein erstaunliches, nicht fortgeführtes, vielleicht in Reserve gehaltenes Experiment darf man die elektrische Ausrüstung gewisser Fische auffassen. Es wären Welten denkbar, die auf solchen Organismen aufbauen, sie auch vergeistigen.

Auch uns bestimmen elektrische Kräfte stark, doch unbewußt. Um so überraschender ist die Kürze der Spanne, in der sie bewußt wurden und dienstbar gemacht worden sind. Dabei ist zu bedenken, daß der Mensch nicht nur auf die ihm verliehene Ausstattung mit Sinnesorganen beschränkt war, sondern sich auch von der neuartigen Energie, die er entfesselte, durch Vergleich mit ihm vertrauten Medien ein Bild machen mußte. Daher entstammen viele Bezeichnungen elektrischer Vorgänge der Wasserwelt. Das ist als Brückenschlag anzusehen. Er gleicht den etymologischen Rudimenten, die die Eroberung der Zählreihen in den Zahlworten hinterlassen hat. Das war der tiefste Vorstoß in die gegenstandslose Welt.

Heute setzt die physikalische Arbeit, besonders dort, wo sie an den Rändern stattfindet, ein subtiles Verhältnis zu den elektrischen Vorgängen voraus. Max von Laue erwähnt den Sinn für optische Feinstrukturen in seiner Biographie und hat dort auch angedeutet, daß er nicht erworben werden kann. Infolgedessen findet dort, wo die technische Arbeit als Grundlagenforschung vorgetrieben wird, eine enge Auslese statt. Die Gestalt des Arbeiters erobert die neue Welt zunächst durch Einsicht in das Unsichtbare und Unvermessene. Zunächst werden Spinnweben ausgeworfen, mit ihnen hebt man Fäden, dann Seile und endlich Ketten empor. Jeder Befahrung und jeder Erfahrung geht geistige Landnahme voraus. Die Bilder legen Leitbahnen.

126

Kehren wir zum Blitzableiter zurück. Wir wissen, daß er nicht nur »den Blitz anzieht«, sondern auch Erdkraft aussendet. Die Städte schirmen sich wie große Tiere, die die Haare sträuben; sie breiten Felder um sich, die dem Auge verborgen sind. Zugleich wird eine neue Geistigkeit in ihnen wach.

Auch hier muß man sich davor hüten, rein kausale Verflechtungen zu sehen. Sie sind vorhanden und lassen sich nach Belieben aufzeigen, aber sie werden symptomatisch angesichts jener generellen Veränderung, die wir als Bildung einer neuen Erdschicht bezeichneten.

Franklin, der Erfinder des Blitzableiters, spielt bekanntlich eine Hauptrolle in der Geschichte der Demokratie. Ludwig XVI. brachte ihm einen instinktiven Haß entgegen und hatte Gründe dazu. Eine neue Zeit kündet sich in dem Mann aus Boston an, eine dem Vatertum abträgliche Zeit, sei es durch den Vater des Volkes oder den Himmelsvater repräsentiert. Das fühlten die Zeitgenossen, und es ist klassisch geworden in der Unterschrift zu Franklins von Turgot gemeißelter Büste:

Eripuit coelo fulmen sceptrumque tyrannis.

Zwar war Franklin kein Prometheus und Ludwig XVI. kein Tyrann. Es gehört indessen zu den Vorurteilen, daß Konfigurationen, die Bedeutendes künden, auch an sich bedeutend sein müssen, und das auf möglichst sichtbare Art. Wäre dem so, dann wäre weder Regieren noch Dechiffrieren eine Kunst. Es würde dann auch die Tragik fehlen, die Epochen wie der unseren anhaftet. Ein Neues kommt mit ungeheurer und unerklärlicher Gewalt. Es fragt weder, wessen es sich bedient, noch wen es fällt. Es sucht sich die schwächsten Stellen, und oft hat es den Anschein, daß die billigste Lösung reüssiert.

Darin liegt etwas Unbegreifliches, Bestürzendes, eine Verletzung, die auch der große Historiker im Rückblick nicht zu begründen, geschweige denn wiederherzustellen vermag und deren Behandlung dem Drama, der Tragödie vorbehalten bleibt. »Unsinn, du siegst, und ich muß untergehen.«

Auch paläontologisch gesehen, erstaunt die Dürftigkeit der Typen, die eintreten. Die ersten Säugetiere wirken inmitten einer von hochentwickelten Wesen beherrschten Welt wie Schatten, wie ärgerliche Fehlleistungen. Im Eindringen von Nagetieren auf eine Insel, deren reiche Flora und Fauna sie über Nacht verwüsten, wiederholt sich die Tragödie. Der Aspekt ändert sich freilich, wenn man erkennt, daß es die neue Formation war, die sich ankündete. Der Vorspann kommt aus dem Ungesonderten.

127

Der Blitzableiter erscheint, an sich betrachtet, als eine jener einfachen Erfindungen, die man als »Ei des Kolumbus« zu bezeichnen pflegt. »Einen Knick nur, und es stand.« (Calderon) Man wundert sich, daß sie nicht schon viel früher gemacht wurde. Schon die Etrusker studierten die Einschläge des Blitzes und seine Bahn.

Anders wird es, wenn wir den Blitzableiter als erstes Organ, als frühe Sträubung einer beginnenden antaiischen Unruhe auffassen. Dann sehen wir die Errichtung in ihrer notwendigen Zeit, als erstes Steinchen eines Mosaiks, das sich über den Erdball ausbreitet. Ihm folgen weitere und immer mannigfaltigere Ausbildungen. Die Erde überspinnt sich mit einem immer dichteren Netz von Drähten und Kabeln; ein Wald von Sendern und Empfängern wächst empor, von Antennen, die in winzigen Spitzen aufsprießen oder als Türme die Städte überhöhen.

Zugleich wird in der praktischen Verwendung der geistige Charakter der neuen Kraft deutlicher. Während die Dampfmaschine und, ihr folgend, der Motor in jenen Teil der menschlichen und tierischen Tätigkeit eintreten, der den Muskeln vorbehalten war, offenbart sich von Jahrzehnt zu Jahrzehnt zwingender die Verwandtschaft der elektrischen

Einrichtung mit den Nervenbahnen und Sinnesorganen, mit der feineren organischen Ausstattung.

Das fällt in der Form und Anlage der Apparaturen nicht minder auf als im Unterschied der ihnen zugewiesenen Aufgaben. *Hier* werden Last und Weg mit immer größerer Macht, in immer kürzerer Frist bezwungen, es wird verrichtet, was Hand und Fuß zu leisten hatten und mit ihnen die einfachen Werkzeuge. *Dort* ist die Technik auf feinere Übermittlung und Wahrnehmung gestimmt. Die Apparate ahmen Augen, Ohren, Kehlköpfe nach. Sie senden Signale, Worte, Bilder, Farben auf astronomische Entfernungen. Sie machen die Materie in ihren feinsten Strukturen wirkend und rezeptiv. Hier wird die Muskelkraft, dort werden die Sinnesorgane bei weitem überflügelt, und zwar auf eine Weise, die ein gemeinsames Wachstum verrät, als ob den Muskelmassen sich Nerven anlegten. Daher wächst auch, wo die Mechanik in einen höheren Rang tritt, der Anteil der elektrischen Ausstattung. Sie führt zu einem Raffinement, zu einer Vergeistigung innerhalb der technischen Welt sowohl in ihren liliputanischen wie in ihren titanischen Bildungen, im unsichtbaren wie im sichtbaren Bereich.

128

Dieser technischen Wandlung, der Ausstattung mit Leitbahnen und Auren, entspricht, wie gesagt, eine soziale und politische: eine stärkere Leitfähigkeit innerhalb der Demokratie. Auch hier verbirgt sich die unsichtbare Wirkung hinter der sichtbaren. Der Vorgang muß komplex erfaßt werden. Der Handarbeiter emanzipiert sich zunächst als Stand, sozial, politisch und ökonomisch, sodann gewinnt er eine neue Qualität, die ihn nicht nur hinsichtlich der Zukunft, das heißt, seiner kosmischen Aufgabe, sondern auch hinsichtlich der Vergangenheit und ihrer Erschütterungen legitimiert. Im gleichen Maße verlagert sich die Meinungsbildung in die Atome, und zwar derart, daß der Gedanke zu grob wird, sie zu fassen, von den Programmen ganz abgesehen. Auch hier gibt es unter der sichtbaren Demokratie und ihren Formen eine unsichtbare, zwingendere, einen geheimen Konnex. Hier wirkt der Arbeiter nicht mehr als intelligente, planende Größe, sondern als schichtbildende Spezies.

Daher gibt es unter und hinter seinen Repräsentationen nur *eine* Weltmeinung, nur *einen* Weltwillen. Nur so wird begreiflich, was sonst ganz unerklärlich bliebe: das Scheitern der Intelligenz nicht an den Widerständen, sondern innerhalb der eigenen Absichten. Die Programme kehren sich um, ins Gegenteil oft. Ihre Väter würden wenig erbaut sein, wenn sie zurückkehrten.

Das beruht darauf, daß der Weltplan umfassender als jeder Sozialplan und jeder Staatsplan ist und daß er von sich aus die Planung kontrolliert, aus Gründen, die auch der schärfsten Einsicht verschlossen sind. Es beruht darauf, daß der empirische Arbeiter, und sei es als Weltmacht, die Gestalt des Arbeiters mehr oder minder repräsentiert und nur von dort aus Souveränität erhält. Erst wenn diese Begrenzung bewußt wird, kann die Sicherheit zunehmen. Es beruht endlich darauf, daß unsere Ziele viel weiter gesteckt sind, als wir heute hoffen, und daß wir immer noch in einer Ausgangsstellung stehen. Da kann, da darf nicht Sicherheit sein.

129

Von hier, von diesem Posten aus, mag etwas deutlicher geworden sein, was die meteorologische Unruhe ankündet. Sie gehört zur antaiischen Unruhe, die ihrerseits als eines der Symptome der Initiation begriffen wird.

Wenn wir die Elektrizität gewählt haben, um das zu veranschaulichen, so ist das im Sinne der Analogie, also als Gleichnis, zu verstehen. Es fehlt hier nicht an meßbaren Fakten; sie sind aber lediglich als Exempel, als Hinweise gemeint. Die Unruhe ist gerade deshalb so mächtig, weil sie tief unter die Maßstäbe greift.

Anders wäre es freilich, wenn wir von der Elektrizität einen dieser großen Erdmacht würdigen Begriff hätten, das heißt: eine Anschauung, die Geister wie Goethe, Schelling, Fechner anstrebten. Das gilt auch für unser Lebensbild der Pflanzen und der Tiere, das unerträglich mechanisiert ist; es muß beseelt, durch Fehlendes ergänzt werden. So aber beschränkt sich unser Wissen, wie jede titanische Vorstellung, auf die Nachtansicht. Sie zieht aus der Natur den ihr gemäßen Teil der Wirklichkeit heraus.

Das wiederum ist unumgänglich im vorliegenden, im dynamischen Abschnitt des Planes; es gehört zur Werkstättenlandschaft und ihrem provisorischen Stil. Es ist nicht zu vermeiden, daß vor dem Sprunge die Ansicht zur Absicht wird. Jedoch wird jener Teil der Natur, der durch die Abstraktion aus der Ansicht entfernt wurde, nicht dadurch aus der Wirklichkeit verbannt. Er ist immer mitwirkend.

Darauf, daß er Eintritt verlangt, beruht ein Teil der Weltangst, der Initiationsstimmung. Die Erde will in ihrem vollen Umfang, mit Kern und Schale, will in ihrer Beseelung erkannt werden. Dazu sucht sie Geister, die ihre Schlüssel sind. Vielleicht muß sie dazu auf die alte Heimat der Offenbarung, auf Asien, zurückgreifen.

130

Hinsichtlich der Aufladung der Erdhülle und der sie begleitenden Unruhe, wie wir sie seit zweihundert Jahren beobachten, gibt es einen weltgeschichtlichen und einen erdgeschichtlichen Aspekt. Der erdgeschichtliche übergreift den weltgeschichtlichen. Der Mensch, als intelligenter Sohn der Erde, hat eine neue Kraft, eine neue Eigenschaft seiner Mutter entdeckt, wie sie deren viele, bekannte und unbekannte, besitzt. Er isoliert sie und stellt sie in seinen Dienst. Das ist ein großes Datum innerhalb des Systems, das er Weltgeschichte nennt.

Zugleich geschieht etwas mehr, insofern als jeder Eroberer auch selbst erobert wird. Die Kraft, die er in wachsenden

Strömen der Erde entzieht und ihr entquellen läßt, besitzt neben den Eigenschaften, die zu seinen Formeln passen, auch solche, die er nicht überblickt. Sie dient ihm willig, wenn er seine Alphabete sendet, und trägt sie wie ein Strom, der Schiffe führt. Doch das sind Abzweigungen. In jede Sendung sind Hieroglyphen eingeschlossen, die keine Sprache faßt. Das ist die Weltsprache. Daher verändert sich nicht nur das Wissen, sondern es ändert sich auch die Substanz.

Würden wir, ähnlich den Lichtaugen, Augen für die Wahrnehmung elektrischer Ströme und Felder besitzen, so würde uns die große Verwandlung unmittelbar sichtbar sein. Daß unsere Städte zu Lichtburgen werden, ist nur ein Abglanz, eine Abzweigung davon. Wir würden sehen, daß die Erdhülle nach kurzer Dämmerung leuchtend geworden ist. Wir würden unter dieser Aura ein glühendes Netz sehen und überall webende und rotierende Bewegungen. Ihr Schimmer würde durchbrochen werden durch die Emanationen einer Unzahl von Vulkanen, die, besonders von den gemäßigten Gürteln des Planeten, einen immer stärkeren Glanz, eine blendende Kraftflut aussendeten. Es würde greifbar, daß hier mehr als Weltgeschichtliches, daß Erdgeschichtliches vor sich geht und das Geschichtsbild übergreift.

Um einem solchen Ausbruch Vergleichbares zu finden, müßten wir weit auf vorgeschichtliche Landschaften zurückblicken. Aber das neue Leuchten ist subtiler, dem Geist verwandter als die magmatische Glut. Sein Strahl fährt tiefer in den Kosmos, durchdringt auch die Schleier der Materie, vermählt sich mit den Elementen, deren Macht und Schrecken er enthüllt.

131

Daß nun der Glanz sehr stark, fast unerträglich wird, ist offenbar. Der Plan mit seiner bohrenden und schneidenden Intelligenz und seiner Summe an historischer und technischer Erfahrung bewegt sich auf einer schmalen Bahn. Er nimmt provozierenden Charakter an, fordert immer stärkere Antworten heraus, die ihm zuteil werden. Er führt in Regionen, in denen die Vernunft, als Menschenverstand betrachtet, sagen müßte: Hier wird die Abweisung zu stark.

In der Tat hört man die Warnung überall. Das ist die Depression vom Abend des 13. Septembers 1492, an dem Kolumbus die Variation des Kompasses entdeckte, eine bisher unbekannte Erscheinung, durch die seine Mannschaft in Schrecken versetzt wurde. Dem folgte das Licht von Guanahani, das Licht in der Dunkelheit.

Aber auch wenn Kolumbus gewendet hätte, wäre die Neue Welt entdeckt worden. »Die Stunde war da, und der Mensch auch.« Das gilt in erhöhtem Maß für unsere Zeit mit ihrem kollektiven Wissen und der undefinierbar gewordenen Verantwortung. Das Schiff an sich ist intelligent geworden, feldmäßig aufgeladen, und es bewegt sich in einer magnetischen Welt, im Bannkreis infraintelligenter Anziehung.

Lautréamont ist der erste, der diese Bewegung erfaßt und sogleich ihre wichtigste Voraussetzung, den Göttersturz, nicht nur begriffen hat, sondern auch begrüßt. Wenn die Erde als Urgrund, als Chaos neue Fruchtbarkeit entfalten, ein neues Kleid anlegen will, müssen Göttergeschlechter dahinsinken, wie schon Hesiod es beschrieben hat (»Theogonie« 159–200) und wie wir es heute universal beobachten. Aber schon bei Lautréamont deutet sich die neue Gefahr an: die magische Erstarrung des sich befreienden Erdgeistes, die er hellsichtig mit der Technik verknüpft. Wenn Nietzsche, der eine so feine Witterung besaß, diesen Zeitgenossen gekannt hätte, so würde ihm das manchen Umweg erspart haben. Auch Lautréamont starb früh, wie jeder, dem im 19. Jahrhundert eine Vorschau zuteil wurde.

132

Die Heimat der Freiheit ist das Grenzenlose; sie ist ein kosmisches Absolutum, das im Begrenzten als Spezifikum erscheint. Das heißt, daß jedem Zustand und jedem Menschen die Freiheit eignet, die ihm zukommt und die er verdient. Wer in eine neue Welt vordringt, hat nicht nur den Raum zu entdecken, sondern auch die Freiheit dazu. Erst dann beherrscht er ihn. Der Freiheitsbegriff wechselt, die Freiheit bleibt.

Um zu dem Schiff zurückzukehren: Im Maß, in dem die Verantwortung unkontrollierbar wird, in dem also Kapitän und Steuermann fragwürdig oder sogar gefährlich werden, gewinnt der Kompaß einen neuen Sinn. Er wird nicht nur zum automatischen, sondern zum mantischen Gerät. Dieser Veränderung wird heute große Aufmerksamkeit gezollt.

Während die Anziehung und mit ihr die Geschwindigkeit zunehmen, breiten sich unter der Besatzung nicht nur Zweifel an der Art der Steuerung aus, sondern auch daran, ob überhaupt eine Steuerung stattfindet – darüber also, ob die Bewegung noch von einem Schub historischer Kräfte oder von einem Zug aus empirisch nicht oder noch nicht einzuordnenden Regionen verursacht wird. Je mehr nun der Zweifel wächst, ob der Kompaß noch regiert wird, desto schärfer wird er beobachtet, auch desto ängstlicher.

Zu dieser Beobachtung gehört, um das Kapitel zu schließen, die meteorologische Beunruhigung als einer der Zweige der antaiischen Wachsamkeit. Es gehören dazu die Lamas, die ihre Abfälle untersuchen und Unheil prophezeien. Sie messen die Quisquilien im Luftstaub, im Regenwasser, im Tang der Meere, in den Enteneiern, den Fischlebern. Da scheint es nicht gut zu riechen, trotz aller Hygiene, aller Sauberkeit. Dann sieht man die gleichen Lamas große Mengen der Nahrung horten, die doch so schwer verdaulich ist.

Es handelt sich offenbar um einen Nahrungswechsel; ein Wesen, das vegetarisch lebte, versucht sich im karnivorischen Experiment. Die Indigestion ist unausbleiblich; da heißt es nun, entweder zu den Kräutern zurückkehren oder die Konstitution ändern. Im ersten Falle wäre ein Machtspruch unumgänglich, wie ihn die Kirche 1633 Galilei gegenüber durchsetzte. Sonst heißt es: »Friß, Vogel, oder stirb.«

133

Daß wir uns nicht in einer nur weltgeschichtlichen, sondern auch erdgeschichtlichen Veränderung befinden, dürfte inzwischen, wenn nicht überzeugend, so doch diskutabel geworden sein. Willensfreiheit und die ihr zugeordnete Verantwortung herrscht auf der schmalen Bahn der menschlichen Pläne, der immer schneller und heftiger vorgestoßenen Konstante, Determination dort, wo sie in das Ungebahnte und Unvorherzusehende einschneidet.

Wie sich der konstante Schub und der determinierende Zug zueinander verhalten, sei dahingestellt. Ob sie sich zeitlich und zufällig begegnen, ob der eine den anderen ursächlich beeinflußt, ob beide sich übergreifen oder durch eine große Korrespondenz bestimmt werden, das läßt sich je nach dem Standort des Beobachters verschieden beurteilen. Nicht bestreiten aber läßt sich der jede gewohnte Skala übersteigende Grad der Beschleunigung.

Daß der Mensch sich als historisches Wesen und aus seinem historischen Wesen hinaus verändert, ist evident. Daher können die aus historischer Erfahrung gewonnenen Begriffe und Verhaltungsweisen nicht oder nur auf Sektoren ausreichen. Der alte Satz, daß der Mensch das Maß aller Dinge sei, wird fragwürdig. Er war es übrigens seit Anbeginn.

Es rückt nun die Frage näher, ob nicht auch in dieser Hinsicht ein Einschnitt erlitten wird und ob, indem der Mensch sein historisches Wesen verläßt oder aus ihm hinausgepreßt wird, mehr auf dem Spiel steht als diese seine historische und selbst seine prähistorische Form – ob also die Veränderung ihn darüber hinaus als biologisches Wesen betrifft.

Die Frage rückt nicht nur näher, sie ist auch bereits mehr oder minder in das Bewußtsein und damit in meßbare Bereiche eingetreten; sie ist aktuell. In dieser Hinsicht nimmt die antaiische Beunruhigung anthropologischen Charakter an. Wir beschränken uns im Folgenden auf einige Hinweise.

134

Die äußerste Möglichkeit, die sich in der weitverbreiteten Befürchtung äußert, daß kosmische Katastrophen sich vorbereiten, wurde schon erwähnt und dabei die Vermutung ausgesprochen, daß es sich um eine Depression von langwelligem Rhythmus handelt, die tausendjährig wiederkehrt.

Dem Zeitstil gemäß ist diese Depression heute, wenn wir von einigen Sekten absehen, unter denen sich übrigens die Mormonen durch bedeutende kosmologische Prognosen auszeichnen, nicht mehr mit theologischen Ängsten und Hoffnungen verknüpft. Sie nährt sich vielmehr aus einem genauen Kalkül, und zwar auf hypochondrische Art. Aber die Unruhe ist heute wie damals ein und dieselbe und reicht tief unter die zeitlichen Symptome hinab.

Sie führt zu einem angespannten Lauschen, zu einer Stille bei angehaltenem Atem: hier ist eine der wenigen Pausen, an denen der moderne Mensch, von seiner rastlosen Energie im Stich gelassen, den Stand der Untätigkeit und des Nichthandelns erreicht, einen Ort des Absterbens. So lauscht man auf kein Unbekanntes, so lauscht man durch die Verwirrung und das Wilde Jagen auf ein Urbekanntes: Es gilt zu hören, ob Heimdals Horn ertönt. Das ist auch der Sinn des Ganges an die Zeitmauer und seiner Erkundungen. Doch sind es andere Signale, die dort erklingen, obwohl sie zunächst von jenem furchtbar lockenden Weckruf kaum unterscheidbar sind.

Wir dürfen die kosmische Katastrophe ausschließen. Dort hört auch das Denken auf. Die Veränderungen, die sich auf unserer Erde abzeichnen, bieten Stoff zum Nachdenken genug. Daß diese Veränderungen meßbar werden, und zwar oft in Tagesdifferenzen, bezeugt, daß die Strömung rapide wird. Das könnte oftmals, wahrscheinlich periodisch, der Fall gewesen sein, auch als Menschen noch nicht waren.

Darüber haben wir von den Naturwissenschaften, insbesondere von der Astronomie, der Geologie, der Paläontologie und außerhalb ihres Rahmens vielleicht auch von der

Astrologie, viel genauere Aufschlüsse zu erwarten, als sie uns heute zur Verfügung stehen.

135

In diesen Zusammenhang fallen die Bemühungen zur Errechnung oder zur Eroberung der absoluten Zeit, in denen sich ein wichtiges Datum ankündigt. Sie stellen den Versuch dar, die historische und auch die biologische Chronistik unterzuordnen einem erdgeschichtlichen System, das zeitlich sowohl den Gesamtablauf als auch seine winzigsten Bruchteile erfaßt.

Zu diesem Unterfangen reichen weder die Natur- noch die mechanischen Uhren aus. Es führt zum Bau von neuartigen Chronometern, von Elementaruhren. Die Frage nach der Erdzeit kann nur die Erde selbst beantworten, und zwar sowohl durch ihre Masse als durch ihren Stoff. Daß diese Frage gestellt wird, und zwar jetzt gestellt wird, bezeichnet, wie gesagt, ein großes Datum, bei dem, trotz aller Aufbietung von hohem Scharfsinn, der determinierende Charakter den willensfreien übertrifft.

Bekanntlich haben alle Revolutionen das Bestreben, die Zeit neu zu datieren; hier nun handelt es sich um mehr als um eine weltrevolutionäre, nämlich um eine erdrevolutionäre Zeitsetzung. Das Unternehmen betrifft den Planeten, ja den Kosmos als solchen und wird jede andere Zeitrechnung spezialisieren und zugleich präzisieren durch Einweisung in ein übergeordnetes Koordinatensystem, durch Setzung des absoluten Nullpunktes, die vielleicht sogar Schlüsse auf die Endzeit erlaubt. Das Datum ist nicht deshalb zwingend, weil es durchdachter ist als die bisherigen, sondern weil es erdrevolutionären Charakter trägt. Auch hier verrät sich der Vorgang der erdgeschichtlichen Absicht gegenüber der weltgeschichtlichen, und selbst die stärkste politische Strömung muß versanden, sowie sie dieses Bett verläßt.

Im Zusammenhange dieses Kapitels wird die absolute

Zeitrechnung in Erwartung spezieller Auskünfte erwähnt. Da sie weit nicht nur vor die Geschichte des Menschen, sondern auch vor die des Lebens und selbst der unbelebten Natur zurückgreift und trotzdem subtile Messungen entwickelt, ist anzunehmen, daß sie hinsichtlich der aktuellen Veränderungen Aufschlüsse gewähren wird, die aus der historischen Erfahrung, aus dem Erinnerungsschatz einer kurzen Weltstunde, nicht zu gewinnen sind.

136

Neue Uhren sind nicht nur neue Zeitmesser. Sie sind auch Verkörperungen eines neuen Zeitbewußtseins, eines neuen Zeitwillens, der sich instrumentiert. Damit wird auch die Vergangenheit, werden die Abläufe revidiert.

So ist vorauszusehen, daß sich mit der Entwicklung der Elementaruhren auch die Vorstellung des phylogenetischen Stammbaums verfeinern wird, in dem eine eminente geistige Arbeit von zwei Jahrhunderten steckt. Sie ändert sich bereits, wie schon erwähnt wurde, weniger hinsichtlich der formalen Aufeinanderfolge als hinsichtlich ihres Periodus.

Einem abstrakt-mechanischen Zeitbegriff entspricht die Anschauung, daß sich das Leben seit seinen Ursprüngen in einem Zuge bewegt und gleichmäßig von Schwelle zu Schwelle über seine Geleise dahingleitet. Die Stationen ändern sich, den Reisenden unmerklich, aber auf die Dauer doch beträchtlich in der Evolution dieses Dahingleitens. Im Grunde gibt es keine Stationen, keinen Stillstand; es gibt nur die Fahrt.

Ein anderes Bild ergibt sich, wenn in der Zeit qualitative Elemente entdeckt werden. Wir dürfen hier, vergleichsweise, auf die astrologische Anschauung zurückkommen. Hier gleitet die Bewegung nicht von Ziffer zu Ziffer, von Schwelle zu Schwelle, sondern sie führt von Haus zu Haus, und mit den Häusern wechselt die Einrichtung, und das auf merkbare, ja überraschende Art.

So läßt sich die Vorstellung einer Reise gewinnen, bei der die Hauptzeit auf den Stationen verbracht wird, und nicht auf der Fahrt. Natürlich »geschieht« auch auf den Stationen mancherlei. Es wird gegessen und getrunken, gelebt und gestorben, es gibt Händel und Verträge, es kann dort ablaufen, was wir Geschichte nennen, und die Vorgeschichte dazu. Das bleibt in der Spezies.

Ein treffliches Bild dieses Zustandes findet sich bei Sindbad, dem Seefahrer. Die Reisenden sind auf einer Insel gelandet, an deren Quellen und Fruchtbäumen sie sich erfreuen. Die einen ergehen sich an den Ufern, die anderen waschen ihre Kleider, die dritten kochen sich ihr Mahl. Sie ahnen nicht, daß diese Insel ein ungeheurer Fisch ist, der im Weltmeer ruhte, bis Bäume auf seinem Rücken wuchsen, und der nun, durch das Feuer beunruhigt, sich zu regen beginnt und dann in den Abgrund fährt. Das Bild ist tief, weil es menschliches Handeln und kosmische Bewegung ursächlich verknüpft. Bekanntlich sind auch unsere Astrologen der Meinung, daß das Alter des Fisches abläuft, und auch an Feuer fehlt es nicht. Darauf wird mehr als ein Süppchen gekocht.

137

Wenn nach einer langen Zeit der Ruhe sich die Tiefe zu regen beginnt, verändert sich das Kleid der Erde, zu dem nicht nur der Mensch gehört; es gehören auch die Tiere und Pflanzen, der Boden und die Atmosphäre dazu. Wenn Sindbads Fisch sich bewegt, sind nicht nur die Menschen, es sind auch die Bäume und Vögel bedroht.

Die Massenverbreitung einzelner Spezies, von denen weite Gebiete förmlich überschwemmt werden, ist notwendig begleitet vom Aussterben anderer. Daß es sich in unserer Epoche, vom Menschen abgesehen, vorwiegend um Nutzpflanzen und Nutztiere handelt, die die Erde einerseits besiedeln und andererseits veröden, ist für unsere Betrachtung sekundär. Das, was wir Monokultur nennen, ist eine Wiederholung von Ausbreitungen, die vor aller Kultur liegen. Schachtelhalmsümpfe boten aus einiger Entfernung einen ähnlichen Anblick wie große Tannenwälder unserer Forstkultur.

Es wiederholt sich auch das tragische Bild des Aussterbens der Zeugen versinkender Zeitalter. Dieses Aussterben hat von jeher ökonomische Züge getragen, es folgt einer neuen Bewirtschaftung des Erdhaushaltes. Das ist die sichtbare Seite, auf der sich die Ausrottung vollzieht. Man kann sich schwer vorstellen, wie die mächtigen Saurier bezwungen wurden; es mußten wohl Erdkräfte mitwirken. Die andere Seite ist die der Dekadenz, des Alterstodes; ein Blatt der Geologie ist abgeschlossen, die Erde fordert ihre Geschöpfe wieder ein. Das rührt uns, wie bei der Betrachtung eines Elefanten, unmittelbar als Trauer an.

Neuartig ist das Bestreben, die Lebensdauer dieser Zeugen zu verlängern, sei es in Gärten oder Territorien. Das kann nur ein Aufschub sein. Ihr Ende ließe sich verzögern, wenn es gelänge, ihnen Urzeit zuzuweisen, indem man sie auf unberührte Gründe übersiedelte, wie sie etwa das Amazonasbecken noch darbietet. Hier wäre Spielraum für gewaltige Tierherden.

138

Das Massenauftreten, die quantitative Vermehrung einer Spezies oder eines Genus, ist undenkbar ohne qualitativen Bezug. Es wirkt ja nicht nur nach allen Richtungen, sondern hat auch mannigfaltige Ursachen, keineswegs technische oder ökonomische allein. An einem sich ausbreitenden Typus werden wir wahrnehmen, daß ihm die Mittel zukommen, seien es Macht- und Bewegungsmittel, seien es solche ökonomischer oder hygienischer Natur. Er schließt sich den Raum auf, weil die Zeit ihm günstig geworden ist. Er bringt Waffen und Krankheiten mit, die anderen tödlich sind.

Die verfeinerte Registrierung wird neue Einsichten in das Wesen und die Verflechtung solcher Schübe ermöglichen. Sie hat es zum Teil bereits getan – so hinsichtlich der Zeiträume, während deren der Mensch als vorgeschichtliches oder halbzoologisches Wesen einen bescheidenen Teil des Erdhaushaltes in Anspruch nahm. Der rote Faden zieht sich weiter in die Vergangenheit zurück, als noch bis vor kurzem geahnt wurde. Um so erstaunlicher sind die Ansätze, durch die er sich zum erdüberflechtenden Gewebe ausdehnte. Man hat den Eindruck, daß da lange etwas geschlummert, geruht hat, in Reserve gehalten worden ist. Man darf auch vermuten, daß solche Reserven in großer Zahl vorhanden sind. Die Erde birgt noch manche Überraschung in ihrem Schoß.

In diesem Sinne ist das Auftreten von Arten, die einen neuen Erdstil kennzeichnen, sowohl ein Fortschreiten wie eine Auslösung. Es kann nicht isoliert betrachtet werden, schon deshalb nicht, weil mit ihm die Einziehung von anderen Typen verbunden ist. Vielmehr ist anzunehmen, daß eine Gesamtbewegung in ihm zum Ausdruck kommt.

Diese Gesamtbewegung ist nicht nur eine Bewegung von Lebewesen, sondern eine Lebensbewegung, die ihrerseits eine Bewegung dessen, was wir die unbelebte Natur nennen, voraussetzt und mit ihr korrespondiert. Die Entwicklung in diesem Umfang, also über die zoologischen oder historischen Abläufe hinaus, erdgeschichtlich oder auch kosmologisch zu erfassen, lag daher im Bestreben jeder nicht mechanistischen Theorie.

Daß ein organischer Schub von kosmischen und tellurischen Zeichen nicht nur begleitet, sondern auch angekündigt wird, ist höchst wahrscheinlich; man könnte an eine Art von Kontraktion denken, an periodische Geburtswehen, von denen die Gesamtnatur mitleidend betroffen wird.

Desgleichen ist anzunehmen, daß Emanationen dabei eine Rolle spielen, atmosphärische Unruhen. Die Atmosphäre ist der Erdatem. Er muß sich ebenso wie das Erdkleid, und wohl vor ihm, nicht nur konstant, sondern auch periodisch verändert haben seit jenen Zeiten, in denen er aus flüchtigen Gasen bestand, und jenen noch früheren, in denen die Erde weder fest noch flüssig war. Das war ihr Jugendstand.

139

In diesem Zusammenhang muß man an die Vulkane denken; es hat Epochen gegeben, in denen die Nächte von ihrem Feuer heller erleuchtet wurden, als sie heute vom Licht der Städte erleuchtet sind. Damals wären Städte unmöglich gewesen; wir stellen uns eher vor, daß dieser Glanz sich in den Augen titanischer, gepanzerter Wesen spiegelte und daß heiße Sümpfe mit Springquellen sich ausdehnten.

Unsere historische Erfahrung ist zu kurz, um zu ermessen, welcher Periodus hier obwaltet. Der Ausbruch des Vesuvs, über den wir den schönen Bericht des jüngeren Plinius besitzen, kam überraschend; man hatte seit jeher angenommen, daß es sich um einen erloschenen Berg handelte. Aber seitdem besteht Unruhe. Überraschend kam auch der Ausbruch des Krakatau, 1883, dessen Rauchkegel siebenhundert Kilometer weit sichtbar war und dessen Asche ein ungeheures Areal beregnete. Er warf eine Flutwelle auf, die fünfzigtausend Menschen das Leben kostete.

Der Ausbruch des Mont Pelée, 1902, vernichtete die Hauptstadt von Martinique mit ihren Einwohnern bis auf einen einzigen, einen Neger, der im Kerker saß. Diese Eruption war durch den Ausstoß von glühenden Metallgasen merkwürdig. Sie spielt, wie erwähnt, eine große Rolle in den Tagebüchern von Léon Bloy, der eine feine Katastrophenwitterung besaß. In den moraltheologischen Erwägungen, die er daran knüpft, bezeichnet er das Ereignis wiederholt als einen »ersten Fingerzeig«, bringt es auch mit der Zahl der Leidenden und der fragwürdig gewordenen Sicherheit, insbesondere der Stadt Paris, in Zusammenhang.

140

Weit jüngeren Datums als diese Aufmerksamkeit für tellurische Vorgänge ist jene, die auf die Sonnenflecke und die kosmische Strahlung gerichtet wird. Auch hier ist ein Periodus zu vermuten, unter Zuschreibung tiefgreifender Einflüsse. Sie sind nicht nur klimatisch, falls man nicht das Wort »Klima« in einem umfassenden Sinne verwenden will.

Die Sonnenoberfläche wird durch besondere Observatorien überwacht. Ihre Veränderungen greifen in den elektrischen Haushalt sowohl der Erde als auch des Menschen ein. Sie rufen magnetische Stürme, Nordlichter und andere Erscheinungen hervor, beeinflussen die Sendung und den Empfang. Bezeichnend für den Übergang von linearen zu zyklischen Zeitvorstellungen sind Theorien, die damit rechnen, daß sich die Sonnenenergie verstärkt, während noch bis vor kurzem ihre allmähliche Verminderung als selbstverständlich galt.

Neuartig und wachsend ist die durch die menschliche Tätigkeit geschaffene atmosphärische Unruhe und die ihr entsprechende Beunruhigung. Die Industriereviere, Großstädte, Verkehrsmittel, Kraftwerke, Schießplätze wirken als Ventile, die immer stärkere Emanationen freigeben. Die Tatsache, daß von der Erde seit langem gebundene und gehortete Vorräte, etwa von Kohlenstoff, in großem Umfang wieder frei werden, ist nicht nur eine Energiefrage. Sie muß auch das Leben, insbesondere die Vegetation, beeinflussen. Psychologisch ruft sie Erscheinungen hervor, die oft von denen einer idée fixe, wie der des Waschzwanges oder der Mikrobenfurcht, schwer zu unterscheiden sind, doch meßbare Befunde aufweisen.

Da die Sinnesorgane zur Konstatierung und Warnung nicht genügen, muß die Wahrnehmung durch hochempfindliche Instrumente ergänzt werden. Voraussichtlich werden sie zur Orientierung, nicht nur innerhalb der Laboratorien, sondern auch des Alltags, bald unvermeidlich werden, als selbstverständlicher Teil der individuellen Ausrüstung.

141

Wenn wir den Übergang der Lebensformen aus dem stationären Zustand in die Bewegung als klimatische Erscheinung und im Zusammenhang mit einem Klimawechsel betrachten, so besagt das nichts über die Länge und Dauer der Fahrt. Es handelt sich zunächst um eine Änderung des Fahrplanes.

Die Auffassung über die Art und Reihenfolge, in der sich die Passagiere ablösen, kann davon unberührt bleiben. Dem entspricht, daß Darwins Theorie auch heute noch im wesentlichen als unerschüttert gilt. Ebenso unerschüttert bleibt die bereits von Schopenhauer an ihr vollzogene metaphysische Kritik.

Die Verfeinerung von Darwins Anschauung, der Einbau von neuen Elementen in ihr Gerüst, betrifft im wesentlichen nicht den Stammbaum als solchen, sondern seine Verzweigung und ihren Periodus. Hier wirkt offenbar ein ähnlicher Wechsel der Auffassung wie jener, der Spenglers Geschichtsbild zugrunde liegt. Er betrifft weniger die Inhalte als den Wandel ihrer Abläufe. Hier wie dort fällt die Anwendung von Vergleichen auf, die dem vegetativen Leben entnommen sind. Die Pflanze folgt sichtbarer den kosmischen Bewegungen, hat feinere Organe für ihre Abläufe als Mensch und Tier. Fechner hat das vorzüglich beobachtet.

Daß dieser Wechsel der Anschauung sich alten Universaltheorien zu nähern scheint, geschichtsphilosophisch Herderschen, zoologisch Cuvierschen Auffassungen, ist nicht als Rücklauf zu betrachten, sondern gehört zu den Erscheinungen des Spiralganges, der das Fortschreiten des menschlichen Denkens kennzeichnet. Die großen Ideen wiederholen sich in stets erneuter Abwandlung und folgen damit einem Grundprinzip der organischen Bildung überhaupt, wie denn auch Einzelorgane, etwa Flossen und Flügel, aus den verschiedensten Stämmen immer wieder hervortreiben.

In diesem Sinne lassen sich neue Erwägungen an Cuviers Katastrophentheorie anknüpfen. Die Lehre hat demiurgische Züge; der Weltbaumeister reißt hin und wieder sein Gebäude ein und errichtet es in einer neuen Stilart unter Anwendung anderer Prinzipien. Ähnlich verfährt schon Jehova im Alten Testament. Er erwägt immer wieder, ob er den Menschen nicht ausrotten soll.

Aus Gründen, die noch erörtert werden, versperrt sich indessen dem Denken und auch dem Glauben das Wort »Schöpfung« immer offensichtlicher. Das ist eine paradoxe, aber nicht zu leugnende Entwicklung eines Wesens von wachsender Intelligenz und einer ausgeprägten Vorliebe für planmäßige Anlagen. Man darf ihm indessen eher von Genen sprechen als von Genesis. Es zeigt sich weit eher bereit, einen Ursprung anzunehmen als einen Schöpfungsakt. Im Grunde bleibt das ein Streit um Worte, um Perspektiven, die sich aber in gewaltigen Verzweigungen realisieren, wie in denen der Weltreligionen und ihrer Verschiedenheit.

142

Kehren wir noch einmal zum Bilde des lange, sagen wir: eine Million Jahre, auf der Station haltenden und dann wieder anfahrenden Zuges zurück. Daß mit einem solchen Schube katastrophale Vorgänge verknüpft sein müssen, liegt auf der Hand. Sie können aber zu seiner Erklärung nicht ausreichen.

Zur Überwindung des toten Punktes müssen Kräfte mitwirken, die außerhalb der Erfahrung liegen, auch wenn man das Wort nicht nur historisch, sondern im weitesten Umfange nimmt. Es müssen Rückgriffe auf die ungesonderte Substanz und ihre unerschöpflichen Reserven stattfinden, Erinnerungen, die vor die Zeit greifen.

Auch auf der Station wird gezeugt und gestorben, doch halten sich die Generationen streng innerhalb der Gesonderten, der Spezies. Wo neue Spezies entstehen, muß sich der Zeugung ein stärkeres Element verbinden, sie muß auf die Urzeugung zurückgreifen. Diese Potenz kann nicht im Leben selbst verborgen sein. Sie muß in einer anderen Schicht vermutet werden, gleichviel ob man sie, wie Linné, der jeder Spezies einen besonderen Schöpfungsakt zuordnete, im Geist oder, wie der Materialismus, in der Substanz begreift.

Daher bewirkt ein solcher Schub nicht nur eine Veränderung des Bios, sondern der gesamten Natur. Systeme, die das nicht berücksichtigen, können nur spezielle Aufschlüsse anbieten. Auch der Materialismus wird sich im Verlaufe seiner unaufhaltbaren Ausbreitung gezwungen sehen, tief unter die historische Schicht hinabzugreifen, um zu befriedigen. Bruno Bauers »unendliches Selbstbewußtsein« des epochemachenden Menschen, das die Welt verändert, wird erst dann glaubwürdig, wenn es mit einem Selbstbewußtwerden der Welt identisch wird. Dort ist Unendlichkeit.

143

Es ist nichts Neues, daß der Bios an einer Erdschicht arbeitet. Wir wissen nicht, was in einer Diatomeenwolke, einem Korallenriff, einem flözbildenden Walde vor sich geht. Daß unser historisches Wesen wichtiger sei als diese Tätigkeit, ist ein menschliches Vorurteil. Selbst in unserem eigenen Körper wohnt eine höhere Intelligenz, ein tieferer Plan als in jeder Reflexion, die wir darüber anstellen. Dort wohnt der unsichtbare Arzt, der Wahrer der Gestalt. In den Monaden sind wir gleich.

Neuartig ist dagegen, daß ein selbstbewußtes Wesen an der Schichtbildung arbeitet. Damit tritt Freiheit, aber auch Verantwortung in die Entwicklung ein. Der Prozeß verliert seinen unmittelbaren, schuldlosen Charakter, wenigstens in gewissem Umfang: auf jener Hälfte, die vom Selbstbewußtsein beleuchtet wird.

Wenn Heberer, unsere Kapazität auf dem Gebiete der Hominisation, sagt, daß sich »etwa seit dem Mesolithikum eine Veränderung in der Kausalität der Phylogenie der Hominiden abzuzeichnen beginnt«, und sie darauf zurückführt, daß der Mensch immer entschiedener in seine eigene Evolution eingreift und ihr die Ziele setzt, so ist das eine treffende Beobachtung an der Grenze paläontologischer, anthropologischer und historischer Disziplinen, die zu einer neuen Wissenschaft einschmelzen. Und offenbar ist der Prozeß der Hominisation nicht abgeschlossen, sondern gerade jetzt in eine Krisis eingetreten, in der Geschichte und Naturgeschichte, Welt- und Erdhistorie, Freiheit und Determination in Kollision kommen. Der Strom beschleunigt sich, und unerwartete Figuren, auch »Ungeheuer der Tiefe«, tauchen auf.

144

Daß winzige Figurationen, Bewegungen im Mikrokosmos, weniger beachtet werden als weithin sichtbare Katastrophen, etwa als Kriege, ist verständlich und entspricht einem Gesetze der Wahrnehmung. Der symbolische Rang einer Erscheinung wird leicht übersehen gegenüber dem statistischen Effekt.

Dennoch gibt es Ausnahmen. Es gibt ein Grauen, das weniger durch eine Steigerung der Massenbewegung als durch das Eintreten oder auch das Einschleichen des Andersartigen angesprochen wird. Die Massenbewegung kann sogar diese Art der Wahrnehmung vorbereiten und ihr den Weg bahnen, etwa wie ein Sturm, der lange geheult hat und plötzlich schweigt, das Ohr zu einem schärferen Lauschen zwingt und für das schwächste Geräusch empfindlich macht. Bei uns, im Zentrum der Katastrophen, haben viele die Erfahrung gewonnen, daß kleine, illustrierende Lichter stärker wirken können als die Schrecken der Verheerung, innerhalb deren sie auftreten. In dieser Sparsamkeit verbirgt sich ein künstlerischer Zug, der den berufenen Schilderer des Grauens dem bloßen Trommler oder auch den Erotiker dem Pornographen gegenüber auszeichnet.

Ein solches spezifisches Grauen war unlängst zu beobachten, als die Notiz über eine merkwürdige Fauna, die sich in den Abwässern einer Fabrik entwickelt hatte, durch die Zeitungen ging. Anscheinend handelte es sich um eine Brut, um eine ungewollte Zucht von Mißgeburten, um Wesen, deren Organe sich vervielfältigt hatten oder zu Stummeln und Rudimenten zusammengeschmolzen waren, also um phantastische Verstöße gegen Polarität und Symmetrie der organischen Bildungen. Offenbar war hier das Leben in Tieferem als in seinen Individuen, es war in seinem genetischen Bauplan berührt und bedroht worden.

Tagesgeschichtlich, historisch gesehen, mag es sich um den Betriebsfehler innerhalb einer Isotopenfabrik handeln, der leicht zu beheben ist. An Pannen ist ja kein Mangel in einer technischen Welt. Das Unbehagen aber, das diesem Einblick folgte, schien nicht nur bei weitem den Schrecken zu übertreffen, den Unfälle hervorrufen, sondern es unterschied sich auch der Art nach von ihm. Hier sprach ein tieferer Instinkt als nur der Selbsterhaltungstrieb, und das mit Recht. Es besagt nichts über den Rang einer Erscheinung, ob sie am Himmel oder in einem Reagenzglas wahrgenommen wird.

Hier wurde eine der Stellen sichtbar, an denen sich die Erde zu entzünden beginnt, und es gibt deren viele in unserer Zeit. Wir müssen, um Vergleichbares zu finden, weit, zum mindesten auf den Mythos, zurückgreifen. Dort finden wir dieses besondere Grauen und das Heraufdringen des sowohl Gestaltlosen als auch Viel- und Ungestalteten aus dem glühenden Erdenschoß. Es hängt mit dem Göttersturz zusammen, zu dem die grenzenlose Erde ihre Söhne aufreizt und wie ihn Hesiod in drei gewaltigen Phasen geschildert hat. Sie sind gegen den Vater gerichtet – der erste, die Fällung und Entmannung des Uranos durch die Mutter und ihren Sohn Kronos, den Klügsten der Titanen, ist eigentlich vormythisch; das Blut des Göttervaters und das Glied, das Kronos auf sie herabwirft, befruchten die Erde neu. Auch Kronos wird von seinem Sohn Zeus vom Thron gestoßen; mit ihm endet das Goldene Zeitalter. Gäa stiftet, um es wiederzugewinnen, die Titanen zu neuem Aufstand gegen die olympischen Götter an, führt sie als Urschlange. Die Mythe ist vielfach, besonders hinsichtlich der Aufeinanderfolge, verwischt; eine gute, leider nur zum Teil erhaltene Zusammenstellung findet sich bei Apollodor. Es ist ein großer Zug des Mythos, daß er den Kampf gegen die olympischen Götter nicht in vormenschliche Zeiten verlegt, sondern den Menschen, vertreten durch Herakles, entscheidend an ihm teilnehmen läßt. Er soll die Ungestalt, das Ungesonderte bezwingen, ähnlich wie die germanischen Götter im Kampfe gegen die Midgardschlange und ihre Ungeheuer auf die Hilfe der Einherier angewiesen sind.

Nun steht der Mensch zum ersten Male wieder in diesem Aufstand, diesmal antaiisch, als klügster Sohn der Erde und Vernichter der Grenzmarken, deren letzte die Zeitmauer ist. Dem mußte der Göttersturz vorausgehen. In diesem Sinne ist Nietzsches »Gott ist tot« mehr als ein Urteil, es ist ein Postulat, eine Beschwörung des Goldenen Zeitalters.

»An der Erde zu freveln, ist jetzt das Furchtbarste, und die Eingeweide des Unerforschlichen höher zu achten als den Sinn der Erde.«

Und: »Ich sprach mein Wort, ich zerbreche an meinem Wort: so will es mein ewiges Los – als Verkünder gehe ich zu Grunde.«

145

Kehren wir noch einmal zu den Abwässern zurück. Es ist nicht zufällig, daß gerade dieses unbeabsichtigte Ergebnis unserer Proteusarbeit jenes spezifische Grauen auslöste. An sich betreiben wir dergleichen schon seit längerer Zeit empirisch, experimentell. Drieschs Operationen an Seeigeleiern in Neapel, Spemanns Eingriffe in die Entwicklung von Amphibienlarven in Freiburg gehören bereits zur Geschichte der Biologie. Sie gehören darüber hinaus zum Zeitstil; in diesem Zusammenhange muß man auch die Experimente der Maler, muß das Vordringen in die ältesten Schichten der Psyche unter Verwendung von neuartigen Schlüsseln sehen. Und wenn die Schlüssel zu schließen beginnen, so ist das ein Zeichen dafür, daß das Schloß aufspringen will.

Inzwischen erstrecken solche Versuche, Transfusionen, Transplantationen, Transformierungen sich nicht nur bis in die oberen Zweige des Stammbaumes, sondern haben auch praktische Bedeutung erlangt. Wir haben Gärten, die nicht nur mit Wasser, sondern auch mit Strahlen beregnet, in denen Mutationen gewollt werden. Wir beginnen mit den Genen zu spielen, wenngleich noch als Anfänger, so doch wie auf den Tasten eines Klaviers.

Das kündet Anfahrt nach langem Aufenthalt. Nun kehren die statischen Wahrheiten, wie etwa »Natura non facit saltus«, sich unvermutet um. Aber noch immer gilt das Wort des Aristoteles, daß »die Natur nichts vergeblich macht«, und in diesem Sinne zählen auch der Mensch und sein Intellekt zur Natur. Zur Leistung gehört auch die Fehlleistung. Der experimentierende Geist kennt diesen Unterschied nicht.

Dem Experiment gegenüber wäre das spezifische Grauen eigentlich berechtigter als gegenüber der Wahrnehmung der unbeabsichtigten Fehlleistung. Das Experiment bewegt sich auf der schmalen Bahn, die überschaubar ist. In diesem Rahmen darf Freiheit angenommen und nach Verantwortung geforscht werden. In der Tat ist eine Unruhe zu beobachten, wie sie Tabubrüche zu begleiten pflegt. Rechts- und Schicklichkeitsfragen tauchen auf. Indessen ist der reaktionäre Charakter dieser Unruhe, verglichen mit dem der antaiischen, unverkennbar; sie wird nicht durchdringen. Die Natur ist auf dem Sprunge, auch die Rechtsschranken zu durchbrechen; es mehren sich daher die Fälle, in denen technische und biologische Erwägungen den juristischen gegenüber obsiegen. Hierher gehören die Verkehrsordnungen als Spezialfälle der uranisch-plutonischen Beschneidung menschlicher Grundrechte. Ganz allgemein gesprochen: der Plan wird, wo er mit dem Individuum zusammenstößt, sich durchsetzen. Das muß man wohl oder übel in Kauf nehmen. Es zählt zum Zoll.

Das spezifische Grauen richtet sich nicht auf die Fragestellung, nicht auf die Experimente, die Laboratorien. Sie finden Zustimmung, unerschütterliche Mehrheiten. Das Grauen wird hervorgerufen durch die Erscheinungen, die antworten. Das läßt auf die Richtung schließen, in der dem Willen Freiheit gegeben ist. Er hat Freiheit zum Handeln, nicht aber zum Umkehren oder zum Nichthandeln. Jede einseitige Beschleunigung ist notwendig der Freiheit abträglich.

146

Der Forschung wird heute ein größerer Anteil des Volkseinkommens zugebilligt als je zuvor. Das liegt nicht allein daran, daß sich in diesem Anteil Rüstungsaufwendungen verbergen, bei denen die wirtschaftlichen Bedenken zurücktreten; es liegt auch daran, daß der Stand der Forschung und der von ihm abhängige technische Standard die Potenz legitimiert, und zwar weit über den ökonomischen und militärischen Rahmen hinaus. Im gelungenen Experiment sublimiert sich die Macht eines dynamischen Zeitalters.

Eine überraschende Erfindung, ein wissenschaftlich-technisches Novum hohen Ranges fällt an sich in die Waagschale. Es bezeugt auf sichtbare und unwiderlegliche Weise, bezeugt als Gegenstand einen Fortschritt im Weltplan, den Einsatz eines realen Steines in sein utopisches Bild. Je mehr solche Steine ins Mosaik kommen, desto mehr verwandeln die Erfindungen sich in Lösungen.

Die Forschung arbeitet im Rahmen eines Planes, der den Staatsplänen überlegen ist und an dem sie nur mittelbar teilnehmen. Infolgedessen genießt sie Weltsympathie. Fragen, die an den Politiker gestellt werden, tauchen ihr gegenüber nicht einmal auf. Die Freiheit der Forschung ist ein unbestrittenes Postulat. Moralische und theologische Bedenken, wie sie sich an die politische Aktion heften, versagen gegenüber dem Experiment. Das Experiment ist wertfrei in einem Maße, das es sogar von der Frage nach der Zweckmäßigkeit dispensiert. In dieser Hinsicht grenzt es an spielerische Bereiche an.

Die Staatsräson gilt heute als verrucht, und zwar auch dort, wo sie praktiziert wird, während es der Räson gegenüber, die sich auf das Experiment gründet, keinen Widerstand gibt. Man hat heute stärkeren Rechtsschutz gegen eine Haussuchung als gegen eine Durchleuchtung bis auf das Knochengerüst. Ohne Zweifel nehmen die unangenehmen, bedenklichen und vor allem entwürdigenden Eingriffe zu. Sie werden durch die Statistik unterstützt, die man als die Moral der Ziffer bezeichnen kann. Oft wird das Entwürdigende freilich kaum noch empfunden, ja nicht einmal bemerkt.

147

Die hohe Achtung, die das Experiment genießt, kommt auch darin zum Ausdruck, daß es nicht der ständigen Kontrolle unterworfen wird wie andere Zweige der menschlichen Tätigkeit. Zwar besteht kein Geheimwissen, obwohl umfangreiche Zweige sekretiert werden. Das Wissen wird auch nicht durch eine Priesterschaft verwaltet, obwohl eine scharfe Auslese stattfindet. Es sind keine besonderen Weihen erforderlich, nicht einmal Prüfungen. Trotzdem gibt es Kammern, die nur wenigen geöffnet sind. Der Geist muß durch Siebe, durch winzige Spalten in sie eindringen. Ein Typus ist unverkennbar, nicht nur physiognomisch, nicht nur im Wissen, sondern auch an der gemeinsamen, doch schweigenden Verehrung eines Bildes, das hinter dem Wissen sich verschleiert und seines Namens, seiner Stunde harrt.

Es ist nicht zu ermitteln, wo die Verantwortung der Forschung beginnt. Die Grenze, an der das Experiment das Erlaubte überschreitet, ist unbestimmt. Eine klassische Streitfrage ist die der Vivisektion, zu deren erbitterten Gegnern auch Schopenhauer zählte; sie konnten sich gegen das Experiment nicht durchsetzen. Inzwischen hat man anderes gesehen.

Im griechischen Wort »Methode« verbirgt sich die Wurzel »Weg«. Daß die Methode in einer tiefen, vor allem Denken liegenden Schicht bejaht wurde, drückt sich im Allgemeinbewußtsein aus. Daher läßt sich durch Denken nicht vermeiden, was auf dem Weg erscheint. Jede Entscheidung, jede Wahl und jede Dialektik kann nur das Ja bestätigen, die Grundrichtung fortsetzen. Darauf beruht auch die Unantastbarkeit der Wissenschaft.

148

Zwischen wissenschaftlichem und Allgemeinbewußtsein besteht ein gradueller, kein substantieller Unterschied. Dieser Unterschied ist weder ein solcher von Führung und Gefolgschaft noch von Priester- und Laientum. Er ist auch kein Bildungsunterschied. Es gibt keine naturwissenschaftliche Bildung, was gewiß nicht ausschließt, daß es gebildete Naturwissenschaftler gibt.

Der Forscher hat auch nichts Originales wie der Künstler, der Werke schafft. Die Originalität der Forschung ist an ganz anderen Orten zu vermuten als in der empirischen Person. Das deutet sich schon darin an, daß die Forschungsarbeit immer mehr zur Kollektivarbeit wird. Bei einem Gedicht, selbst einem mittelmäßigen, gibt es keine Duplizität der Ereignisse, während sie im Reich der Formeln, Experimente und Erfindungen, selbst in den Spitzen, zum Üblichen gehört. Das Eigenartige steckt in der Bewegung und ihren Zielen; das Individuum hat daher nicht Originalität, sondern Priorität.

Der Unterschied zwischen wissenschaftlichem und Allgemeinbewußtsein ist eher zeitlicher als qualitativer Art. Der Forscher ist Vorweiser. Er zeigt, was möglich geworden ist und vielleicht schon morgen zur Einrichtung gehört. Es ist längst vorgezeichnet in der Utopie, zuweilen fast hellsichtig.

Die Vorweisung wird akzeptiert, und zwar nicht nur mit bedeutend geringerem Widerstand, als er kultischen Symbolen entgegengesetzt zu werden pflegt, sondern meist mit Begeisterung. Es kostet viel mehr Mühe, einem Araber das Kreuz aufzunötigen als einen Photographenapparat. Das wäre durchaus nicht immer so gewesen; es ist epochaltypisch. Damit wird Mekka ein Ort der Erde wie jeder andere.

Hinsichtlich der Annahme der Vorweisung nimmt die Leitfähigkeit ununterbrochen zu. Es gibt in dieser Hinsicht nichts mehr, was erstaunt. Auch das ist ein Hinweis auf die Beschleunigung.

149

Das alles hängt eng damit zusammen, daß die Erde grenzenlos wird und götterloser Grund. So wird auch der Grenzschutz gegenüber der Vorweisung, die Unterscheidung zwischen Erlaubtem und Unerlaubtem, nachlässig. Sie kann nur getroffen werden, wenn Orte bestehen, wo der Zweifel schweigt.

Wo die Vorweisung als ärgerlich empfunden wird, indem sie etwa einen Hund ohne Hirn oder mit zwei Köpfen vorführt, lebt das Ärgernis von kultischen Rückständen. Die Götter sind ja nicht nur die Schutzherren territorialer Grenzen, vor allem des Vaterlandes, sondern auch der Gestalt, die, wo sie als göttlich begriffen wird, Wohlgestalt ist. Sie dulden daher auch nicht das chaotische und das chthonische Wesen, die gigantische Mißgestalt.

Hier ist wiederum Herakles zu nennen. Aufschlußreich in diesem Zusammenhange ist der Ingrimm, mit dem er die vielgestaltige Brut des fischschwänzigen Proteus verfolgt und ausrottet, Justiz an ihr übt.

Herodot sagte, daß jedes Volk seinen eigenen Herakles besitze, und Vico hat es wiederholt. Wo dieser Fürst nicht mehr weilt, kann vieles nicht mehr sein. Zwar fällt der Mensch noch an den Grenzen, aber es ändert sich der Sinn des Opfers, das von ihm verlangt wird, indem er zugleich für Grenzenloses fällt.

Die Grenzen schwinden offensichtlich, sie schwinden nicht nur als Erscheinung, sondern auch der Bedeutung, dem Werte nach. Mit ihnen schwindet der Nomos, die grenzwahrende Macht. Hier, und nicht in der physischen Bedrohung, ist die Tiefe des Schauders zu suchen, die den Menschen angesichts der proteischen Bildung ergreift. Er ahnt in ihr mehr als die bloße Zerstörung geprägter Form, die ja auch der Tod vernichtet, er ahnt in ihr die Vorboten eines Angriffs aus dem gebärenden Urgrunde. Das ist auch der Schauder, der ihn beim Anblick der Schlange ergreift.

150

Das Beispiel einer Vorweisung und ihrer Annahme durch das Allgemeinbewußtsein bietet die »künstliche Befruchtung«, deren Erwähnung auch deshalb lehrreich ist, weil hier der Widerstand sich merklicher regt als gegenüber ähnlichen Eingriffen.

Immerhin ist dieser Widerstand schwächer und weniger gerichtet, als man vermuten dürfte, wenn man die Bedeutung des Faktums überdenkt. Das zeugt für einen bereits weit vorgeschrittenen Nomosschwund, und es mußte ihm viel vorausgehen, wie etwa unsere Operationstechnik.

Nicht ihrem Umfang, sondern dem Prinzip nach ist diese neue Art der Fortpflanzung für unser Schicksal folgenschwerer als die beiden Weltkriege, die in die gleiche Zeit fielen, in der man solche Eingriffe zu erwägen, zu praktizieren, über sie zu debattieren begann. An den Weltkriegen ist freilich auch nicht der Umfang das Novum, sondern die Qualität, die sie zu Operationen der Erdbevölkerung macht und uns damit vor die Frage stellt, ob sie rechtlich, politisch, ethisch überhaupt noch als Kriege im alten Sinne aufzufassen sind. Wäre die Qualitätsveränderung nicht, sondern nur die des Umfanges, so würden solche Fragen nicht einmal auftauchen.

Wenn wir den Stand der Operationstechnik zum Vergleich heranzogen, so war damit weniger an das Verfahren und die zu ihm gehörende Kunstfertigkeit als an eine Kette von Tabubrüchen gedacht. Wenn heute ein Sektierer eine Bluttransfusion ablehnt, so wird das als ein Fall von religiösem Wahnsinn angesehen und, falls sein Kind betroffen ist, als kriminell. In der Praxis aber setzt die künstliche Befruchtung viel weniger Kenntnisse voraus als die Bluttransfusion. Daher hört man auch hin und wieder in der Überlieferung, etwa in den Berichten arabischer Ärzte, von gelungenen Versuchen dieser Art. Übrigens ist bereits die Geschichte von Lot und seinen Töchtern in dieser Hinsicht suspekt.

Das Beispiel ist eben deshalb aufschlußreich, weil es eine Prozedur erfaßt, die, theoretisch gesehen, auch zu jeder anderen Zeit möglich gewesen ist. Daß sie gerade in der unseren nicht nur praktische, sondern auch Massenbedeutung gewinnt, lohnt die Betrachtung auch deshalb, weil der wissenschaftliche Apparat und sein abstraktes Schema, das in den meisten ähnlichen Fällen den Zusammenhang verschleiert, hier als sekundär erscheint.

Es wäre daher zu wünschen, daß über diesen Prozeß, seine Geschichte, Vorgeschichte und statistische Entwicklung ein genauer Akt aufgenommen würde, solange das noch möglich ist. Wenn man bedenkt, welche bibliothekenfüllende Literatur ein Ereignis wie die Marneschlacht gezeitigt hat, so erscheint demgegenüber die Beachtung einer Operation geringfügig, durch die, sei es zu Gewinn oder Verlust, eine Schicksalsveränderung nicht nur von Nationen, sondern der menschlichen Art als solcher sich ankündet.

151

Nun ist diese geringe Beachtung ebensowenig zufällig wie die Tatsache, daß gerade in dieser Zeit eine neue Art der Abstammung möglich wird. Das eine wie das andere gehört zu den Anzeichen einer Weltwende, zum Eintritt in ein Neues Haus.

Daher kann, wie die Diskussion sich auch entwickeln möge, an der Annahme dieser Vorweisung kein Zweifel sein. Sie ist bereits erfolgt. Gesetze können den Strom nur stauen oder ihm sein Bett graben. Was sind Gesetze, wo eine neue Artung ihre Schatten wirft?

Das wird an der Hilflosigkeit der Juristen offenbar. Was

hier zu bewältigen ist, konnten freilich weder die bürgerlichen noch die Strafgesetzbücher voraussehen. Es handelt sich ja nicht nur um eine Veränderung innerhalb des Rechtsraums, etwa eine solche des bürgerlichen Standes, sondern um ein biologisches Ereignis, dessen Folgen unabsehbar sind.

Damit tauchen natürlich auch im Rechtsraum ganz neue Fragen auf. Bereits die Registrierung und Führung des Personalbogens auf den Standesämtern wird zum Problem, das sich vielleicht noch einige Jahrzehnte lang vertuschen und verharmlosen läßt, aber das sich früher oder später einmal als Machtfrage stellen wird. Das greift weit über die Unterschiede zwischen ehelicher und unehelicher Geburt oder der Rassen hinaus, die doch auch tragisch sind.

152

Der Anspruch auf den Vater geht den Ansprüchen an den Vater voraus. Dieser Anspruch bestand nicht nur dem Recht, sondern auch der Natur nach; die Stoiker haben das gut zum Ausdruck gebracht, indem sie sagten, daß die Natur verpflichtet sei, uns einen Vater zu geben – ob einen guten oder schlechten, das gehe bereits über ihre Verpflichtung und unsere Ansprüche hinaus.

Im vorliegenden Falle geht es weder um einen guten noch um einen schlechten, weder um einen legitimen noch um einen illegitimen, sondern um den Vater und seine Zeugung überhaupt. Daher können auch weder moralische noch juristische Erwägungen das Novum befriedigend angreifen. Der Entscheidung bietet sich keine neue Moral- oder Rechts-, sondern eine neue Menschenkategorie dar, ein neuer Stand, dessen Entwicklung problematisch ist. Sie kann aber auch nicht auf diesen Stand beschränkt bleiben. Sein Erscheinen gehört vielmehr zu den sichtbaren Zeichen dafür, daß der Mensch als solcher in eine neue Phase eintritt, in eine Phase, in der nicht nur sein Recht, sondern auch seine Natur sich ändert und in der auch der Anspruch auf den Vater nicht mehr zu seinen natürlichen Voraussetzungen gehört – sei es, daß er sich seiner im Rahmen des Planes und seiner Willensfreiheit entäußert, sei es, daß zwingende Gesetze mitwirken.

Der Fortgang unserer ephemeren Diskussionen macht augenscheinlich, daß Zwingendes mitwirkt: wir sehen die Argumente sich im Kreise drehen, während das Experiment durch sie hindurch und über sie hinweg zur Praxis fortschreitet. Was die Praxis ergibt und was durch sie gewollt wird, kann sich erst nach Generationen herausstellen. Vorläufig darf man sagen, daß sie sich im Zwischenfeld, an der Zeitmauer, bewegt und daß sie reich an unkontrollierbaren und undefinierbaren Zügen ist. Wie bei den Eisbergen überwiegt der unsichtbare Anteil bei weitem den sichtbaren.

153

Es liegt nicht im Rahmen unserer Betrachtung, auf diesen sichtbaren Anteil einzugehen, also etwa moralisch, juristisch oder soziologisch zu urteilen. Nach jeder Richtung hin werden die Konsequenzen beunruhigend.

Offensichtlich besteht ein starkes Interesse daran, den Betroffenen, also vor allem den Kindern, die spezifische Deszendenz zu verheimlichen. Das ist verständlich, obwohl es gegen einen Grundanspruch verstößt. Jeder Mensch will wissen, woher er stammt. Das ist eines seiner ersten, brennendsten Anliegen. Die Auskunft darf ihm daher nicht verweigert oder gar verfälscht werden. Den gleichen Anspruch hat auch seine Umwelt, haben seine Nächsten, vor allem dort, wo eine Familie gegründet werden soll. Register müssen also geführt werden. Sie sind auch, von jeder anderen Rücksicht abgesehen, unentbehrlich zur wissenschaftlichen Kontrolle des Experiments.

Auf diese Weise drängt sich in die Bevölkerung eine Unbekannte als biologische Größe ein. Ein neuer Stand zeichnet sich ab, zunächst als Kuriosum, sodann beachtlich, aus

Humanität gefördert, aus Humanität bekämpft, die Humanität in Frage stellend und abändernd.

Diese Entwicklung verläuft in der Generallinie, auf der auch der Staat fortschreitet. Sein Verhalten wird daher von der Duldung über die Förderung zur Legalisierung und endlich zur Monopolisierung übergehen. Hier eröffnen sich für viele seiner Probleme, für Bevölkerungs- und Geburtenkontrolle, Typen- und Meinungsbildung, Führung und Gefolgschaft, Uniformierung und Kollektivierung Aussichten auf eine ungemeine Vereinfachung.

Die Reduktion des erotischen Lebens und seiner Bindungen zugunsten der Leistung gehört zu den Grundabsichten des Plans. Dem entspricht eine erdgeistige Tendenz, die überall dort zu beobachten ist, wo die Natur Ansätze zur Staatenbildung macht. Sie differenziert dazu schon in den frühesten Stämmen die Zellen, die Organe, die Individuen.

Schübe in dieser Hinsicht können sowohl in Form der biologischen Unterwanderung auftreten als auch in der des rationalen Fortschrittes auf Einzelterritorien. Daß dabei Katastrophen eine Rolle spielen werden, ist wahrscheinlich; ihnen folgen kollektive Geburtswehen.

Auf der sichtbaren Kuppe, unter dem Aspekt der Willensfreiheit, stellt sich der Vorgang so dar, daß der Mensch nun die Verantwortung für seine Evolution übernimmt. Er blickt tief auf den ungesonderten Weltstoff hinab, der sich ihm entgegenwölbt und hier als Plazenta erscheint. Mit dieser Berührung ist, noch mehr als mit der politischen Entscheidung, notwendig Schuld verbunden, und wäre nicht gleichzeitig Unbewußtes, Unschuld des Werdens anzunehmen, so würde die Prognose ungünstig sein.

Indessen verbirgt sich auch in diesem Zusatz an menschlicher Schuld und Freiheit mehr als die bloße Wahrnehmung einer erdgeschichtlichen Bewegung und das Unbehagen an ihr. Er hat von sich aus formierende und modifizierende Kraft.

154

Das genetische Experiment, auf den Menschen bezogen, beansprucht große Zeiträume. Das hat seine Vor- und Nachteile. Zu den Nachteilen gehört, daß Unübersehbares in die Wege geleitet wird und daß es nicht rückgängig gemacht werden kann, wie etwa beim Tierversuch, wobei allerdings vorauszusetzen ist, daß das wissenschaftliche Denken nicht völlig triumphiert. Ein Vorteil ist, daß rasante Veränderungen der Individuen und der Gesellschaft auf diesem Wege ausgeschlossen sind.

Daß das Experiment verhindert wird, ist zwar nicht möglich, aber vorstellbar. Die Kirche sieht hier mit Recht eine ihrer Aufgaben, wie denn überhaupt ihr Schicksal davon abhängt, inwieweit sie sich von den Ergebnissen der Wissenschaft imponieren läßt.

Es handelt sich aber bei der Diskussion über das Experiment nur um Spitzenbegegnungen. Im Hintergrunde wirkt, unfaßbar und ungesondert, nicht etwa das experimentelle Denken, sondern die proteushafte Macht, die dieses Denken bewegt. Daher sehen wir die Diskussion um das Experiment nicht nur auf diesem einen, sondern auf vielen und wechselnden Gebieten entbrannt. Sie füllt einen Teil der Tagespolemik aus. Hierin liegt der Grund dafür, daß zahlreiche und verständige Verbote erlassen werden und daß sie am Schube nichts ausrichten, ihn oft noch beschleunigen. Er liegt darin, daß das Experiment und die mit ihm verbundene spezielle Intelligenz bei der Entstehung der neuen Welt nur Hilfestellung leisten, nicht unmittelbar hervorbringen.

Das heißt, daß diese Intelligenzform Merkmal einer Speziesänderung ist, nicht aber ihre Ursache. Sie ist ein zoologisches Kennzeichen, ist im Grunde unfrei und muß, wo sie herrschend wird, sei es als Technokratie, sei es als »biologische Weltanschauung«, ihrer Natur nach als Widersacherin der Freiheit auftreten.

Das gilt natürlich nicht für die Vernunft, für den menschlichen Geist und seine Residenz in den obersten Stockwerken.

Sonst würde auch die Kritik unmöglich sein. An ihm liegt es, auf Rangordnung zu halten, sie wiederherzustellen und zu vertiefen, wo es nottut, und dieser eminenten und notwendigen Bewegung einen Sinn zu geben, der sie über die bloße Tatsache der zoologischen, technischen und dämonischen Veränderung erhöht.

Ohne Zweifel wird das geschehen. Dafür ist eine hinreichende Lagebeurteilung, die sich nicht unnötig bei den Symptomen aufhält, die erste Voraussetzung.

155

Aus dem Gesagten geht hervor, daß die Veränderung auf das Experiment und die mit ihm operierende spezifische Intelligenz nicht angewiesen ist. Diese ist vielmehr eines ihrer zahlreichen Kennzeichen. Die verändernde Macht kann unter, mit oder über der Intelligenz angreifen. Offenbar aber geht sie, wie der Strom durch einen Transformator, durch sie hindurch. Es sei hier an das erinnert, was über die antaiische und insbesondere über die atmosphärische Unruhe gesagt wurde.

Hinsichtlich des Punktes, an dem unsere Untersuchung sich befindet, heißt das, daß sich der Mensch auch unabhängig vom genetischen Experiment verändern wird. Es wäre müßig, Einflüsse der Umwelt, wie sie soziologisch als Milieu, faunistisch als Biotop, kulturhistorisch als Stil bezeichnet werden, zur Erklärung heranzuziehen. Das alles gehört dazu, mit seiner Technik, seiner Ökonomie. Mit dem, was die Astrologen als den Eintritt in ein Neues Haus bezeichnen, verändert sich auch die Einrichtung.

Gewiß wird das hier früher, dort später offenbar. Das läßt sich schon bei Ortswechseln beobachten. In Städten und Landschaften, in denen sich die speziellen Arbeitscharaktere der Perfektion nähern, verändert sich deutlich außer der Lebensform und -führung der Habitus, und zwar nicht nur physiognomisch und charakterologisch, sondern auch auf anthropologisch meßbare Art. Wie etwa im Zuge der Klimaänderung das Abschmelzen der Gletscher meßbar geworden ist, so sind es hier anatomische und morphologische Details, vom Psychologischen ganz abgesehen.

Hier wäre nochmals die Frage zu streifen, inwieweit es sich um Erscheinungen der Spätzeit handelt, um weltstädtische Kennzeichen. Der Untergang des römischen Reiches hat ja von jeher als Schulbeispiel gedient. Es gibt allerdings eine Reihe von Merkmalen, die übereinstimmen: Cäsarismus, Bedrohung des Bauernstandes, Latifundienwirtschaft, Sittenverfall, wachsende Konzentration und Unwiderruflichkeit der großen Entscheidungen, hellenistische Kunstwerke und technische Großbauten; das sind Gesichtspunkte.

Verändert sich jedoch der Standort des Beobachters um ein Geringes, so eröffnen sich Perspektiven, die durchaus nicht in Spenglers System passen. Hier tauchen nicht weniger zwingende Anzeichen einer Frühzeit auf. Daß Rußland, dessen Stand er dem des Reiches Karls des Großen vergleicht, auszuklammern sei, hat Spengler scharfsichtig bemerkt. Es handelt sich indessen nicht um regionale Unterschiede, sondern um das Auftreten eines neuen Typus, der die Nationen und selbst die Rassen formt. Dem entspricht auch das herrschende Welt- und Lebensgefühl, der wachsende Optimismus des Arbeiters, sein theoretisch so dürftig gestütztes Vertrauen auf seine zeitwendende Macht, das dennoch von Grund auf berechtigt ist und prognostischen Wert besitzt.

Wir können also Widersprechendes aus der Umwelt herauslesen. So, um beim Thema zu bleiben, wissen wir nicht, ob sich seit der Gotik die Rasse verschlechtert oder verbessert hat. Man hört die verschiedensten Meinungen. Die guten Köpfe von heute sind denen des Trajansfrieses ähnlicher als denen Rogier van der Weydens oder Jan van Eycks. Aber schon Hieronymus Bosch hat erstaunlich moderne Gesichter gemalt. In der heutigen Kunst begegnet man der Abneigung gegen den Kopf so häufig, daß man sie zu den generellen Symptomen zählen darf.

Zu allen Zeiten gibt es Vorbilder im Habitus. Wie früher

die physiognomischen Züge des Monarchen, seine Haar- und Barttracht kopiert wurden, so heute photogene Leitfiguren, deren Erscheinungsbild, einschließlich der Stimme, sich schnell und weithin ausbreitet. Die Minderung ist unbestreitbar, doch darf sie über die prinzipielle Veränderung und ihre Dynamik nicht hinwegtäuschen. Einerseits werden Köpfe, die sich in Stein hauen, in Erz gießen, auf Münzen prägen lassen, seltener, andererseits verweigert der Film als Mittel der Arbeitswelt sich der historischen Person und ihrer Rangordnung. Das läßt sich, wie jede Selektion, von zwei ganz verschiedenen Seiten sehen.

Was die Athleten betrifft, so können wir es vermutlich mit jeder Vergangenheit aufnehmen. Wohl noch nie gab es so viel gesunde, und notabene auch so viele kranke, Menschen wie eben jetzt. Auch hier dürfen wir uns nicht in die Widersprüche verlieren, uns nicht bei ihnen aufhalten. Richtiger sehen wir, wenn wir erkennen, daß für die Aufgaben der Weltänderung und den Eintritt in eine neue Formation die nötigen Reserven bereitstehen und rapide vermehrt werden. Mit dem Bios ist es wie mit den Vulkanen: die Erde kann unvermutet einen neuen Ausbruch zeitigen, und stets mit überraschenden Erscheinungen.

Hierher gehören das sprunghafte Anwachsen der Erdbevölkerung, die physische und geistige Erschließung fremder, besonders farbiger, Rassen und ihre Beteiligung am Weltprozeß, ihre Einweisung in die Technik als in die Weltsprache. Auch das hat seine Gefahren und Vorteile. Hierher gehört endlich, was man heute die Gleichberechtigung der Geschlechter nennt.

Im großen gesehen bedeutet all das eine ungeheure Vermehrung des Potentials, wobei man das Wort sowohl quantitativ als auch biologisch und geistig auffassen darf.

156

Innerhalb dieser Bereitstellung werden die Anzeichen der Spätzeit zweiten Ranges, wird die décadence insular. Sie verliert, wie viele unserer Probleme, ihre Bedeutung einfach mit der Zusammenlegung, so wie gewisse Namen ausfallen, wenn die Landkarten in größerem Maßstab gedruckt werden, obwohl die Orte noch vorhanden sind.

Die Erfahrung lehrte auch inzwischen, daß eine weit größere Gefahr in der Barbarei liegt als in der décadence. Die décadence ist eine Lebenserscheinung wie jede andere; sie nimmt ihren notwendigen Ort im Bilde des Ganzen ein, dem sie allein gewisse feinere Züge und Retuschen zu geben vermag. Außerdem hat sie bewahrenden, überliefernden, überbrückenden Rang. Sie bildet Oasen der geschichtlichen Welt. Byzanz bietet ein großes Beispiel dafür.

157

Der Frage des Fortschrittes gegenüber nimmt der Metaphysiker eine andere Haltung ein als der Geschichtsphilosoph. Metaphysisch gesehen, bleibt die Potenz des Kosmos ein und dieselbe; kein Vor- oder Rückschreiten, kein Auf- oder Untergang verändert sie. Sein Wert bleibt stets der gleiche; er ruht in sich. Auch die Freiheit ist ewig und unzerstörbar, gleichviel ob sie in der Zeit sichtbar wird oder nicht. Dort wird sie stets hinfällig sein.

Der Geschichtsphilosoph dagegen beschäftigt sich mit einem Reich, in dem die Zeit gerichtet abläuft; er muß die Freiheit auf die Zeit beziehen und auf die Art, in der sie sichtbar wird. Fortschreiten kann für ihn im wesentlichen nur ein Fortschreiten in der Freiheit sein. Das ist die große Evolution, die das rechtliche, politische, ökonomische Fortschreiten fundiert. Der Freiheit folgen Freiheiten.

Es erhebt sich nun die Frage, ob die Beleuchtung von Geschichtsvorgängen an der Zeitmauer, also von außergeschichtlichem Standort aus, die Idee eines solchen Fortschreitens nicht illusorisch macht. Diese Frage berührt einmal das Verhältnis von Schicksal und Freiheit, das immer wieder erwogen wurde in der Kontroverse, »ob die Sterne zwingend sind«. Sie berührt zum anderen das Verhältnis von Freiheit und Instinkt, das allzu häufig verwischt wird dadurch, daß man den Verstand als Vergleichsmittel nimmt. Unfreiheit ist möglich bei jedem Stande der Intelligenz.

Während der Revolutionen wird die Freiheit geringer; der Schub konsumiert. Zunächst war Freiheit als Ziel gemeint. Dann beschleunigt sich die Entwicklung auf schmalerer Bahn, macht jähe Wendungen. Das sind die Kurven, in denen die Liberalen abspringen.

Das Ziel ist stets ein anderes als das gemeinte; in ihm realisieren sich tiefere als die politischen Absichten. Nun verblassen die konstituierenden Elemente; die Konstitution tritt hervor. Die beweglichen, verändernden Kräfte werden schwächer; eine neue Harmonie wird gewonnen, ein neues Gleichgewicht stellt sich her.

Dabei können die sich bildenden Typen den überwundenen recht ähnlich sein. Das führt zu, oft verblüffenden, Wiederholungen innerhalb der Stufungen, zu einer Auffrischung alter Prinzipien. Das wiederum ist die Strecke, auf der die Revolutionäre abspringen oder die Revolution ihre Kinder verschlingt.

158

Inwiefern ist der Mensch für seine Evolution verantwortlich? Inwieweit kann er kontrollieren, ob, vor allem hinsichtlich der Freiheit, sein Fortschreiten ein Aufwärtsschreiten, ein Stillstand oder ein Rückschreiten ist? Und woran kann diese Verantwortung sich heften inmitten der Einsamkeit der Wüste, im götterleeren Raum? Erwägungen, Hoffnungen, Befürchtungen, Konzepte dieser Art haben Nietzsche als ersten bewegt und heftig erschüttert; das war sein Schicksal, bleibt sein Verdienst. Die Verantwortung behielt er dem »höheren« Menschen vor.

Kehren wir nochmals zum Bild des Bahnhofes zurück. Es wäre denkbar, daß der Zug ohne den Menschen weiterfährt, der über seinen Geschäften die Abfahrt versäumt. Es wäre auch denkbar, daß der Mensch auf ein Nebengeleis geschoben wird. Das wäre eine Bewegung, wie sie im Lauf der Erdgeschichte schon oftmals stattgefunden hat.

Befürchtungen in dieser Hinsicht mehren sich – Vermutungen, daß Formen der Verhärtung, Verholzung, Versteinerung drohen. Das Leben läßt in solchen Fällen seine Maske zurück. In jedem Tiergarten hat man diesen Eindruck starrer, oft wundervoller, unwandelbarer Perfektion.

Erstarrung droht heute durch die Ratio mit ihrer präzisen, unbarmherzigen Maßgebung, vor allem im technischen Bereich. Der Vergleich mit dem Insektenreich und insbesondere mit seinen staatenbildenden Arten liegt daher nah. Er gibt einen guten Beleg für die erwähnte Wiederkehr der Prinzipien.

Auf den verschiedensten Stufen setzt das Leben zu solchen Lösungen an. Zu den gemeinsamen Kennzeichen gehören Staaten-, Stock- und Koloniebildung, Schaffung von biologischen Klassen, die stärker differenzieren als soziale und ökonomische, Spezialisierung und Sozialisierung des Geschlechtlichen, kollektive Brutfürsorge, Großbauten, Speicherwirtschaft und anderes. Es muß sich hier um ein großes und ständiges Anliegen handeln, das sich bereits an den frühesten Formen erprobt und mit ihnen experimentiert.

159

Utopien, die in diese Richtung zielen, sind häufig ausgesponnen worden, so bereits in Campanellas um 1602 entworfenem »Sonnenstaat«. Campanella nimmt eine doppelte Offenbarung an: durch die Bibel und durch die Natur. Der Physiker darf sich ebensowenig auf die Bibel berufen wie der Theologe auf das Naturgesetz. Die Kluft zwischen beiden überbrückt synoptisch der Metaphysiker. An der Spitze des Sonnenstaates steht ein priesterlicher Monarch. Es gibt keine Grenzen, kein Privateigentum. Der Arbeitstag hat vier Stunden, die Kindererzeugung und -erziehung regelt der Staat.

In Fouriers System eines utopischen Sozialismus, das während des ersten Drittels des 19. Jahrhunderts entwickelt wurde, wird die Welt als eine im Guß mißlungene Schöpfung betrachtet, die aus sich heraus durch Elementarereignisse höhere Phasen gebiert. Der Mensch trägt durch seine Wissenschaft dazu bei. So bildet er über dem Nordpol eine Lichtkrone, deren Aura die vereisten Länder belebt und fruchtbar macht. Der Mensch verändert sich physiologisch, er wird größer und weit über hundert Jahre alt. Auch in die Tierwelt greift er genetisch ein. Die Erdbevölkerung erreicht bei drei Milliarden eine konstante Zahl. Die Frauen sondern sich in biologische Klassen, von denen die Erzeugerinnen Kinder gebären; die Geliebten bleiben kinderlos. Die Welt wird durch einen Omniarchen regiert. Die musische Begabung wird generell; eine Periode des Glückes wirkt sich nicht nur auf den Menschen, sondern auch auf die Tierwelt und die unbelebte Schöpfung aus. Fouriers Lehre hat, ähnlich wie die von Saint-Simon, besonders in der Geschichte des französischen Sozialismus und der Julirevolution eine Rolle gespielt. Sie hat syndikalistische und anarchistische Geister ebenso befruchtet wie fast jedes sozialistische Bestreben in seinen Anfängen. Daher hat sie viel zu den Umstürzen beigetragen, mußte aber, wie jeder Glückstraum, verblassen, wo sie dem Staatsplan und seiner Räson begegnete. Dennoch ist es möglich, daß sie, zwar nicht in den oft absurden Details, wohl aber in ihrer dichterischen Absicht, neue Anziehung gewinnt, wenn erdrevolutionäre Mächte aus den weltrevolutionären Plänen stärker hervortreten.

160

Auch die Wendung der Utopie zum Pessimismus, wie wir sie seit einiger Zeit, besonders seit dem Ersten Weltkrieg, beobachten, hat prognostischen Wert, indem sie nachweist, daß innerhalb eines stark determinierten Schubes an gewissen Punkten noch Übersicht, noch geistige Unabhängigkeit besteht.

Das ist ein günstiges Anzeichen und sogar Vorzeichen. Auf diese Weise vollzieht sich die geistige Kritik der sozialen und technischen Pläne und ihrer weltverändernden Absichten. Diese Kritik ist willensfreier und schmerzloser als die Kritik der Tatsachen und fordert auch keine Menschenopfer ein.

Zur Schaffung solcher Gemälde scheint besonders ein bitterer Swiftscher Humor geeignet, und es ist wohl kein Zufall, daß sich Angelsachsen darin auszeichnen. Hier ist vor allem Orwell zu nennen mit seiner bereits auf das Jahr 1984 datierten Vision. Sie hat auf viele wie ein Schreckschuß gewirkt. Erstaunlich ist auch seine »Farm der Tiere«, eine Fabel, die selbst Swift Ehre gemacht hätte.

Huxley beleuchtet die Bestände eher demokratisch, geht auf ihre Komfortseite ein. Er schildert den »Letzten Menschen« Zarathustras: »Wir haben das Glück erfunden – sagen die Letzten Menschen und blinzeln.«

Das erfundene Glück wird ebenso unzulässig wie der technische Plan mit der Idee der Freiheit verknüpft. Da sehen die Dichter schon mehr. Zarathustra nennt das Kapitel vom Letzten Menschen »seine Vorrede«. Huxley, der bedeutende biologische Kenntnisse besitzt, geht ebenso wie Orwell auf die Verstaatlichung des Geschlechtslebens ein, die in der Tat sowohl hinsichtlich der Typenschaffung wie auch der Arbeitsteilung von entscheidender Bedeutung ist. Im Gegensatz zu Orwell bleibt die Geschlechtsliebe bei ihm erhalten. Sie wird als Zuckerbrot auf die Komfortseite übertragen, wird zum Gesellschaftsspiel inmitten der Langeweile, die notwendig wächst. Das ist die Zeit, in der der Mensch kein Chaos mehr in sich trägt und keinen Stern mehr gebären kann, heißt es in Zarathustras Vorrede. Chaos ist Urgrund und die Erde der Stern.

Huxley führt einen Zustand vor, in dem nicht nur die künstliche Befruchtung, sondern auch die Entwicklung vollautomatisch abläuft, was heute noch stark utopisch scheint. Aber wir dürfen uns hier auf große Überraschungen gefaßt machen. Wir berühren die Gene der Pflanzen, der

Tiere und auch des Menschen vorerst wie Einzelsteinchen, wie Tasten eines Instruments, doch ist vorauszusehen, daß es bei diesem Spiel zu ungeahnten Kompositionen kommen wird. Vorerst scheint die Konstanz, die genetische Unantastbarkeit der Arten noch durch sehr starke Riegel geschützt. Sie würden wohl kaum zu brechen sein, wenn nicht das Ungesonderte von der anderen Seite der Mauer aus mit anhöbe. Wenn hier die Sonderungen fallen, werden Dinge möglich, von denen man sich auch heute noch nichts träumen läßt.

Möglich ist bereits heute, daß ein Vater mehr Kinder als der König Priamus hat. Die Lösung ist auch in den Insektenstaaten vorgebildet, wo *ein* Männchen die Königin begattet, die Tausende gebiert. Daß nach einem unausgesprochenen, aber starken Gesetz der Name des Vaters verheimlicht, tabuiert werden muß, gehört in eine andere Kette von Erwägungen.

Zu den Kriterien des Staatsplanes zählt auch Friedrich Georg Jüngers »Perfektion der Technik«, ein unmittelbar vor dem Zweiten Weltkrieg abgeschlossenes Werk, das den technischen Fortschritt vor allem nach der Glücksseite hin durchrechnet.

Das Gemeinsame dieser Verwahrungen liegt darin, daß der musische Mensch aus der ihm eingeborenen Freiheit heraus gegen die reine Anwendung des logischen Kalküls Einspruch erhebt, wobei er sich eines starken wissenschaftlichen Rüstzeuges bedient. Hinzu kommt, was beim Kalkül vermißt wird: die Wahrnehmung des Verlustes und seine Wertung vom musischen, metaphysischen oder theologischen Standort aus.

161

Jede Erwägung der Zukunft, auf wie verschlungenen Pfaden sie sich auch bewegen möge, führt immer wieder zum Mittelpunkt der tragischen Landschaft zurück – dorthin, wo sich die Wege und Abwege schneiden, zum Obelisken, der nach Clausewitz' schönem Bilde den Standort des Feldherrn kennzeichnet. Der Feldherr, möge er siegen oder fallen, kann nur der Mensch, wenn nicht im vollen Besitze, so doch im vollen Bewußtsein seiner Willensfreiheit sein. Nicht umsonst hat die deutsche Metaphysik in den letzten hundert Jahren gerade die Willensfrage mit solcher Gründlichkeit untersucht. Hier ist das Zentrum der Aktion, nicht in den Großräumen.

Daß der Mensch in seine Evolution eingreift, und zwar auf eine Weise, die sich deutlich von den alten Rezepten des Hungers und der Liebe unterscheidet – also sowohl vom »Kampf ums Dasein« in seiner politischen und ökonomischen Mannigfaltigkeit als auch von der »Zuchtwahl« – daß er vielmehr darüber hinaus in eine Reihe von grandiosen Experimenten eingetreten ist: das ist ein Neues auf dieser Welt. Dafür zeugt, daß es weder dem Umfang noch der Art nach in das Geschichtsbild einzuordnen ist.

Dem widerspricht nicht die Feststellung, daß die Rolle der menschlichen Autorschaft und ihre intelligente Einwirkung auf den Prozeß überschätzt wird und daß es sich um einen Vorgang handelt, der auch ohne den Menschen stattfinden würde, obwohl er in die menschliche Geschichte fällt und ihr das Ende setzt. Es ist ein Vorgang, bei dem das Universum mitwirkt, die Sterne zwingend stehen.

Dennoch widerstrebt es dem Menschen, sich in die Rolle eines Wesens zu versetzen, das im Zuge einer Seinsveränderung geboren oder neugeboren wird und das sich letzthin diesem Geburtsakt und seiner stärkeren Folgerichtigkeit anvertraut. Es widerstrebt ihm aus dem Grunde, aus dem Descartes sein »cogito« setzte, es widerstrebt ihm vor allem deshalb, weil Freiheit ein unausrottbares menschliches Gattungskennzeichen ist.

Wo der Mensch im Spiel ist, kann ein Geschehen daher nicht völlig vorbestimmt ablaufen, weder im mechanischen noch im zoologischen noch im astrologischen Sinn. Indem es bedacht wird, erfährt es bereits Veränderung, und sei es noch so determiniert.

162

Um zum Bilde des Eisberges zurückzukehren: Wenn Determination die gesamte Masse, Freiheit die oberste Kuppe durchwaltet, so ist zugleich der Gedanke zulässig, daß in diesem sichtbaren Teil, in diesem caput ein höheres Selbstbewußtsein, eine überlegene Qualität residiert.

Dieses Selbstbewußtsein kann nicht gegen die Gesamtmasse, nicht gegen die Schwerkraft der Determination arbeiten, aber es kann in sie die Freiheit als Qualität einführen. Auf diese Weise wird nicht nur das Werden mit Augen versehen, nobilitiert, sondern es wird auch sinnvoll – und sinnvoll für den Menschen kann es nur vom Menschen gemacht werden. Sonst geht es an ihm vorüber, durch ihn hindurch und über ihn hinweg. So aber wird es auch heilsam, nach dem alten »Ducunt volentem fata, nolentem trahunt«, dem immer wahren, die Freiheit sowohl ehrenden wie begrenzenden Spruch.

Der Geist wacht an der Schranke; schon dadurch ändert sich, was er passieren läßt, auch wenn er keine Verfügungsgewalt besitzt. Die Wehen freilich bleiben der eigentliche Zoll.

163

Freiheit als Gattungsmerkmal – das ist als Repräsentativcharakter zu verstehen. Sie ist ein Häuptlingskennzeichen, gehört zu den Würden, die wenige für viele, für alle mittragen. Wie bei den staatenbildenden Tieren einige für alle Geschlecht tragen, so haben einige für viele Freiheit im Menschenstand. Sokrates war nicht für sich allein frei; seine Freiheit wirkte für viele und wirkt bis heute nach.

Der Mensch als Spezies bewegt sich in der unsichtbaren Masse des Eisberges, determiniert, instinkthaft, wobei im Sinne der Determination auch die Intelligenz, selbst in ihren schärfsten Ausprägungen, zu den Instinkten zählt. Um das paradox zur Anschauung zu bringen, hat Dostojewski seinen

»Idioten« zur Darstellung des höheren Typus gewählt. Die Intelligenz kann Freiheit, die viel tiefer und höher wohnt, nicht schaffen, wohl aber ihr Arsenal füllen.

Geistige Freiheit kennzeichnet die Menschenart. Man findet sie bei ihr allein. Politisches Wesen, Staatenbildung dagegen ist kein dem Menschen vorbehaltenes Kennzeichen. Der Mensch hat lange ohne Staaten gelebt und wird vielleicht wieder dazu fähig sein. Die Fähigkeit zur Staatenbildung ist an einem gewissen Punkte seiner Entwicklung an ihn als Bildungsprinzip herangetragen worden, so wie das auch bei anderen Spezies geschehen ist.

Die Bildungsprinzipien wiederholen sich, wenn sie einmal mit dem Leben verknüpft waren. Sie schweben als Keime, als Möglichkeiten in seinem ungesonderten Fluß. So erklären sich die stets wiederholten Ansätze zur Staatenbildung von den Coelenteraten, ja von den Urtieren an. Freiheit im geistigen Sinne trat erst mit dem Menschen in den Fluß des Lebens ein. Von nun an kann auch die Freiheit nicht verloren gehen. In dieser Hinsicht dürfen wir Hegel zustimmen.

Andererseits ist die Wahrung der Freiheit menschliche Aufgabe. Sie geht, da sie das Humane stärker kennzeichnet als die Staatenbildung, der Wahrung des Staates voran. Nicht der Staat kann daher die Freiheit garantieren, sondern nur der Mensch selbst. Das schließt nicht aus, daß er sich auch des Staates in dieser Absicht bedient.

164

Wenn der Zug abfährt, ist es möglich, daß er nur wenige Reisende mitführt – nur jene, die die Stunde nicht versäumt haben. Es wäre auch möglich, daß die meisten die Stunde versäumen wollen, weil ihnen die Station angenehmer, heimischer, vertrauter erscheint als die Fahrt.

Ein ähnliches Schema muß Nietzsche vorgeschwebt haben, als er das Bild vom »Übermenschen« und vom »Letzten Menschen« entwarf. Daß er das Mitleid als Unterscheidungsmerkmal einführte, ist ein genialer, weidlich mißverstandener Zug.

Terminologisch gesehen ist das Wort vom Letzten Menschen glücklicher als das vom Übermenschen gewählt, unter dem wir hier den Typus verstehen, dem der Austritt aus der Geschichte gelingt. Das ist die Aufgabe, um sie dreht sich die Bewegung an der Zeitmauer.

Der Übermensch kann nicht ohne den Letzten, das heißt: den reduzierten Menschen gedacht werden. Es kommt darauf an – um ein allzu bekannt gewordenes Wort Gottfried Benns zu verwenden – was einer aus seinem Nihilismus macht. Aber ehe man aus dem Nihilismus etwas machen kann, muß er vorhanden sein. Oder, wie Nietzsche sagte: »Die Deutschen sind noch nichts. Das heißt, sie sind allerhand.«

Um zur Station zurückzukehren: Der Zug wird abfahren, gleichviel ob wenig in ihm sitzen oder viele; die Bremsen sind gelöst. Er wird auch abfahren, wenn überhaupt kein Mensch in ihm sitzt. Das entspräche einem Großteil der heutigen Befürchtungen. Aber dann kann auch von der Station keine Rede mehr sein. Der Geschichtsphilosoph kann seine Betrachtungen abschließen. Nicht so der Metaphysiker. Sein Standort kann von bloßen Kategorien der Bewegung, von Fortschritt und Rückschritt, Revolution und Reaktion, Aufgang und Untergang nicht berührt werden, falls er seinen Namen verdient. Darin gleicht er dem Christen in seiner besten Zeit.

Es konnte nicht ausbleiben, daß das Verhältnis des »Übermenschen« zu den »Vielzuvielen« als Versuch einer Wiedereinführung der Sklaverei interpretiert wurde. Abgesehen davon, daß solche Versuche heute aus ganz anderer Richtung kommen, hat man über Nietzsche alle Dummheiten gehört, die denkbar sind, und dazu noch eine Anzahl solcher, die unausdenkbar sind. Daß er durch Deutschlands Schicksalsstunde in Mitleidenschaft gezogen, nach jeder Richtung verfälscht, verdächtigt wurde, berührt sein Werk nicht; es bleibt ein Intelligenztest an der Zeitwende, und noch einiges mehr. Ihn ortet nicht die Kritik, sie rangiert sich an ihm.

Der neue Typus ist nicht der kommende Großherr, sondern er gibt den »Vielzuvielen« ihre Würde, ihre Bedeutung zurück. *Ein* Gerechter hätte Sodom gerettet – und säße in unserem Zuge nur ein Einzelner, der ein neues Ziel erreichte, so wäre damit auch Myriaden auf der Station Verbliebener gedient.

165

Noch einmal zum Eisberg: Der große Schub findet im Unsichtbaren, im Unbewußten, in der blinden Masse statt. Das gilt auch dort, wo der Staat als Promotor erscheint. Vielen, die sich mit Nietzsches Vision beschäftigt haben, wird seine Mißachtung des Staates aufgefallen sein. Wie kann ein Krieger staatsfeindlich sein? Er sah im Staat den Drachen, das tausendschuppige Ungeheuer, also Hobbes' Leviathan.

Indessen gehört die Rolle, die wir dem Staat zuschreiben, zu den optischen Täuschungen auf der Station. Es sind nicht die Staaten, die den Schub bewirken, sondern der Schub treibt auch die Staaten vor. Der Geist erstaunt über die Funktionen und Blendwerke, die diese Bewegung hervorzubringen scheinen, aber er staunt auch über die Wirkungen, und er erschrickt bei dem Gedanken, daß diese Mischung sich im Weltstaat noch akkumulieren wird.

Auch das sah Nietzsche voraus, und auch die Zersprengung des Weltstaates infolge der Akkumulation. Doch das sind fernere Sorgen, sie berühren uns nicht. Da sich Wörter wie »Krieg« und »Frieden« ändern, ist es wahrscheinlich, daß sich jenseits der Zeitmauer auch Wörter wie »Staat« ändern. Vermutlich wird der Weltstaat einen Status, eine Station bezeichnen, deren Formen und deren Dauer nicht abzusehen sind. Die absolute Zeitrechnung kennt längere Rhythmen als die historische. Es ist zu vermuten, daß die »Große Fahrt« nur Augenblicke in Anspruch nimmt, zwischen die sich unvorstellbar lange Pausen einschieben. Die

Erde trägt, wie Bohrungen erwiesen haben, Korallenstöcke, deren Gründung bis auf das Eozoikum zurückgeht, die Morgenröte nicht der Geschichte, sondern des Lebens überhaupt.

Daß Nietzsche dem Staat abhold sein mußte – und darin trifft er sich mit einem Antipoden wie Rousseau – ist eine Frage des Standortes. Im Staate kann und darf nicht volle Willensfreiheit sein. Wer letzte Dinge zu sagen hat, muß außerhalb des Staates stehen, das ist sein Kennzeichen. Es ist sein Schicksal und, wo die Sterne zwingen, sein Untergang.

Bei Nietzsche wird das deutlich; er hat das Leben eines Unbehausten, in Hölderlins Sinne Unstädtischen, geführt. Er hat sich inmitten des 19. Jahrhunderts in der Landschaft bewegt, in der erdgeistige Seher wie Chiron und Melampus heimisch gewesen sind. Adler und Schlange: das ist kentaurischer Geist, ist große, erdgeistige Wiederkehr.

166

Das ist das Schauspiel am Abgrund, hoch auf der geschichteten Mauer, die »Geschichte« heißt: daß der Mensch sich nicht nur zum Sprung gezwungen sieht, sondern daß er ihn sogar wagen will. Damit verändern sich sowohl Determination wie Evolution.

Der Mensch fühlt, daß ihm als Menschen die Vernichtung droht. Oft zeichnete der Mythos dieses Schicksal vor. Legt aber der Mensch das Menschliche ab wie eine verbrauchte Maske, ein verschlissenes Gewand, so droht ihm Schlimmeres. Es droht das Schicksal der Ehernen Schlange, droht die Vererzung in zoologischen, magischen, titanischen Ordnungen.

Wir sahen, daß von Willensfreiheit nur auf einer schmalen Kuppe gesprochen werden kann. Doch gerade hier wird entschieden, was unentbehrlich ist bei der Verwandlung, wertvoller als Leben, und nicht geopfert werden darf. Solange in dieser Hinsicht Zweifel herrschen, aber auch solange sie noch nicht geherrscht haben, sind wir noch innerhalb der nihilistischen Passage, diesseits der Linie.

Der Mensch kann nicht darüber entscheiden, was an archaischer und mythischer Substanz, wohl aber darüber, was an geschichtlich-humanem Erbe mitgenommen wird. Hier spricht Bewußtsein mit, und damit Verantwortung. Das kann auch Reinigung bedeuten, indem es zugleich möglich erscheint, daß historisch-politische Elemente der Selektion zum Opfer fallen und als überwunden zurückbleiben, vielleicht sogar der Staat. Darin vollzieht sich mehr und Schmerzhafteres als im bloßen Wechsel moralischer Anschauungen, wie ihn die Panik erzeugt. Sie ist kein Zoll für den Eintritt in die transhistorische Welt.

URGRUND UND PERSON

167

Auch im brennenden Troja mußte Herrliches, ja mußten Götter zurückbleiben. Die Stadt war verloren, nachdem Hektor gefallen, unsterblich geworden war. Zunächst fallen die Männer, dann werden Mauer und Tempel zerstört.

Es ist ein großer Zug der Mythe, daß sie Äneas, während Säulen und Altäre stürzen, den Vater auf den Schultern davontragen läßt – denselben Äneas, der als Liebling des Jupiter und als sagenhafter Ahnherr des römischen Reiches galt, des großen Hortes der Vaterehrung und väterlicher Macht, auf die sich die Weltmacht gründete. Alles, was Staat heißt, hat hier sein nie wieder erreichtes Vorbild gefunden und lebt noch heute von der römischen Einrichtung.

Das führt uns zu der Kardinalfrage: können wir den Vater mitnehmen? Sie muß verneint werden, wenngleich mit Einschränkungen. Es fragt sich ferner, wo man, um dieses Urteil zu begründen, Beobachtungen anstellen, sich Rat einholen muß.

Am letzten wohl bei den Theologen, denn sie sind die Befangenen, zudem weithin in Rückzugsgefechten begriffen, in der Kapitulation oder in Verhandlungen mit dem Zeitgeist und seinen massiven Trabanten, die sich auf Finessen nicht einlassen. Hier müssen Wunder geschehen.

Noch weniger wird man von den Atheisten erfahren, wie überhaupt von jemandem, der sich einen kontradiktorischen, einen Namen ex negatione gibt. Das sind Bakterien, die sich im Siechen wohlfühlen und die ein naives Bezugsvermögen für die Krankheitsträger hält.

Die Dinge liegen einfacher. Wir haben hier einen der Fälle, in denen man sich an den Nächstbesten wenden darf. Wir erfahren dort, wenn wir unbefangen fragen, genau, was die Stunde geschlagen hat. Es handelt sich ja um eine Frage, die uns alle angeht, die uns in unserer ungesondert menschlichen Substanz betrifft und ununterbrochen beschäftigt, sowohl bei Tage wie in der Nacht. Wir können daher auch, um die Antwort zu hören, bei uns selbst einkehren, eintreten durch unsere eigenen Vorwände.

Dort werden wir in der innersten Zelle erfahren, was von den Vorhöfen bis zu den entferntesten Hochgebirgen und Urwäldern hin überall belegbar und offensichtlich ist: daß die personalen Götter sich entfernen oder bereits entschwunden sind. Das gilt auch für Residenzen, die für unerschütterlich gehalten wurden, gilt für die Erde überhaupt. Wenn Nietzsche daher, wir wiederholen es, die Losung ausgab: »Gott ist tot«, so ist er auf der rechten Spur. Er sieht die theologische Verknüpfung der Weltkatastrophe mit der ungeheuren Machtentfaltung des Menschen, die beginnt.

Dennoch kann man nicht sagen, daß die Altäre verödet sind oder daß keine Gebete mehr aufsteigen. Man kann auch nicht sagen, daß das auf der Fiktion von Gläubigen beruht, zu denen, wie zu jenem Einsiedler, dem Zarathustra im Walde begegnete, die Botschaft noch nicht gedrungen ist. Bloys Feststellung »Dieu se retire« wird daher eher dem Stande der Dinge gerecht.

168

Bloy blieb bis an sein Ende von der Bedeutung der Kirche überzeugt, obwohl sein Opus von bösartigen Ausfällen gegen den Klerus strotzt. Auch darin tritt ein notwendiger Unterschied seiner Perspektive zu der Nietzsches hervor. Er zitierte mit Vorliebe den Spruch, daß das Volk bei einem heiligen Klerus fromm sei, bei einem frommen Klerus gut und bei einem guten Klerus infam.

Immerhin ist ein guter Klerus besser als gar keiner. Darüber Beobachtungen anzustellen, hatten wir inzwischen Gelegenheit. Die Kirchen haben dem mehr oder minder unverhüllten staatlichen Atheismus und seiner Verfolgung gegenüber zwar Leidende und auch geduldig Leidende in großer Zahl, doch keine Heiligen, Märtyrer und freudigen Bekenner hervorgebracht, wie das noch in Japan während der großen Christenverfolgung im 16. Jahrhundert der Fall gewesen ist. Indessen muß man auch bei diesem Urteil Vorsicht walten lassen: das Größte geschieht ohne Ruhm. Wir wissen auch nicht, was sich im Osten ereignete.

Bei uns jedenfalls hat die Existenz der Kirche weithin und ohne daß eine rationale Begründung nötig gewesen wäre, bewirkt, daß die Greuel als solche erkannt wurden. Sie mußten daher verheimlicht, konnten nicht, wie im römischen Zirkus oder im alten Mexiko, zelebriert werden. Ein Mensch, selbst ohne große Einsicht, für den es noch Gebet und Sakrament gab, konnte kaum von ihrer Notwendigkeit überzeugt werden und noch weniger mit unbefangenem Eifer an ihnen teilnehmen.

Demgegenüber erreicht die nach wissenschaftlichen Theorien verfahrende und durch keine metaphysische Regung getrübte Planung absolute Grade der Unbarmherzigkeit. Ob sie ihre Theorien hier von einem mehr soziologisch, dort von einem mehr biologisch gefärbten Materialismus bezieht, bleibt gleichgültig. Nicht gleichgültig aber bleibt, ob überhaupt noch ein Ort, an dem die reine Staatsräson unter metaphysischen Gesichtspunkten kontrolliert werden kann, besteht oder nicht. Daher wird jeder großen Ausmordung notwendig ein Angriff auf die Kirchen vorausgehen.

169

Auch hier spielt ein von letzten Hemmungen befreiter Liberalismus die Rolle des Türöffners, die er dann freilich bald mit der des Leidtragenden vertauscht. Ein krasses Beispiel dafür bieten in der jüngsten Geschichte die russischen Sozialrevolutionäre, denen Lenin dann zeigte, was eine Harke ist. Die Melodien à la Beaumarchais enden mit Mißklängen. »Erst dem Könige Trotz geboten, dann das Haupt vor dem Pförtner verhüllt.« (Klaus Ulrich Leistikow) Die Gefahr sondert dann sehr scharf, was Freiheitsanspruch, was Unverschämtheit war.

Da wir uns im metaphysischen Interregnum befinden, während in der physischen Welt, innerhalb der Werkstättenlandschaft, eine außerordentliche Tätigkeit herrscht, liegt im Angriff auf die Kirchen kein Risiko. Es verbirgt sich aber für jeden, der geistig, musisch und überhaupt kulturell noch etwas zu verlieren hat, darin ein selbstmörderischer Zug.

Wenn jemals Herders große Idee, daß die Weltgeschichte zu unserer Belehrung veranstaltet wird, Gültigkeit besaß, so in unserer jüngsten Vergangenheit. Wir sehen das freilich aus der Entfernung besser als in der unmittelbaren Nachbarschaft. So wurde 1959 die Flucht des Dalai Lama aus seinem Großen Hause weithin und mit Recht als ein bedrohliches Zeichen aufgefaßt. Ebenso war der Synagogenbrand des Jahres 1938 ein unheilvolles Vorzeichen. Solche Feuer können, wie einst die griechischen, nicht mit Wasser, sie können nur mit Blut gelöscht werden.

170

Wir sprechen hier von den Kirchen als von reinen Institutionen, von Großen Häusern, ohne Vermutung auf den Heilsschatz, der dort verwaltet werden mag. Aber auch so, von außen gesehen, ist ihre bewahrende Macht außerordentlich.

In einem Hause, das für tausend Jahr gebaut wird, herrscht größere Sicherheit als in einem anderen, das kaum ein kurzes Menschenalter währt. Da sind Türme und starke Gerüste; die Zeit läuft dort langsamer. Man hat es wieder gesehen. Und wo die Zeit bewegt wird, wo sie, wie an der Zeitmauer, brandet, werfen sich die Menschen in den Glauben wie auf ein Rettungsfloß. Ob den Kirchen damit gedient ist, bleibt eine andere Frage; zu ihrem Verdienst gehört es auf jeden Fall, auch wenn diese neuen Gläubigen nicht für sie in die Arena treten wie Polykarp.

Was Spengler die »Zweite Religiosität« nannte, ist eng mit der décadence verflochten; das wird besonders sichtbar an den Konvertiten, zu denen auch die Atheisten ein wachsendes Kontingent stellen. Huysmans ist hier der exemplarische Fall.

Es gibt nicht nur eine zweite Religiosität; es gibt auch eine zweite décadence. In ihrer ersten Phase beschleunigt décadence die Katastrophe, indem die feineren Geister in ihrer Verantwortung ermatten und sich von den Führungsdisziplinen abwenden. Sie wenden sich esoterischen und exotischen Dingen zu und folgen höheren Spieltrieben. Huysmans' »A Rebours« ist dafür eine Fundgrube. Ohne Zweifel hat Plato aus solchen Gründen den Künstler ungern in seinem Staate gesehen. Spengler folgt ihm darin.

In ihrer zweiten Phase jedoch, nach den Kulminationspunkten, nimmt die décadence retardierenden Charakter an. Einen solchen Kulminationspunkt bildete für Huysmans die Affäre Boulanger, die 1887 die Gefahr einer Katastrophe heraufführte. In dieser zweiten Phase sträubt sich die décadence dagegen, daß alles bis in die letzte Faser politisiert und in Bewegung verwandelt wird. Sie trägt durch ihr Werk dazu bei. Einfach gesprochen: die Müdigkeit ist vor Mittag bedenklich, am Abend begrüßenswert.

Huysmans hat viel von dem vorweggenommen, was andere siebzig Jahre später durchmachten. Der Zeitgeist stellte sich ihm politisch als demokratischer Nationalismus, künstlerisch in der Form des Naturalismus dar. Die beiden gemeinsame robuste Gesundheit ohne Hintergründe wurde ihm, wie seinem Zeitgenossen Nietzsche, zum Stein des Anstoßes. Sein Werk gleicht bis in die feinsten Nuancen einer Palette aller Farben, die die décadence ausmachen. Zola sagte nach der Lektüre von »A Rebours«, das Buch führe in eine Sackgasse. Das ist richtig, aber man kann es aus anderer Perspektive als der des Fortschrittes sehen. Schließlich bildet auch jeder Hafen eine Sackgasse.

Auch Bloy hatte nur zum Teil recht in der Weise, in der er sich über Huysmans, den Freund und Kameraden seiner Jugend, belustigte, indem er etwa sagte, dessen Buch »En Route« müsse eigentlich den Titel »En Panne« führen. Er sah zwar die Schwächen, nicht aber das Notwendige und Exemplarische an Huysmans' Position. In die heutige Kirche paßt Huysmans jedenfalls bedeutend besser als Bloy; und die Kirche hat es anerkannt.

Die Zweite Religiosität beginnt nicht mit Huysmans, sie findet hier nur ihre aktuelle Form. Im Grunde ist sie immer vorhanden, wo die Dinge in Bewegung kommen, wie hundert Jahre früher bei den Romantikern, vor allem bei Chateaubriand, und wiederum früher bei Ignatius. Ein großes Heimweh lebt in ihr, Erinnerung: das Wissen, daß es bei den Göttern gut ist, selbst wenn sie Opfer fordern, und daß es, wo wir uns von ihnen trennen, unheimlich wird. »Wohl dem, der jetzt noch Heimat hat.«

171

Es ist zu unterscheiden zwischen der Kirche als ordnender und helfender Institution und der kosmisch-metaphysischen Gesamtlage. Theologie bleibt möglich, auch wenn die Götter sich entfernt haben, wie Astronomie und Sternwarten auch bei bedecktem Himmel möglich sind. Daß Theologie und Metaphysik sich einander annähern, wie es bei den fernöstlichen Religionen von jeher der Fall gewesen ist, wird in der

Folgezeit immer deutlicher hervortreten, ebenso wie die Tatsache, daß den Kirchen über ihre Sonderung hinweg ein gemeinsames Interesse innewohnt und daß sie auf ein gemeinsames Streben nach Behauptung angewiesen sind. Die Metaphysik bleibt unter allen Umständen, auch unabhängig von der Theologie, eine mögliche Brücke zur Transzendenz.

Man darf von der Kirche nicht mehr erwarten, als sie zu geben vermag. Das ist nicht nur ein Fehler des Laien, der sich ihr bedürftig nähert, sondern auch ihrer intelligenten Kritiker. Wenn die Kirche verhindert, daß der Staat zum Monstrum wird, und wenn sie dem Einzelnen, besonders an den Wendemarken, den unermeßlichen und bis in die Tiefe des Universums reichenden Wert seiner Existenz bewußt macht, so erweist sie schon darin ihre unentbehrliche Macht.

Nicht umsonst versuchen sich die atheistischen Staaten immer wieder in der Nachahmung der Weihen und Zeremonien, obwohl sie hier ebenso unglaubwürdig wirken wie glaubwürdig in ihren Ausstellungen und Paraden, in der Vorweisung ihrer Kriegs- und Produktionsmittel.

Daß bei den Vereinbarungen unter Menschen die konsekrierenden Mächte fehlen, gehört zum Werkstättenstil. Es macht die Bindungen »kurzfristig«. Auch das ist ein Zeichen schwindender Paternität und der auf sie gegründeten Rechte und Wahrheiten. Das Recht fußt auf Wahrheiten, die juristisch nicht zu ermitteln sind. Infolgedessen schwellen in dem Maße, in dem die Wahrheit schwindet, die Gesetzbücher.

172

Auch die Kirche kann nicht mehr geben, als sie hat. Mehr zu verlangen, etwa Wunder, wäre unbillig. Geister, die darin nicht nachlassen, sind zu starkem Leiden berufen, wie Bernanos, dessen Werk eine Literaturgattung kennzeichnet.

Man kann die Kirche in ihrer Spätzeit einem Kraftwerk vergleichen, das ehedem durch große Ströme gespeist wurde. Allmählich versiegte in den oberen Gebirgen das lebendige Wasser, doch gaben Seen und Reservoire noch Zufluß für lange Zeit, bis es endlich auch damit knapp wurde. Immerhin blieb das Kraftwerk als Bau bestehen, der auch bei den heutigen Unwettern Unterkunft und Schutz bietet.

Wir können beurteilen, aber, von seltenen Ausnahmen abgesehen, nicht wiederholen, nicht wieder holen, was dort vor sich ging. Ähnlich verhält es sich mit den Kunstwerken, die ja eng mit dem Kultus verbunden sind. Wir können ihren Wert ermessen, nicht aber Gleiches hervorbringen. Darauf beruht ihr Preis. Vermöchten wir Gleiches, so würde der Preis fallen. Er würde normal werden. Inzwischen begnügen wir uns mit dem »Als ob«.

Ein Künstler ohne Fundus wird zum Seiltänzer. Er erstaunt durch immer kühnere Sprünge, doch nur für den Augenblick. Bald wird es ärgerlich. Die Autorität wird durch das kritische Vermögen ersetzt, durch hämischen Geist. Da wittern die Mörder Morgenluft.

Dostojewski hat den Ablauf im einzelnen beschrieben; viele der Typen, die er in den »Dämonen« zeichnet, sind inzwischen historisch belegt worden. Das Werk ist aktuell insofern, als einige der geschauten Vorgänge und Gestalten noch nicht in Erscheinung getreten sind. Es bleibt ein Stein des Anstoßes, den die Revolution nicht überwinden wird.

173

Es gibt nicht nur präsente, es gibt auch nachwirkende Macht. Ohne diese Tatsache würden die Veränderungen viel rasanter vor sich gehen.

Wenn der Vater aus dem Hause gegangen ist, vielleicht in fernen Gründen auf der Jagd weilt, verhalten sich die Kinder noch eine Zeitlang, als ob er da wäre. Das ist das Gesetz. Es mag vorhalten, bis er wiederkehrt oder aber, wenn er ausbleibt, bis die Mutter eintritt oder eine andere gebietende Macht.

In dieser Spanne wird das Gesetz sich lockern, die Berufung auf den Vater sich allmählich abschwächen, zuletzt gar absurd werden.

174

Der Mann auf der Straße gleicht der Pythia des Delphischen Orakels: seine Urteile sind tief, aber sie bedürfen der Auslegung. Sie bedürfen des Hinzutretenden.

Im Wissen sind wir ungleich, im Glauben aber gleich. Hier steht, wie man früher sagte, jeder unmittelbar zu Gott. Hier hat jeder ein unverstelltes Verhältnis zu dem, was in den oberen Gebirgen vor sich geht oder auch nicht mehr vor sich geht. Er hat am Seinsgrund teil. Daher sagte man früher auch: »Volkes Stimme ist Gottes Stimme« und traf damit einen tiefen Befund. So ist auch heute zu hoffen, daß aus dieser Schicht heraus der rechte Weg sicherer als durch die Methode gefunden wird.

Hier handelt es sich nicht darum, zu hoffen, sondern aus dem Glaubensbefund einige Schlüsse zu ziehen. Dazu muß man sich zunächst von dem alten Vorurteil befreien, das dem Glauben Verdienst zuspricht. Das Vorurteil ist unausrottbar, weil es nicht nur im Interesse der Priesterschaften liegt, sondern auch jener, die ihnen nachfolgen. Die Gläubigen ihrerseits hegen eine tiefe Abneigung gegen den, der nicht ihr innerstes Anliegen teilt. Der Glaube gehört zu den großen selektiven Prinzipien und hat von jeher nicht nur zur Rassenbildung, sondern auch zur Ausrottung geführt. Das Alte Testament ist nicht nur eine heilige, sondern auch eine grausame Schrift.

Schon das läßt vermuten, daß es sich beim Glauben nicht um ein Verdienst handelt, sondern um einen Instinkt, allerdings um einen Instinkt höherer Ordnung, um eine Mutung, die auf Transzendenz gerichtet ist. Der Glaube hat weder mit dem Wissen noch mit dem Wollen zu tun, obwohl beide durch ihn bestimmt werden. Man kann nicht beweisen, was man glaubt. Man kann auch nicht glauben, was man beweist. Die geglaubten Dinge haben eine andere Qualität und haben einen anderen Ort als die zu beweisenden. »Credo quia absurdum« ist eine unserer tiefsten Sentenzen, ist eines der Grenzworte. Man kann auch nicht glauben wollen, obwohl gerade dieser Versuch noch weithin unsere Oberfläche bestimmt. Kaum jemals wurden so viele Kirchen gebaut, und niemals so häßliche.

Im Glauben liegt kein Verdienst; er ist eine Gabe, ein freies Geschenk. Er ist das Kennzeichen einer unmittelbaren Beziehung zum Sein; er fällt unwiderstehlich wie ein Frühling über den Menschen her. In ihm vor allem deutet sich das höhere Leben an. Daher besteht auch zwischen Kunst und Glauben der innigste Zusammenhang. Daher auch hört man immer wieder von den Gläubigen aller Kulte und aller Sekten, daß der Ungläubige lebe wie ein Tier. Das Urteil ist ebenso richtig in der Summe wie im einzelnen verfehlt.

Wie im Glauben kein Verdienst, so kann im Nichtglauben keine Schuld verborgen sein. Es handelt sich um ein Ereignis höherer Ordnung, das dem Heraustreten aus einem Kraftfeld ähnlich ist. Es schwindet nicht nur der Glaube; es entschwindet auch der geglaubte Gegenstand. »Dieu se retire.«

175

Wenn wir davon ausgehen, daß der Glaube schwindet, so betrachten wir einen vereinzelten Fakt. Er deutet auf größere Zusammenhänge hin. Auch bei Ebbe sagen wir, daß das Wasser schwindet, obwohl wir wissen, daß sich nur seine Verteilung ändert, nicht aber die Menge überhaupt. Es verändert sich die Anziehung. Und ohne Ebbe gibt es keine Flut.

So gibt es wohl innerhalb des Universums, nicht aber am Universum Zu- und Abnahme. Das gilt auch für den Menschen, der den Gesetzen des Universums folgt. Schwindet sein Glaube, so ist das kein Verschulden – es ist vielmehr eine Erscheinung, die wohl zu beachten ist. Es ist eine Erscheinung wie die Ebbe, der Schlaf, die Nacht – ein Schwund, ein Dunkel, in denen sich vielleicht bereits eine neue Flut, ein neuer Morgen ankünden.

Wenn der Glaube schwindet, bleibt etwas anderes zurück als das Nichts mit seinen Konsequenzen, die so oft geschildert worden sind. Es bleibt der Ort, den der Glaube eingenommen hat und auf dem er verwaltet worden ist. Es bleibt die Strandlinie und auf ihr der Untergang, doch neben ihr der unerschöpfliche Reichtum des Abgrundes.

Es bleibt nicht das Nichts. Es bleibt die Leere mit ihrer saugenden Macht. In ihr wirkt zugleich eine neue Anziehung. Wo Glaube war, bleibt ein Bedürfnis; es tastet mit tausend Armen nach einem neuen Gegenstand. Das ist die Unruhe, die der Schwund erzeugt. Sie steigert sich zur Initiationswehe, wenn Eintretendes naht. Es ist die Zeit des Suchens, der großen Wanderungen und Aufbrüche, der echten und der falschen Propheten, der Zelt- und Heerlager, der einsamen Nachtwachen.

Hier ist das Unergänzte im großen Weltplan, die Lücke, die kein Denken, kein Staatsplan füllt.

176

Auf die Situation bezogen, heißt das: Der Glaube an personale Götter wird immer weniger zumutbar. Das gilt für den Planeten, gilt für die Völker und die Einzelnen. Es gilt in Tibet und auf Samoa, am Kongo wie in Berlin. Es gilt für die Gottheit in all ihren Ausprägungen.

Wenn man die Französische Revolution, und die Verkündung des Kultus der Vernunft im besonderen, als die Morgenröte des Atheismus betrachtet, so steht dessen Sonne jetzt im Zenit. Einschneidender als die sichtbaren Vorgänge sind die Veränderungen in der Brust des Einzelnen. Er fühlt, daß Atheismus nicht genügt.

Der Mensch läßt ungern vom Altgewohnten ab. Daher überdauern die Institutionen oft lange die Inhalte, ähnlich wie die schöne Fassung eines Brunnens, nachdem er längst versiegte, noch das Auge erfreut. Aus dem steinernen Fisch sprudelt das Wasser nicht mehr.

Die persönliche Begegnung mit der Gottheit ist nicht nur ungewöhnlich, nicht nur zum Kuriosum geworden, sondern auch unvorstellbar als Realität, die jede Wahrheit der sicht- und meßbaren Welt übertrifft. Darüber kann keine Konvention, kein »Als ob« hinwegtäuschen. Die Theologie selbst wird hier mißtrauisch.

Der Vater wird durch Begriffe wie »Das Gute« abstrahiert. »Das Gute« ist eine Minderung: »Alles, was geschieht, ist verehrenswert.« (Bloy) Man beginnt auch deshalb an ihm zu zweifeln, weil er die Schrecken »zuläßt«, in denen man früher Zeichen seines gerechten Zornes erkannt hätte.

Nicht nur die romantische Rückkehr und der ethische Rationalismus, sondern auch der Pietismus zählt zur Zweiten Religiosität. Sie ist ein Echo, gleich der wiederhergestellten Monarchie. Die Inbrunst ersetzt nicht die Offenbarung; fehlt diese, so bleibt das Allerheiligste verwaist. Die mystische Begnadung wird selten, vulkanhaft isoliert. Sie ruft Befremden, oft Mißtrauen hervor. Im Grunde handelt es sich, ähnlich wie bei den Vulkanen, um die Erinnerung an einen Gesamtstand, an ein reicheres Zeitalter.

In Jakob Böhme und Angelus Silesius werden Mensch und Erde der Gottheit gegenüber bereits sehr stark. »Ich bete an die Macht der Liebe, die sich in Jesu offenbart« (Gerhard Tersteegen, † 1769) – da klingt ein Ton an, der hundert Jahre früher undenkbar war.

In Hamann, den man mit Unrecht zu den Pietisten gezählt hat, wirkt etwas anderes. Dort ist Ur-Kunde. Darauf beruht die wachsende Anteilnahme an diesem Seher in unserer Zeit, der er so durchaus zu widersprechen scheint, doch deren Grundströmung er teilt.

177

Wo der Arbeiter zur Herrschaft vordringt, werden die Dinge einfacher. Es sei daran erinnert, daß unter diesem Worte keine empirisch-historische Größe verstanden wird, sondern eine metaphysische Gestalt. Sie prägt die neue Welt und ihre

Formen in einem Auftrag, der zunächst nur aus den Übergängen zu erraten ist, aus der Werkstättenlandschaft, den Plänen der Bauhütte. Oder, um auf das Bild des Zuges zurückzugreifen: der rasche Wechsel der Perspektive erklärt sich daraus, daß wir in Fahrt gekommen sind.

Ein solches Zeitalter kann nicht ohne Zerstörung sein. Daher gehört der Schmerz zu seinen Kennzeichen. Er gibt der Bewegung Widerstand und Schatten, baut Opfer in die Fundamente, erteilt Sanktionen und tritt auf Strecken in die Stelle der Werte ein.

Mit Recht hat man im Rationalismus von jeher die zerstörende Hauptmacht gesehen. Er wirft die Flutwelle mit dem leuchtenden Kamm, der kein Gebäude standhält und in der sich Aufklärung und Wissen vereinigen. Von hier aus wird der erste Angriff geführt, der innere Leere schafft und der Entzauberung, Entweihung, Entheiligung bringt. Er kann aber nicht aus sich wirken, sondern nur nach erfüllter Zeit, sowohl abräumend wie voreilend.

Die Aufklärung eilt wie eine Luftwelle dem Materialismus voran, bewegt Danton wie Friedrich, zerstört die feineren Gefüge; die sichtbaren Gebäude stürzen nach. Es ist nur der erste Streich, der, wie Rivarol sagt, das Standbild des Königs trifft. Die anderen fallen auf den Marmorblock.

Wenn wir heute die herrschende Lehre als Materialismus bezeichnen, so drückt sich darin aus, daß die Aufklärung im großen und ganzen ihre Rolle beendet hat. Sie spielt sie auf Randflächen, in »un- und unterentwickelten Gebieten« in Form blitzschneller Abräumungen fort. Das ist nicht nur ein Zeichen vorgeschrittener Zeit und der Schwerkraft von Großräumen, sondern an sich und in sich gesteigerter und ununterbrochen sich steigernder Macht, von Erdmacht schlechthin. Der Materialismus ist Gürtel und Gorgonenhaupt des Arbeiters. Die mythischen Bilder sind am Platze; keine historische Macht kann der Erdmacht standhalten.

Es sollen hier nicht die Einzelheiten wiederholt werden, die im »Arbeiter« ausgeführt worden sind. Das abstrakte Wissen ist weithin in die Anwendung vorgedrungen und daher nicht mehr auf den Beweis beschränkt. Die Demonstration genügt. Das ist ein abgekürzter Nachweis, wie etwa ein Heiliger eher durch Wunder als durch die Lehre überzeugt.

Die Mittel des Arbeiters sind tabubrechend; ein heiliger Mann, eine heilige Stätte können nicht, ohne Einbuße zu erleiden, photographiert werden. Was die Kirche in dieser Hinsicht zuläßt, ist absurd. Da waltet in manchen Sekten ein viel schärferer Instinkt.

Die Wirkung der Vorweisung beruht weniger darauf, daß alle Apparaturen des Arbeiters Macht- und Waffencharakter tragen – wie sich etwa in der Kamera sowohl eine Falle als auch ein Zielgerät verbergen – als in der reinen Tatsache ihrer Existenz. Sie sind Vorweisungen eines neuen Geistes und seines Stils, und ihre potentielle Macht wiegt schwerer als alle, auch die verheerenden, Wirkungen. Das gilt auch, nicht wegen, sondern trotz ihrer Häßlichkeit, nicht wegen, sondern trotz ihrer Ökonomie. Es sei hier an den Blitzableiter erinnert: seine Bedeutung liegt nicht darin, daß ein paar Dächer vom Feuer verschont bleiben.

178

Wer davon überzeugt ist, daß die Technik für den Arbeiter das ist, was für Thor der Hammer, für Perseus das Haupt der Gorgo war: eine Erdmacht und Reichtum verbürgende Rüstung, und wer ferner erkannt hat, daß der Materialismus den Grundstock für die Werkstatt bildet, in der diese Rüstung geschmiedet wird – der mag aus dieser Einsicht Urteile über Vergangenes und Schlüsse auf die Einrichtung des Neuen Hauses ziehen. Wer erkennt, was dort wahrscheinlich und was unwahrscheinlich ist, wird manchen Umweg vermeiden oder abkürzen. Er hätte etwa den Japanern mit Bestimmtheit voraussagen können, daß für sie ein Weltkrieg »gegen den Strich« nicht zu gewinnen war. Er hat auch heute einen guten Stand für Voraussagen.

Es bleibt immer ein tragischer Anblick, ungeheure Opfer

und Mühen an Pläne geheftet zu sehen, die von vornherein, längst vor der Bereitstellung, zum Scheitern verurteilt sind. Er bleibt es auch dann, ja gerade dann, wenn das Scheitern als notwendig für die Entfaltung des Weltplanes erkannt werden muß. Diesen Konflikt im Spiel zu wiederholen und der Versöhnung zuzuführen, ist Aufgabe der Tragödie, die daher auch unter allen Künsten den Kulten am nächsten kommt.

Die Tragödie folgt der Katastrophe; die Staatskunst dagegen muß weit vor ihrem Eintritt wissen oder instinkthaft wittern, auf welchen unsichtbaren Fundamenten Gebäude errichtet werden können, denn Unsichtbares geht immer dem Sichtbaren voran.

Auch am Materialismus ist zu unterscheiden zwischen seiner sichtbaren und seiner unsichtbaren Macht, zwischen seiner Oberflächen- und seiner Grundströmung, zwischen der Art, in der er durch Menschen vertreten und begründet wird, und seinem schicksalhaften Zug. Die große Gewalt, mit der er auf dem Erdkreis »mit dem Hammer« die alten Gesetze bricht, deutet auf einen stärkeren Auftrag als den rationalen hin. Daraus eben erklärt sich, daß er mit stets wachsender Gewalt seinen Siegeszug fortsetzt, obwohl die Theorien, die ihn vertreten, so oft und so gründlich durch glänzende konservative Geister widerlegt worden sind. Aber widerlegt man denn ein Erdbeben? Eher baut man die Städte um.

Hier wiederholt sich das Schauspiel, daß der Geist, und insbesondere der gebildete Geist, eine Veränderung deshalb unterschätzt, weil sie nicht in seine Kategorien paßt. Aber er kann nicht durchdringen, weil die Kategorien selbst, etwa seine Kultur oder sein Geschichtsbild, erschüttert sind. Nun greifen die bewährten Mittel nicht mehr. So sah der Mandarin die weißen Teufel in den Häfen landen, so sah der gebildete Grieche die ersten Christen, das Zeichen des Fisches, an.

Bei einer Sintflut gewinnt die Unterhaltung über die Statik historischen Charakter; man muß sich jetzt mit der Nautik beschäftigen.

179

Der Materialismus wird von seinen Gegnern mit den Beinamen »flach« oder »platt« versehen. Das gilt auch für seine Oberfläche, seinen sichtbaren Teil, auf dem er als eine Kategorie des Rationalismus erscheint.

Jedoch in der also erkannten und auch geglaubten Materie verbirgt sich mehr und anderes. Sie scheint notwendig flacher, wo sie »begründet« wird. Sie spricht durch Tatsachen, durch Wunder sogar.

Der Verstand hat sich hier auf eine Begegnung, auf ein Abenteuer eingelassen, dessen Folgen unabsehbar sind. Sie sind auch unausweichlich, und zwar deshalb, weil die Materie, die Erde als Mutter, von sich aus sich zu regen beginnt und der Mensch als ihr Sohn diese Regung begreift. Diese Regung und dieses Begreifen dürfen wir nicht in Ursache und Wirkung auflösen. Wir müssen es eher im spiegelbildlichen Nebeneinander als im zeitlichen Nacheinander sehen.

Daß beides den Vater gefährdet, leuchtet ein. Von hier aus erklärt sich, daß die personalen Götter auf dem Rückzug sind, und zwar nicht, wie oftmals, in Regionen, sondern auf dem Erdball überhaupt. Es erklärt sich, daß die wiederhergestellte Monarchie ein immer schlechteres augurium hat und daß demokratische Formen auf unabsehbare Zeit vorherrschen werden, vom Weltregiment bis hinab in die kleinsten Zellen, bis in die Familie. Es erklärt sich, daß die Gefahr der Nationalkriege sich verringern, die der Bürgerkriege und Rassenzwiste dagegen wachsen wird.

Die vaterrechtlichen Bindungen müssen zugunsten der matriarchalen an Macht verlieren, und das schon deshalb, weil die Mutter von sich aus den Urgrund verkörpert, aus ihm gebiert. Entsprechend müssen der Heroenkult und die Bedeutung der geschichtlichen Person abnehmen. Titanische Kräfte nehmen zu; eines der Anzeichen dafür ist, daß der Techniker den Soldaten aus seiner Rolle drängt. Die Todesstrafe verliert ihre Begründung, während der Mord ohne Gründe gedeiht. Mächtige Mörder tauchen auf.

Die Grenzen schwinden, und damit schmelzen sehr alte Sonderungen ein. Die Menschen werden sich ähnlicher, nicht nur im Weltstil des Denkens und Handelns, sondern auch im Habitus. Das Wort »Mensch« gewinnt eine Bedeutung, die ihm bisher nur in der Idee, im Kultus oder im Mythos zugeteilt werden konnte, auf unmittelbare, tatsächliche Art. Zugleich verliert es andere, historische Bedeutungen.

Die dynamischen, auch die eruptiven, Vorgänge nehmen zu; die Strahlung dringt tief in den Kosmos ein. In der Raumfahrt wird die Beschleunigung astronomisch, die Erde zum Mutterschiff. Überhaupt wird die Erscheinung ambivalent in der Weise, daß statistische und dynamische Vorstellungen ununterscheidbar werden, wie das besonders in der Theorie des Lichtes sich vexierend ausdrückt – das entspricht der Situation an der Zeitmauer. Ein Wissen, das sich stündlich ändert, zeugt nicht für Fortschritt, sondern für Übergang.

180

Daß der Nihilismus eine notwendige Durchgangsstation darstellt, ist, seitdem Nietzsche es aussprach, oft wiederholt worden. Das Wort selbst gewinnt erst in der vaterrechtlichen Bedeutung seinen Sinn und verliert, wie ein bestrahlter Trabant, den Schein, sowie die Sonne untergeht.

Als Beispiel kann man den politischen Nihilismus anführen. Er ist stark und gefährlich, solange Monarchen und Patriarchen regieren und das Wort »von Gottes Gnaden« durch sie noch Repräsentation erfährt. Allerdings müssen Monarchie und Kulte wie alte Bäume absterben, dann treiben Pilze aus ihrem Holz hervor.

Mit dem von ihm Gefällten fällt auch der Nihilist, falls Nihilismus für ihn nicht nur ein Durchgang, sondern sein Auftrag war. Er verliert seinen Sinn, seine Erscheinung wird ärgerlich. Es zeigt sich, daß man das Nichts nicht wollen kann. Um das Nichts zu wollen, muß man zunächst nicht wollen. Das trifft nicht für unseren Nihilismus zu. Er will nicht das Nichts, er will ein Etwas nicht: die väterliche Macht.

Ist der Umsturz gelungen, so folgt ihm eine kurze, aber bedeutende Spanne, in der alles möglich ist. Der Urgrund stellt sich als Chaos dar. Dieser Begegnung ist wohl der Anarchist gewachsen als Sohn der Erde und als Erdverehrer, nicht aber der Nihilist, dessen Trachten an der Institution haftet, die er, wie Simson, zu zerstören vermag, doch die ihn unter ihren Trümmern begräbt. Das ist der Unterschied zwischen dem Natürlichen und dem Verlorenen Sohn, zwischen Mutter- und Vaterkind.

Daß darüber hinaus der Nihilismus sich sehr wohl mit den entleerten und zu reinen Apparaturen gewordenen Institutionen verträgt, hat die jüngste Erfahrung gezeigt. Er kann dort freilich immer nur interimistisch auftreten – so lange, wie Abräumung zum Weltplan gehört. Ist diese vollzogen, so endet auch sein Auftrag – das wird besonders deutlich in jenen Fällen, in denen er sich als Letzten selbst aus dem Weg räumt und tabula rasa hinterläßt.

Wir wiederholen das, weil es hinsichtlich der den Staat als die Institution der Institutionen betreffenden Prognosen wichtig ist. Wenn es nämlich zutrifft, daß der Urgrund sich aufwölbt, so müßte notwendig die Bedeutung des Staates, wie die jeder Heroengründung, im Verhältnis abnehmen. Augenscheinlich ist aber das Gegenteil der Fall.

Der Widerspruch löst sich, wenn wir die Gebilde, die uns zur Zeit erstaunen und beunruhigen, als Verdichtung finaler Anstrengungen sehen. Im Augenblick, in dem die Erde als solche ihre Ordnung findet, muß sowohl die Bedeutung der Grenzen wie auch der Staaten dahinschwinden. Das Wesen des Staates wird vor allem dadurch bestimmt, daß es andere Staaten gibt. Das führt, besonders an den Grenzen, zu spiegelbildlichen Erscheinungen. Wenn wir die planetarische Ordnung den Weltstaat nennen, so ist das ein Name ohne Inhalt, denn es ist vorauszusehen, daß er mit den historischen Staaten wenig gemein haben wird.

Wenn man den Staat als die Institution der Institutionen

betrachtet, so braucht er deswegen nicht die machina machinarum zu sein. Die technische Entwicklung ist auf den Staat nicht angewiesen, vor allem, wenn sie von der Rüstung entlastet wird.

Daß Nietzsche in dieser schwierigen Frage schon früh zwischen seinem Übermenschen und dem Staat als Ungeheuer unterschieden hat, spricht, wie gesagt, für die Schärfe seines prognostischen Blicks.

181

Die großen Häuser der Weltreligionen sind zwar zu erschüttern, doch schwer zum Einsturz zu bringen; sie überleben nicht nur die Staaten und Dynastien, sondern auch die Kulturkreise. Sie bringen regionale und epochale Mutanten hervor. Ihr die Jahrtausende überwährendes Leben beruht darauf, daß sie die Ordnung des Kosmos und seiner Möglichkeiten nachbilden. Sie sind dem Weltplan enger verbunden und schon aus diesem Grunde dauerhafter als die Staatspläne. Aus ihnen spricht mehr als menschliches Wissen, spricht jenes Gehör, das jedem Gedanken vorausgeht, spricht Offenbarung, Damaskus, der Sinai.

Daß Geschichte als Religionsgeschichte, das heißt: als paritätische Übersicht über die größten und dauerhaftesten Bildungen des menschlichen Geistes und der ihm zuteil gewordenen Offenbarungen, auf unseren Schulen nicht gelehrt wird, gehört zu den stärksten Lücken des öffentlichen Unterrichts. Ihre Beseitigung würde den negativen Begriff der konfessionslosen Schule ins Positive umkehren.

Am Beispiel der indischen und chinesischen Universalreligionen ist zu erkennen, daß die Existenz und das Gedeihen von Hochkulturen nicht notwendig von der Verehrung der personalen Gottheit abhängig, sondern auch mit dem Glauben an den nichtpersonalen, qualitätslosen, aber Qualität und Gestalt hervorbringenden Urgrund zu vereinbaren ist. Philosophische, ethische und religiöse Kräfte treten hier in enge

Konstellation. Sie befriedigen dank ihrem metaphysischen Range nicht nur den gebildeten Geist in seinen höchsten Ansprüchen, sondern durch ihren unerschöpflichen Reichtum an Formen und Symbolen auch die naive Anschauung. Sie muß immer genährt werden.

Auch finden wir, wie beim Buddhismus, einen Grad der Aufgeschlossenheit und Toleranz, der als Vorbild und Voraussetzung einer Weltordnung erscheint, die nicht nur Nationen, sondern auch Rassen und Konfessionen als vielkammeriges Haus umfaßt.

Welche Vorstellung man auch von Traum und Wirklichkeit der Welt hegen möge, die nie vollkommen zu trennen sind – es bleibt ein großer Gedanke, daß die Erscheinung, sei es als Gedachtes oder als Geglaubtes, bis in die höchsten Bilder aus dem Ungesonderten entfaltet und wieder eingezogen wird. Das ist der Springquell im großen Garten, der sich in stets erneuter Wandlung aus dem Brunnen erhebt.

Auch der Vater kann sich nur in den Urgrund zurückziehen. Dort muß er neu konzipiert werden. Auch das bleibt »in der Zeit«, das heißt: in einer der sondernden Kategorien, in denen sich unser Verstand die Dinge zurechtlegen muß. Es gehört nicht in die historische, wohl aber in die sakrale Zeit mit ihren großen Festjahren. Die Religionen lehren, daß diese Zeit unser wahrer Acker ist, daß sie fruchtbar beendet, erfüllt werden kann. Darin stimmen sie überein, gleichviel ob sie eine Endzeit annehmen oder Wiederkehr.

182

Hinter den ungewöhnlichen Erscheinungen, die uns in dieser Zeit bewegen und teils mit Hoffnung, teils mit Furcht erfüllen, verbirgt sich Gemeinsames. Der Urgrund beginnt sich zu regen; das muß notwendig mit großen Erschütterungen verbunden sein. Was wir jetzt als Bildung zu sehen glauben, ist ohne höhere Realität. Unsere Technik ist an sich wertlos; sie hat Bedeutung, aber keinen Wert: Bedeutung hinsichtlich des Eintretenden.

Der Vorgang ist erdgeschichtlich; er übergreift die Menschengeschichte und schließt sie ab, wenigstens in dem Sinne, in dem wir sie bislang verstanden haben. Das erklärt, warum wir mit der geschichtlichen Erfahrung und den aus ihr entwickelten Methoden nicht auskommen. Wir dürfen darin nicht nur menschliche Fehler sehen. Der Mensch versagt vor etwas Stärkerem; er muß ihm nachgeben. Daher wird heute vieles verzeihlich von dem, was früher unverzeihlich war, sowohl im Handeln wie auch im Nichthandeln.

Bessere Auskunft geben uns die Bilderwelten der Mythen und der Kulte, der Traum im tieferen Sinn überhaupt. Darauf begründet sich die Anteilnahme des Geistes an einer Reihe von Wissenschaften, die im Entstehen begriffen sind.

Neue Erfahrung ist zu sammeln und zu erwerben; das gibt der menschlichen Aktion und ihrem Ethos den Charakter von Experimenten, die gefährlich und kostspielig sind. Einmal ist der Mensch als Sohn der Erde unmittelbar in pflanzenhafter Weise an der Veränderung beteiligt und die Leitfigur einer neuen Formation. Andererseits tritt er in ein dialektisches Verhältnis zu ihr: er fragt, und die Erde antwortet. Daß der Mensch aber zu fragen begann, beruht auf einer primären Bewegung der Erde als Urgrund, auf einer Mutter und Sohn gemeinsamen Initiationswehe.

Daß die Fragestellung nicht genügt und daß sie verbessert werden sollte, entspricht der allgemeinen Ansicht. Diese ist begründet, aber schon zu tief im Experiment befangen und urteilt daher unter falschen Voraussetzungen. Die Verbesserung der Fragestellung kann nicht darin liegen, daß die Methodik verfeinert wird, etwa in Hinsicht auf die Ökonomie, den Komfort, die Sicherheit oder moralische Einbauten. Das sind fakultative Unterschiede; die Befragung muß aus einer anderen Qualität aufsteigen. Sie muß sich vergeistigen.

183

Der eigentliche Partner der Erde ist nicht der Verstand, wie er heute vor allem in den Naturwissenschaften exzelliert und in bedrohlicher, aber unvermeidlicher Weise zweischneidig wird. Er ist der Toröffner, ist der Lichthalter.

Der eigentliche Partner der Erde ist der Geist. Ihm gegenüber kann die Auflösung von Form und Bindung durch die Tätigkeit des Verstandes nur als die Vorbereitung einer neuen geistigen Besetzung und Landergreifung Sinn haben. Das gehört zum Werkstättenstil, und in der Kunst zeichnet sich der Stand der Dinge deutlich ab. Das Bestreben der Malerei etwa zielt auf unmittelbare Berührung mit Mustern des Urgrundes hin. Daß dabei Person und Gegenstand zurücktreten müssen, ist sinnvoll, dagegen ist die Bezeichnung »abstrakte Kunst« dem Vorgang unangemessen, denn es handelt sich um ein Unterfangen, das nicht weniger konkret und real ist als das wissenschaftliche Experiment, das ebenfalls das Vorfeld der vertrauten Objekte hinter sich gelassen hat. Dort, wo der Kunst die Berührung gelingt, darf man sich auf große Phänomene gefaßt machen. So gilt hier Ähnliches wie das, was über das Brechen der genetischen Siegel gesagt wurde.

Übrigens ist auch in den Naturwissenschaften eine Tendenz verborgen, die auf mehr als bloßes Wissen und die mit ihm verbundene Machtentfaltung zielt. Wo der Verstand dem Urphänomen begegnet, stößt er auf Stärkeres. Hier muß er haltmachen; hier kann ihm ein Damaskus zuteil werden. Erst hier erfährt der Trieb, der ihn bewegte, die wahre Befriedigung. »Denn alle Lust will Ewigkeit.« Das gilt auch für das Wissen und seine Unersättlichkeit. Dort endet die faustische Welt.

184

Aus der ungemeinen Erbitterung, mit welcher der Arianische Streit um die Trinität und die subtilsten Formen ihrer dogmatischen Fassung geführt wurde, dürfen wir schließen, daß es sich um Entscheidungen von größter Tragweite handelte, auch wenn uns die Voraussetzungen unverständlich geworden sind. Aber auch unsere Sache stand auf dem Spiel.

In der Tat hat dieser Streit, der um die Personalität des Höchsten Wesens geführt wurde, für das Schicksal der östlichen und der westlichen Welt bedeutende Folgen gehabt. Er wird auch eine Rolle spielen bei ihrer Wiedervereinigung. Darüber hinaus ist hinter dem Eifer, der auf die Fassung solcher Formulierungen gelegt wird, eine Art von sicherndem Instinkt der Väter zu vermuten, der das dogmatische Gebäude auch gegen in ferner Zukunft mögliche Angriffe schirmen will.

Da hier auf weite Sicht, auf Vorrat gedacht wurde, ist es kein Zufall, daß der Angriff des säkularen Denkens sich in den Vorwerken erschöpft. Das wird meist weniger durch Widerlegung sichtbar als dadurch, daß er am Phantom ermattet und an Interesse verliert.

Daß die Gottheit als Geist gleiches Gewicht, gleichen Rang besitzt wie in den personalen Ausprägungen des Vaters und des Sohnes, ist auch deshalb ein großer Gedanke, weil in Zeiten wie dieser, in denen die Personalität sich auflöst, zurückzieht oder abstirbt, die Gottheit doch in der Transzendenz ihren Ort und ihre Vertretung behält. Insofern hat die an sich paradoxe Bezeichnung des Geistes als der »Dritten Person« ihren Sinn.

In der Erfassung dieses Verhältnisses birgt sich die Hoffnung, daß die zahllosen Gebete, die auch heute noch auf der Erde an den Vater gerichtet werden, ihren Ort haben und ankommen. Das ist immer noch wichtiger als die kühnste Entwicklung unserer technischen Welt.

Bei der Erwägung, ob die Kirche auch die gegenwärtige Unruhe überstehen wird, wie sie deren bereits viele überstanden hat, ist zu bedenken, daß sie auch zur Materie über vielleicht vermauerte, aber tiefgründigere Zugänge als der rationale Materialismus verfügt. Die Kirche hat keine Grenze, wohl aber Fundament. Ihr fehlt die Freizügigkeit der gleichfalls grenzenlosen weltrevolutionären Strömung, der sie notwendig Widerstand zu leisten hat. Und doch ist es möglich, daß sie dem erdrevolutionären Anspruch, der auch an sie gestellt wird, besser genügt, ihn gründlicher beantwortet. Das Vorangegangene wird deutlich gemacht haben, daß sie sich dabei nicht den Nationalstaaten verbünden darf.

Für den Theologen beginnt keine gute, aber eine große Zeit. Alle Voraussetzungen dazu sind gegeben, einschließlich der Gefahr, der Einsamkeit.

185

Der Atheismus konzentriert sein Bemühen gegen die personale Gottheit, wobei ihm sein eigener theologischer Standort und Fundus entweder entgeht oder nicht scharf genug zum Bewußtsein kommt. Der Mensch, vor allem der kluge, vermag im allgemeinen schlecht zu präzisieren, woran er eigentlich glaubt. Sein Glaube und sein Bewußtsein decken sich ungenau. Schon aus diesem Grunde bedürfte er des Hinzutretenden. Die Kulte bieten gute Hilfsmittel. Sie verfügen über Abbreviaturen, die sich bewährt haben.

Nicht nur Zeit und Raum, sondern auch Persönliches und Nichtpersönliches, Ich und Nicht-Ich, Subjekt und Objekt sind Formen unserer Vorstellung. Wo dem Geist aus dem Bannkreis der Phänomene einige Schritte in die Höhe oder die Tiefe gelingen, schmilzt diese Formenwelt zusammen – das Licht wird zu stark; er muß zurückweichen. Alles Persönliche ist Sonderung, ist Leihgabe. Ein höheres Glück als in der Persönlichkeit liegt in ihrer Hingabe. In ihr sind Vater und Mutter eins.

186

Die Erde hat aus ihrem Urgrund schon oftmals neue Gestalten hervorgebracht. Wenn sie sich dazu nun des Menschen als ihres klügsten Sohnes bedient, ist die Gefahr prometheischer Bildungen und ihres Schicksals groß. Sie wächst im götterleeren Raum, der zu den Voraussetzungen eines großen Gestaltwandels gehört.

Der echte Partner der Erde ist nicht der Verstand mit seinen titanischen Plänen, sondern der Geist als kosmische Macht. Bei allen Erwägungen des Zeitgeschehens spielt daher eine große Rolle die mehr oder minder ausgesprochene Hoffnung, daß höhere Geisteskräfte die gewaltige Bewegung zügeln und sich ihrer wohltätig bemächtigen.

In diesem Zusammenhange stößt man immer wieder auf einen der großen Seher des Abendlandes, Joachim von Fiore, und seine Lehre von den Weltaltern. Joachim von Fiore lebte von 1130 bis 1202. Seine Weissagung hat auf theologische und geschichtsphilosophische Systeme, bis zu dem von Spengler, bedeutend gewirkt. Den großen Zeitaltern des Vaters und des Sohnes soll ein drittes folgen, in dem der Geist als neue, unmittelbare Manifestation des Göttlichen auf das Geschehen wirkt. Erst dieser dritten Phase, die große Wirren einleiten, folgt das Weltende. In dieser joachitischen Dreizeitenlehre beginnt die initiatio einer Epoche bereits um viele Generationen früher, so die des Geistes mit den abendländischen Mönchsorden. In der ersten Phase der Trilogie geschehen die Dinge carnaliter, in der zweiten literaliter und in der dritten spiritualiter. Für die erste gilt das Alte, für die zweite das Neue Testament, während der dritten Phase das geschriebene Evangelium fehlt. In unserem Zusammenhang ließe sich für »literaliter« das Wort »historisch« einsetzen.

Eine neue Phase des Christentums verkündet auch Schubart, der im letzten Krieg in Rußland verschollen ist. In seinem Buche »Europa und die Seele des Ostens« entwickelt er die Ansicht, daß die Ostkirche ein drittes, das johanneische, Christentum hervorbringen wird. Ein Drittes Testament mit dem Bild einer neuen Erde deutet sich in der Johannesoffenbarung an. Rußland soll eine große Rolle dabei spielen; die Namen von unbekannten Märtyrern werden wie Sterne in der Dunkelheit aufleuchten.

Desgleichen sind die Astrologen vom Anbruch einer geistigen Epoche überzeugt. Nach ihnen steht das Zeitalter des

Vaters unter dem Zeichen des Widders, das des Sohnes unter dem der Fische, während mit dem Zeichen des Wassermannes, in das wir jetzt eingetreten sein sollen, eine Großzeit des Geistes beginnt. Die Aufklärung ging ihm als Morgendämmerung voraus.

Auch der Fortschrittsoptimismus, gleichviel ob er technisch-wissenschaftlich, politisch-ökonomisch oder moralisch-philanthropisch gefärbt ist, hält die Sorgen, die uns bedrükken, für befristet und ist der Meinung, daß unsere Probleme durch Vernunft und Gesittung in weltweitem Maßstab gelöst werden.

Hier ist zu wiederholen, was bereits in »Über die Linie« gesagt wurde: daß der Optimismus an sich eine große Sache ist. Er ist ein unmittelbares Zeichen der Gesundheit und um so verdienstvoller, je schärfer er die Gefahr ins Auge faßt. Auf alle Fälle führt die Hoffnung weiter als die Furcht.

Es gibt eine Reihe von geistigen und praktischen Ansichten, denen dieser Optimismus gemeinsam ist. Selbst wenn man an keiner von ihnen teilnimmt, ist die Gemeinsamkeit erfreulich: sie läßt vermuten, daß sie auf ein Gemeinsames gerichtet ist. In ihm sind wir Brüder; und wenn wir uns selbst nicht aufgeben, so wird auch unsere Mutter, die Erde, uns nicht im Stich lassen.

ADNOTEN ZU »AN DER ZEITMAUER«

Man kann Ernst Jüngers umfangreichen Essay *An der Zeitmauer* trotz der vergangenen Jahrzehnte seit Erscheinen im Jahr 1959 als Buch der Stunde bezeichnen. Denn viele Überlegungen in den 186 nummerierten Abschnitten der Schrift entsprechen Verlautbarungen zum Klimawandel und seinen Folgen seit Beginn des 21. Jahrhunderts, die im Begriff des Anthropozäns zusammengefasst werden. Danach hat der Mensch die Erde durch Eingriffe in die Natur in ein neues Zeitalter mit einem hohen Risiko für sein Überleben geführt. Die »Weltuntergangsstimmung«, so Jünger, sei »ein Zeichen dafür, daß wir eine Station erreicht haben, an der das Schicksal der Erde als solches in Frage« stehe (Nr. 93). Eine andere Formulierung lautet: »Der Mensch fühlt, daß ihm als Menschen die Vernichtung droht« (Nr. 166).

Die von Jünger geprägte Metapher »Zeitmauer« soll die Veränderung charakterisieren, dient aber nicht der Prophezeiung einer Katastrophe. Vielmehr deutet der Verfasser die Angst vor den Auswirkungen der industriellen Entwicklung als Phänomen eines historischen Übergangs, der ein neues Denken und Handeln herausfordert. Jünger knüpft damit an den 1932 erschienenen, ebenfalls umfangreichen Essay *Der Arbeiter* an, in dem er die Anpassung des Menschen an die maschinelle Produktion beschreibt, ohne sie zu verurteilen. Nicht zufällig hat er beide Schriften im achten Band seiner *Sämtlichen Werke* (1981) miteinander verbunden. Allerdings liefert Jünger im *Zeitmauer*-Essay anders als im *Arbeiter* keine gestaltpsychologische, sondern eine »erdgeschichtliche« Einordnung der Gegenwart. Diese orientiert sich an Erkenntnissen der Naturwissenschaften, vor allem der Zoologie, Geologie und Meteorologie.

Durch die naturhistorische Perspektive unterscheiden sich die Überlegungen – trotz einiger Überschneidungen – von anderen weltpolitisch und geschichtsphilosophisch orientierten Schriften Jüngers in den fünfziger Jahren wie *Über die*

Linie (1950), *Der gordische Knoten* (1953) und *Der Weltstaat* (1960), die im siebten Band der *Sämtlichen Werke* (1980) unter dem Titel »Betrachtungen zur Zeit« zusammengefasst werden. Hier bewegt sich der Verfasser auf gedanklichen Wegen, die Philosophen, Soziologen und Historikern vertraut sind. In *An der Zeitmauer* interpretiert er den historischen Wandel dagegen im Lichte von Kosmologie, Astrologie und Mythologie. Der Text wird deshalb streckenweise befremdlich, auch wenn Jünger sich um Nachvollziehbarkeit durch anschauliche Formulierungen bemüht. Woher er sein Wissen hat, sagt er bis auf wenige Texte klassischer Autoren nicht.

Der Wechsel zwischen wissenschaftlicher Argumentation und philosophischer Spekulation spiegelt sich im Aufbau des Buches wider. Jünger umkreist die Frage nach dem Zustand der Welt in mehreren Anläufen aus unterschiedlichen Richtungen. Am Anfang steht eine Art Einleitung mit der Überschrift »Fremde Vögel«. Hier weist Jünger zunächst auf das vermehrte Auftreten von Tierarten hin, die »in unseren Breiten selten, ungewöhnlich oder gar unbekannt« seien (Nr. 1). Es handelt sich nicht um eine Reminiszenz an das Studium der Zoologie in Leipzig zwischen 1923 und 1926, das Jünger abbrach, um freier Schriftsteller zu werden. Tatsächlich stellt er einen Bezug zur »Ungewöhnlichkeit des Klimas« und eine Parallele zum »gehäuften Auftreten von Horoskopen« her, argumentiert also meteorologisch und astrologisch. Seine These lautet, dass wir »jetzt und hier in mythischen, urmenschlichen, zoologischen, geologischen und astronomischen Prozessen begriffen« seien (Nr. 2).

Die »wachsende Rolle der Meteorologie« führe, so Jünger, zu einem »Bedürfnis nach metahistorischen Maßstäben« der Geschichtsschreibung, denen die Astrologie in methodischer Hinsicht am besten gerecht werde, weil sie »das Leben mit größeren Abläufen« verknüpfe (Nr. 38). Der Verfasser führt die methodischen Überlegungen im zweiten Abschnitt seines Buches aus. Er trägt die Überschrift »Messbare und Schicksals-Zeit« – eine für Jünger zentrale Unterscheidung. Nachdem er die »messbare Zeit« im vorausgehenden *Sanduhrbuch*

(1954) erörtert hatte, gilt sein Interesse nun der zweiten, zeitübergreifenden Kategorie. Jünger schreibt: »Das Horoskop des Menschen gilt als das Abbild der Weltenuhr. Aus ihrem Stande soll das Gesetz ermittelt werden, ›nach dem er angetreten‹ ist« (Nr. 4). Während die Astrologie Schicksalsforschung für den einzelnen Menschen betreibe, geht es Jünger um die »Erdgeschichte«. Die »historische und auch die biologische Chronistik« sollen einem »erdgeschichtlichen System« untergeordnet werden (Nr. 135).

Der Titel des Buches dient zugleich als Überschrift für die drei nachfolgenden Kapitel (Nr. 32ff.). Im ersten Teil, der mit »Humane Einteilungen« überschrieben ist, beschäftigt sich Jünger mit Geschichtsvorstellungen von langer Dauer in Werken von Herder, Hegel und Oswald Spengler. Doch verwirft er diese, weil sie sich auf die schriftlich dokumentierte Geschichte des Menschen beschränkten. Jünger hält sich dagegen an Herodot, den ersten Geschichtsschreiber der griechischen Antike, weil dieser Einblicke in die vorausgehende »mythische Nacht« gehabt habe (Nr. 46). Geprägt sei diese von Göttern und Helden, Opfern und Blut, aber auch von Ideen wie »ewiger Friede, ewiges Glück« (Nr. 58). Jünger weist den Mythos allerdings nicht nur der Vorgeschichte zu, sondern hält ihn auch für eine »Tiefenschicht des Menschen« (Nr. 59). Er schreibt: »Geschichte, Vorgeschichte, Urgeschichte sind zugleich in uns Geschichtetes« (Nr. 72).

Die nachfolgenden Überlegungen mit der Überschrift »Siderische Einteilungen« betreffen »die Erdgeschichte als Gestirnsgeschichte«. Diese sei »in die kosmogonischen, geologischen und meteorologischen Abläufe« einzuteilen (Nr. 85). Für alle drei prognostiziert Jünger einschneidende Veränderungen, die durch Entwicklungen und Aktivitäten seit Beginn des 21. Jahrhunderts bestätigt werden. Ein Beispiel aus dem Buch: »Sollte die Abschmelzung weiter zunehmen, so hätten wir auch mit Überflutungen zu rechnen oder mit Ausgaben für ungeheure Dammbauten. Der Landgewinn und der Landverlust würden sich vielleicht ausgleichen. Wir würden überhaupt zu eng sehen, wenn wir das Eis unserer Gletscher und Polkappen als tote Masse betrachteten. Es ist ein gehorteter Schatz der kosmischen Ökonomie« (Nr. 108).

Wandlungen der Natur betreffen demnach nicht nur die leblose Materie, sondern werden zu intellektuellen und technischen Herausforderungen, wie Jünger an der Erfindung des Blitzableiters in der Mitte des 18. Jahrhunderts zu zeigen versucht (Nr. 124ff.). In diesem Sinne sei die Meteorologie als »Kristallisationspunkt humaner Wissenschaft« aufzufassen (Nr. 123). Da Jünger glaubt, dass das technische Wissen zur Bewältigung künftiger Risiken beitragen wird, schließt er »die kosmische Katastrophe« aus. Er schreibt: »Die Veränderungen, die sich auf unserer Erde abzeichnen, bieten Stoff zum Nachdenken genug« (Nr. 134). *An der Zeitmauer* ist deshalb kein Buch der Apokalypse, sondern des Optimismus.

Im letzten Abschnitt des Buches mit der Überschrift »Urgrund und Person« hat Jünger diese Haltung nochmals betont, ohne einem naiven Fortschrittsglauben das Wort zu reden. Denn »Optimismus«, so heißt es am Schluss, sei »um so verdienstvoller, je schärfer er die Gefahr ins Auge« fasse (Nr. 186). Diese Idee der Zuversicht zieht sich in verschiedenen Variationen durch das gesamte Werk Jüngers: vom »heroischen Realismus« im *Arbeiter* (1932) über die »Désinvolture« als »göttergleiche Überlegenheit« des Menschen in der zweiten Fassung des *Abenteuerlichen Herzen* (1938) bis hin zur politischen Überlebenslehre des »Anarchen« in *Eumeswil* (1977). Sie findet sich auch in Jüngers letztem Buch *Die Schere* (1990), in der er zentrale Überlegungen des *Zeitmauer*-Essays aufgreift und zusammenfasst.

Detlev Schöttker